R.S. Grey

My Dearest Enemy

R.S. Grey

My Dearest Enemy

Roman

Aus dem Amerikanischen
von Uta Hege

FOREVER

Forever by Ullstein
forever.ullstein.de

MIX
Papier
FSC® C083411

Deutsche Erstausgabe bei Forever.
Forever ist ein Verlag der Ullstein Buchverlage GmbH, Berlin
Juni 2019 (1)

Titel der amerikanischen Originalausgabe: Anything You Can Do
Umschlaggestaltung: zero-media.net, München
Titelabbildung: © FinePic®
E-Book powered by pepyrus.com

ISBN 978-3-95818-367-4

1

Ich kann nicht glauben, dass ich tatsächlich nach all der Zeit wieder hier bin. Immer wieder habe ich mir während der letzten Jahre in den leuchtendsten Farben ausgemalt, was für ein Gefühl es sein würde, mit der Goldmedaille um den Hals siegreich nach Hamilton, Texas, heimzukehren. In meinen Träumen fand immer eine fröhliche Parade statt. Mit Konfetti, Wunderkerzen und billigen Süßigkeiten, die gegen die weichen Köpfe irgendwelcher Kinder prallten. Zumindest bin ich davon ausgegangen, dass es ein Podium geben würde, von dem aus ich meine Dankesrede halten konnte. Und tatsächlich habe ich die Hoffnung noch nicht aufgegeben, denn vielleicht holt meine Mom ja in der Zeit, die ich zum Umziehen brauche, noch ein Podest aus ihrem Besenschrank hervor.

Ich kann sie alle unten auf mich warten hören. Über dem Kamin hat meine Mom ein großes Pappschild mit *Willkommen zu Hause, Dr. Bell* platziert, und die Einzige, die jetzt noch fehlt, bin ich als Ehrengast dieses Empfangs. Die Party hat vor einer Stunde angefangen und meine Mom erscheint bereits zum zweiten Mal in meinem Zimmer, um sich zu erkundigen, ob ich mich allmählich auf der Feier blicken lassen will.

Beim ersten Mal lag ich in einem Bademantel, den ich während meiner Highschoolzeit getragen habe, auf dem Bett.

»Wenn du nicht möchtest, dass man *alles* sieht, bindest du dir am besten den Gürtel zu, bevor du runterkommst,« riet sie mir vorsorglich.

Jetzt aber bin ich angezogen, stehe mit dem Rücken zur Tür am Fenster und betrachte triumphierend das zweistöckige Nachbarhaus.

»Falls du nach Madeleine Ausschau hältst, die ist schon unten.«

»Aber ihr Bruder ist nicht da, oder?« Ich weiß, dass er in Kalifornien ist, aber ich muss es trotzdem von ihr hören.

»Natürlich nicht.«

Ich drehe mich nach meiner Mutter um und sehe sie aus zusammengekniffenen Augen an, bis ich mir sicher bin, dass sie die Wahrheit sagt. Der Kerl schafft es sogar, dafür zu sorgen, dass ich meiner eigenen Mutter misstraue. Das ist die unerfreuliche Nebenwirkung meiner Rückkehr in die alte Heimatstadt, die unser jahrelanges Schlachtfeld war. Es gibt in Hamilton nicht einen Winkel, in dem wir nicht unser Blut beim Kettenbrechen, unseren Schweiß bei zahlreichen Cross-Country-Läufen sowie unsere Tränen bei einer ganzen Reihe anderer Wettkämpfe vergossen hätten. Im achten Schuljahr habe ich ihm ein blaues Auge verpasst, als er sagte, dass mich keiner der Jungs zum Abschlussball bitten würde. Direkt unter der Eiche neben seinem Haus. Und während er mit einer Packung tiefgefrorener Erbsen auf dem blauen Auge auf dem Sofa lag, ging ich am Arm des tollen Matt Del Rey zum Ball.

Doch gänzlich ungeschoren kam ich nicht davon. Als meine Mutter später von der Auseinandersetzung hörte, schleifte sie mich rüber, damit ich mich bei Lucas entschuldige. Und weil unseren Müttern mein sarkastisches *Es tut mir ja so leid* nicht reichte, zwangen sie uns obendrein noch eine peinliche Umarmung auf. Ich weiß noch ganz genau, wie ich ihm sanft die Arme um den Hals geschlungen und ihm möglichst leise, damit unsere Mütter es nicht hörten, zugeraunt habe: »Wenn du mich noch mal verpetzt, bekommst du noch ein Veilchen dazu.«

Er seinerseits nutzte seine pubertäre Kraft, um meine Rippen wie eine *Boa constrictor* einzuquetschen, was aus Sicht unserer Mütter eine wirklich liebevolle Geste war, und flüsterte zurück: »Ich hoffe, dass dich irgendwann der Schulbus überfährt.«

»Daisy?«, fragt meine Mom aus Richtung Tür und zwingt meine Gedanken in die Gegenwart zurück. »Willst du jetzt vielleicht runterkommen? Die anderen freuen sich schon auf dich.«

Ich wende mich vom Fenster ab und öffne meine Faust. Der Vorfall ist fünfzehn Jahre her, aber noch immer tun mir ab und zu die Knöchel weh.

Ob es seinem Auge wohl genauso geht?

Unten nehmen mich eine Reihe betagter Nachbarn, alter Freundinnen und Freunde, zu denen ich schon vor Jahren den Kontakt verloren habe, und der Zeitungsjunge in Empfang. Ich kenne nicht einmal die Hälfte dieser Menschen, aber schließlich war ich, seit ich Hamilton vor elf Jahren zum Studieren verlassen habe, auch eher selten hier.

Bei meinem Erscheinen brechen die mir großteils fremden Menschen unter Anleitung meiner Mom, die wie ein Dirigent am Fuß der Treppe steht, in lauten Jubel aus.

»Willkommen zu Hause, Frau Ärztin!«

»Super, Daisy! Gut gemacht!«

Der eine oder andere klopft mir anerkennend auf den Rücken und am Ende reicht mir jemand einen Drink. Ich mag normalerweise keine Partys, aber heute Abend habe ich allen Grund zum Feiern, denn nach all den Jahren wird jetzt mein Traum von einer eigenen Praxis wahr. Das war der Grund für meine Rückkehr nach Hamilton und der Grund für all die harte Arbeit während meines Studiums und der Zeit als Assistenzärztin im Krankenhaus.

Ich mache einen Bogen um den Sportlehrer meiner alten Schule, der anscheinend ein paar Schnäpse mit mir kippen möchte, bahne mir den Weg in Richtung Küche und treffe Madeleine, die dort Bowle ausschenkt. Sie ist meine älteste und beste Freundin, deshalb überrascht es mich nicht, dass meine Mom sie zwangsverpflichtet hat.

»Ich hab mich schon gefragt, ob du überhaupt runterkommen würdest. Warte, ist das Kleid nicht noch aus der Highschool?«

Ich zucke mit den Achseln. »Ich habe meine Koffer noch nicht ausgepackt, und das hier hing noch im Schrank. Ich wollte nur ausprobieren, ob es mir noch passt.«

Lässig wirft Madeleine sich die braunen Haare über die Schulter, unterzieht mich einer eingehenden Musterung und stellt dann mit einem breiten Grinsen fest: »Ich finde, dass es dir jetzt viel besser steht.«

In der Gaußkurve weiblicher Körperformen bin ich links der Mitte angesiedelt – mittelgroß, relativ dünn, mit dürren Handgelenken, und zu Brüsten bin ich erst nach der Highschool gekommen, als die Neuigkeit für alle anderen längst schon nicht mehr neu war. Trotzdem hat es mich, als ich in das Kleid gestiegen bin und mich vor meinem alten, bodentiefen Spiegel gestellt habe, gefreut zu sehen, dass ich zumindest figurtechnisch mein eigener *Teenage Dream* geworden bin. Danke, Katy Perry!

»Du hättest raufkommen sollen.«

Madeleine zeigt auf die halb leere Schüssel mit der Bowle. »Deine Mom hat mich sofort zum Küchendienst verdonnert.«

»Vergiss die Bowle und komm mit in den Garten. Wir schnappen uns eine Flasche Wein und trinken sie aus, bevor uns jemand erwischt.«

»Dir ist schon klar, dass wir inzwischen erwachsen sind? Wir brauchen keinen Alkohol mehr aus dem Haus zu schmuggeln, wenn wir uns betrinken wollen.«

Achselzuckend greife ich an ihr vorbei nach einer noch verschlossenen Flasche Cabernet. »Ja, aber es macht mehr Spaß, wenn man so tut, als müsste man das noch. Außerdem ist auch McCormick da und wenn er mich entdeckt, war's das für uns, weil er dann garantiert den ganzen Abend über seine Praxis sprechen will.«

Sie reißt entsetzt die braunen Augen auf. »Oh Gott, natürlich, du hast recht. Geh schon mal vor. Ich komme mit den Gläsern nach.«

»Daaaaiisyyyyyy!«

Der bekannte Singsang meiner Mutter zwingt mich stehen zu bleiben, und noch während mein Instinkt mir rät, die Flasche schnell verschwinden zu lassen und möglichst unschuldig zu tun, fällt mir wieder ein, dass ich inzwischen achtundzwanzig bin, volljährig und offiziell befugt zum Konsumieren alkoholischer Getränke.

»Sieh nur, was gerade für dich abgegeben worden ist!«

Ich drehe meinen Kopf und lasse dann doch fast die Rotweinflasche fallen, als sie mit einer Bombe in den Händen in die Küche kommt.

»Was. Ist. Das?«

»Ein Blumenstrauß für dich!« Sie strahlt mich an. »Sieht nach mehreren Dutzend aus.«

Drei Dutzend, um genau zu sein. Drei Dutzend dicker, weißer Margeriten, was bei meinem Namen Daisy Margaret an Symbolkraft kaum zu überbieten ist.

»Wirf sie weg!«

»Wie bitte? Mach dich doch nicht lächerlich. Sie wurden gerade erst gebracht.«

Sie steht schon an der Spüle und lässt Wasser in die riesengroße Vase, aber wütend reiße ich ihr die Blumen aus der Hand und kippe dabei aus Versehen das Wasser über den dünnen Stoff meines Kleides. Jetzt bin ich sicher nicht mehr nur mein eigener Teenage Dream!

»Daisy!«

»Nein. Nein. Nein.«

Ich brauche nur drei Schritte bis zur Hintertür und noch mal vier, bis ich die blöden Blumen in den Mülleimer am Fuß der Treppe werfen kann. Und dort, im Inneren der Tonne, sehe ich den Umschlag, der auf den zerknickten Blüten liegt.

Er hat immer schon bei allem aufs Detail geachtet und deswegen extra den grauenhaften, pinkfarbenen Umschlag ausgewählt, dessen Anblick mich rasend macht.

»Wirst du die Karte lesen?«, fragt Madeleine, während sie über meine Schulter auf den Umschlag starrt.

»Nein.«

»Aber vielleicht steht ja was Nettes drin.«

Ich ignoriere sie. Als seine Schwester muss sie ihn nun mal verteidigen. Das hat sie immer schon getan. »Wie konnte er die Karte schreiben?«

»Was?«

Ich zwinge mich zu einem ruhigen Ton. »Wie konnte er die Karte schreiben, wenn er doch in Kalifornien ist? Denn das ...« Ich zeige auf den Namen, der auf dem verdammten Umschlag steht. »... ist ganz eindeutig seine Schrift.«

»Tja, nun ...«

»Madeleine.«

»Ich dachte, dass du es schon weißt ...«

Plötzlich fühlt sich mein Mund trocken wie die Sahara an und krächzend stoße ich die nächsten Worte aus. »Du dachtest, dass ich *was* schon weiß?«

»Dass er wieder hier ist. Er ist letzte Woche heimgekommen. Ich dachte echt, das wüsstest du.«

Damit ist die Party für mich vorbei. Nur ein wenig Konfetti klebt noch unter meinem Schuh.

Ich bin zwar keine Blumen-, aber eine *Margeriten*-Hasserin. Ich kriege Ausschlag von den Dingern, weil sie Sinnbild dessen sind, was alle in mir sehen wollen. Die Welt sieht mich mit meinem weizenblonden Haar und meinen großen, leuchtend blauen Augen, möchte mir den Kopf tätscheln und mich in ihren Garten pflanzen. Aber ich bin weder süß noch eine Blume. Ich bin Ärztin. Und vor allem Lucas weiß genau, dass ich es hasse, wenn man mich auf meinen niedlichen zweiten Vornamen reduziert.

Wütend werfe ich den Deckel unserer Mülltonne auf den doofen Strauß und zerre Madeleine in mein Zimmer, weil ich wissen muss, warum auch Lucas wieder heimgekommen ist. Wie ein Eichhörnchen, das Nüsse sammelt, muss ich alle Infos horten, die mir meine Freundin über meinen Erzfeind geben kann.

»Warum ist er zurück, Madeleine?«

»Na ja, also, genau wie du hat er inzwischen seine Assistenzzeit rum und ist jetzt wegen einer Stelle wieder hier.«

Sie schafft es nicht, mir ins Gesicht zu sehen.

»Wegen was für einer Stelle?«

Sie ringt nervös ihre Hände. »Bei Dr. McCorm...«

»OH NEIN!«, bricht es aus mir heraus. »GOTT, NEIN!«

Endlich wendet sich Madeleine mir wieder zu und schaut mich zerknirscht an.

»Es tut mir leid, Daisy! Ich dachte, dass du es schon weißt! Warum hätte dir Dr. M nicht sagen sollen, dass er euch beide haben will?«

Ich hebe eine Hand an meinen Hals, um meinen viel zu schnellen Puls zu ertasten, lasse sie wieder sinken und stapfe im Zimmer auf und ab. Es muss eine Erklärung für das alles geben, denn die Fakten sind eigentlich simpel: Dr. McCormick betreibt Hamiltons einzige Hausarztpraxis und hat angedeutet, dass er sich in absehbarer Zeit zurückziehen will. Er hat die Praxis allein geführt und mir in meinem letzten Assistenzjahr angeboten, bei ihm einzusteigen und die Praxis zu übernehmen, wenn er in Rente geht. Natürlich habe ich zugestimmt, daher bin ich jetzt hier, auf meiner Willkommensfeier.

Warum also, verdammt noch mal, kommt plötzlich auch noch Lucas in dieser Gleichung vor? Ich klammere mich an einen letzten kleinen Fetzen Optimismus und rede mir ein, dass unser alter Doktor vielleicht einen Büroleiter oder, noch besser, einen Pförtner braucht.

In diesem Augenblick tritt mir Madeleine entschlossen in den Weg. »Denkst du nicht auch, es wäre langsam an der Zeit, diese absurde Feindschaft zu begraben? Inzwischen ist das alles doch elf Jahre her und ihr seid beide im Begriff, in eine Praxis einzusteigen und zu zeigen, was für tolle Ärzte ihr geworden seid. Da sollte man doch meinen, dass ihr euren Hass inzwischen überwunden habt.«

Ich lache und kann selber hören, wie hysterisch es klingt. »Madeleine, Madeleine, Madeleine.«

»Hör auf, meinen Namen zu sagen.«

»Erinnerst du dich noch, als Lucas und ich im letzten Schuljahr waren und die Sozialarbeiterin der Schule, Mrs Beckwith, uns nach dem Vorfall auf dem Parkplatz zu sich ins Büro bestellt hat?«

»Nein –«

»Nach einer Stunde hatten wir sie klein. Sie hat ihren Job noch am gleichen Tag gekündigt, ist in den Norden gezogen und hat angefangen, Gemüse anzubauen. In ihrer Kündigung hat sie geschrieben, Lucas und ich hätten – ich zitiere – ihren ›Glauben an die Zukunft der Menschheit nachhaltig zerstört‹.«

»Das hast du dir doch ausgedacht.«

»Du kennst deinen Bruder nicht mal annähernd so gut wie ich und kannst mir glauben, wenn ich sage, dass wir zwei uns nie verstehen werden, ganz egal, was in der Zwischenzeit aus uns geworden ist. Die elf Jahre Trennung haben daran nichts geändert. Oder wenn, dann nur, indem sie unsere Feindschaft über all die Zeit hinweg noch haben reifen lassen – so wie einen guten Wein oder eher wie einen Stinkekäse.«

»Hättest du in der Zwischenzeit nicht Medizin studieren sollen?«

»Oh, das habe ich getan. Bei jeder grauenhaften Hautkrankheit, Pustel oder Zyste habe ich mir vorgestellt, dass Lucas sie hat. Und bei jeder todbringenden Krankheit, bei der man sich noch über Wochen quält, habe ich mir eingeredet, dass nicht ein namenloser Studienteilnehmer, sondern er darunter leidet. Was mir beim Lernen unglaublich geholfen hat.«

»Du bist einfach ein hoffnungsloser Fall.« Sie wirft die Hände in die Luft und stapft zur Tür. »Ich werde wieder runtergehen und mich mit deinen Gästen amüsieren. Und du solltest dir überlegen, wie es zwischen dir und Lucas weitergehen soll. Auch wenn es dir nicht passt, hat euch Dr. McCormick beide angestellt. Du solltest dich also vielleicht bemühen, es positiv zu sehen. Denk dran, wie er es angegangen ist.«

Sie zeigt auf den pinken Umschlag, den sie aus dem Müll gezogen hat, bevor ich ihr den Deckel auf die Finger knallen konnte, und inzwischen tut es mir leid, dass sie die Hand noch rechtzeitig zurückgerissen hat. »Die Blumen sind eindeutig ein Friedensangebot –«

Wie erschreckend naiv und gutgläubig sie manchmal ist. Was sicher daran liegt, dass sie im Gegensatz zu mir nicht durch eine lebenslange, abgrundtiefe Feindschaft abgehärtet worden ist.

»Ich bitte dich. Das war ein Warnschuss«, kläre ich sie auf.

Madeleine verdreht die Augen, wendet sich zum Gehen und lässt mich allein zurück in meinem Zimmer. Ich setze mich wieder auf mein Bett und denke nach. Die Blumen sind eine geheime Botschaft, eine kleine Erinnerung daran, dass sich zwischen uns nichts geändert hat. Für alle anderen sieht der Strauß wie eine nette Geste aus. Sie können die verborgene, quälende Bedeutung nicht erkennen, und genau deshalb hat er ihn mir geschickt.

Ich blicke zwischen dem rosa Umschlag vor mir und der offenen Zimmertür hin und her. Ich bin versucht zu lesen, was er mir geschrieben hat. Während meine Mutter unten ruft, dass bitte alle Untersetzer unter ihre Gläser legen sollen, drücke ich die Tür ins Schloss, kehre zurück zu meinem Bett und reiße den Umschlag auf.

Von der gestochen klaren Schrift bekomme ich wie auch schon früher einen Tunnelblick und starre hasserfüllt die zugegebenermaßen recht hübsche Karte an.

Oh, welch ein Glück
du bist zurück.
Drum schick ich von Haus zu Haus
dir diesen Margeritenstrauß.

2

Lucas Thatcher und ich stehen seit Tag eins in Konkurrenz zueinander. Denn tatsächlich sind wir beide am selben Tag innerhalb von weniger als einer Stunde auf die Welt gekommen, und während ich als Erste krabbeln konnte, hat er eher gesprochen, während ich als Erste laufen konnte, war er früher auf dem Töpfchen. Und so ging es weiter.

Unsere Eltern haben uns gleiche Sachen angezogen, unsere Geburtstage zusammen gefeiert und in ihren Fotoalben gibt es unzählige Aufnahmen, auf denen ich als braver, blonder Engel neben diesem ungestümen Satansbraten abgebildet bin. Mein Lieblingsbild und unauslöschlicher Beweis für unsere Feindschaft zeigt uns im Alter von knapp einem Jahr an Halloween. In der Hoffnung auf ein süßes Foto hatten unsere Eltern uns zusammen auf einen Heuballen gesetzt. Lucas hat mir sofort mit seinen ungeschickten Babyfingern meine kleine gelbe Schleife aus dem Haar gerissen. Das Foto wurde genau in dem Moment aufgenommen, als ich ihm aus Rache die paar Zähne, die ich damals hatte, in den Oberarm gerammt habe.

Sicher kommen Babys nicht mit hasserfüllten Herzen auf die Welt, aber da mir niemand sagen konnte, wann genau der permanente Wettstreit zwischen uns begann, gehe ich einfach davon aus, dass er schon seit unserer Geburt bestand. Meine Mutter schwört, wir hätten unseren ersten Streit gehabt, als Lucas und nicht ich ganz vorne gehen durfte, als wir mit dem Kindergarten in den Wald gegangen sind. Was ich natürlich anders sehe, denn auch wenn der strengen Mrs Hallow während all der Jahre im Beruf bestimmt kein zweiter derart schlimmer Fehler unterlaufen ist, trägt sie ganz sicher nicht allein die Schuld daran, wie es zwischen mir und Lucas weitergegangen ist.

Die Menschen wollen immer wissen, was für ein doch sicher furchtbares Ereignis Auslöser der lebenslangen Rivalität zwischen uns war. In Wahrheit aber war es zwischen uns einfach schon immer so. Wir sind wie Annie Oakley und Frank Butler, die berühmten Kunstschützen des Wilden Westens, und ich bin der festen Überzeugung, dass ich alles, was er tut, noch besser kann.

Die Konkurrenz zwischen uns beiden hatte unter anderem deshalb jahrelang Bestand, weil wir sie ständig ausgeweitet haben. In der Grund- und Mittelschule sind wir noch eher kindlich vorgegangen, haben in Kunst die Zeichnungen des jeweils anderen mit Fingerfarben überschmiert, uns auf dem Pausenhof die Fußbälle geklaut und vor den Aufführungen der Schultheatergruppe die Schnürsenkel des jeweils anderen so verknotet, dass er auf der Bühne auf die Nase fiel.

Natürlich blieben diese fiesen Scherze nicht ganz folgenlos. Die Lehrer schrieben unseren Eltern, weil wir entweder Schuleigentum nicht respektierten oder unser Benehmen stark zu wünschen übrig ließ. Lucas' wegen musste ich zum ersten und einzigen Mal in meinem Leben nachsitzen, wir verloren beide die Freundinnen und Freunde, die sich in dem Kleinkrieg, den wir führten, nicht auf eine Seite schlagen wollten, und vor allem büßten wir auf Dauer den Respekt und auch das Wohlwollen unserer Lehrer ein. Dabei wurde uns mit zunehmendem Alter die Bedeutung dieser Menschen und der Noten, die sie gaben, bewusst, und plötzlich wurden die Zeugnisse, die sie unseren Eltern schickten, objektive Mittel des Vergleichs, die im Sechswochenturnus deutlich machten, ob ich oder Lucas gerade am Gewinnen war.

Jetzt, elf Jahre später, haben wir es statt mit Lehrern mit Dr. McCormick, unserem zukünftigen Chef, zu tun, und ich bin glücklich, als ich ihn am Morgen nach der Party in seinem Lieblingscafé, dem Hamilton Brew, sehe. Ich hatte vor, am späten Vormittag bei ihm vorbeizuschauen, aber ein *zufälliges* Treffen passt mir selbstverständlich deutlich besser in den Kram.

Er sitzt mit einer Sonntagszeitung und einem großen Kaffee an einem der Fenstertische. Ich mache mir eine gedankliche Notiz, dass er zwei Päckchen Zucker in den Kaffee nimmt, und trete durch die Tür.

In meiner Highschoolzeit erschien er mir immer wie ein alter Mann, aber plötzlich wird mir klar, dass er wahrscheinlich höchstens ein, zwei Jahre älter ist als meine Mom. Mit seinem grau gesträhnten Haar und dem weißen Schnurrbart sieht er aus wie eine weltmännische Ausgabe des guten alten Nikolaus.

»Dr. McCormick«, grüße ich ihn und setze ein gewinnendes Lächeln auf. »Was für ein Zufall, dass ich Sie hier treffe.«

»Daisy!«

Er freut sich tatsächlich, mich zu sehen, und für einige Minuten plaudern wir so ungezwungen, wie es für die Einwohner von kleinen Städtchen typisch ist, wobei die Hauptthemen der Bau der neuen Siedlung und der neue Supermarkt sind.

»Wenn es so weitergeht, bekommen wir bestimmt bald auch noch einen Bioladen«, stellt er kopfschüttelnd fest. Ungebeten nehme ich ihm gegenüber Platz und komme auf den Punkt.

»Es heißt, auch Lucas wäre wieder in der Stadt. Echt seltsam, finden Sie nicht auch? Aber auch irgendwie schwer vorstellbar, dass das reiner Zufall ist.«

»Ich hatte gehofft, ich hätte noch einen Tag Ruhe, bis ihr zwei mir auf die Schliche kommt.«

Oh Gott. »Dann ist es also wahr? Er arbeitet mit uns zusammen?«

»Er fängt morgen bei mir an, genau wie du.«

Ich spüre, wie meine Hoffnung innerlich zerbricht. Dann erinnere ich mich daran, dass Dr. McCormick mich beobachtet, und zwinge mich zu einem Lächeln.

»Darf ich fragen, warum? Es kann doch sicher auch einer allein die Praxis weiterführen, wenn Sie in Rente gehen, oder nicht?«

Er reibt sich nachdenklich das Kinn und ich habe Angst, eine Grenze überschritten zu haben, aber dann geht er auf meine Frage ein.

»Offen gestanden hatte ich das nicht geplant. Es ist einfach so passiert. Ich habe eines Sonntags in der Kirche ein paar Leuten gegenüber fallen lassen, dass ich überlege, in Rente zu gehen, und als ich am Montagmorgen in die Praxis kam, lagen bereits zwei Bewerbungsmails in meinem Posteingang.«

»Von mir und von Lucas?«

»Genau. Ich nehme an, das habe ich davon, dass ich den Mund nicht halten konnte.«

Auch wenn ich unbedingt wissen will, wessen E-Mail ihn zuerst erreicht hat, beiße ich mir auf die Zunge, als er weiterspricht.

»Ich war unglaublich stolz, weil ihr beide Allgemeinmediziner geworden seid, aber zugleich schockiert, dass ihr nach all den Jahren nach Hamilton zurückkehren wolltet.«

Wir haben beide Noten, die problemlos für ganz andere Positionen ausgereicht hätten. Als Hautarzt oder plastischer Chirurg verdient man jede Menge Geld mit einem Minimum an Arbeit, während man als Hausarzt pausenlos für einen eher bescheidenen Lohn buckelt.

»Aber als erfahrener Arzt habe ich das Problem erst einmal von allen Seiten betrachtet und dann das Positive gesehen. Du hast sicher schon bemerkt, dass Hamilton nicht mehr so klein ist wie früher. Ich habe seit fünf Jahren derart viel zu tun, dass ich nicht mal mehr eine Mittagspause machen kann.«

Ich kann mir denken, worauf er hinauswill, doch die Richtung, in die sich das Gespräch gerade entwickelt, gefällt mir nicht. Inzwischen ist mein Lächeln derart eingefroren, dass meine Wangenmuskeln anfangen zu schmerzen.

»Die Sache ist die: Es gibt genug Arbeit für zwei oder vielleicht sogar für drei Ärzte.«

Ich brauche keine Mittagspause und ich arbeite auch gern die Wochenenden durch. Ich wollte immer eine eigene Praxis haben. Das ist mein Traum und er zerstört ihn. Das Einzige, was ich herausbringe, ist ein gepresstes:

»Alles klar.«

Ich hoffe nur, er sieht mir das Grauen nicht an. Ich bin nach Hamilton zurückgekommen, weil ich dachte, dass die Praxis mir so gut wie sicher wäre, doch als Arzt muss man jederzeit bereit sein, Schläge einzustecken und sich umzustellen, wenn etwas nicht nach Plan verläuft. Daher lächele ich Dr. McCormick an und entschließe mich dazu, das Problem später zu lösen.

Entschlossen schiebe ich meinen Stuhl zurück, erhebe mich von meinem Platz und reiche meinem Chef die Hand.

»Nun, Dr. McCormick, wie auch immer diese Sache ausgeht, ich freue mich schon darauf, mit Ihnen zu praktizieren.«

Er grinst zufrieden.

Bevor ich wieder auf die Straße trete, trinke ich noch einen Espresso – und nach kurzem Überlegen nehme ich einen weiteren Espresso mit auf den Weg. Bevor ich morgen auf den Feind treffe, habe ich noch alle Hände voll zu tun.

Vom Café gehe ich die Hauptstraße hinunter in den teuersten Friseursalon der Stadt. Ich war seit beinah einem Jahr schon nicht mehr beim Friseur, aber jetzt muss ich möglichst gut aussehen. Ich lasse mir das Haar in Stufen schneiden, die meine zarten Züge vorteilhaft betonen, und frage dann nach allen anderen Kosmetikbehandlungen, die das Haus im Angebot hat. Ich will nicht für Lucas hübsch sein, der sowieso nicht den geringsten Sinn für Schönheit hat. Ich tue all das nur für mich. Ich wappne mich für den Kampf, und während sie mir die Füße machen, blättere ich in meinen alten Medizinlehrbüchern, falls an meinem ersten Arbeitstag jemand mit einer seltenen, schwer auszusprechenden Krankheit in die Praxis kommt.

»Was ist mit Ihren Brauen? Sollen wir die auch in Form bringen?«

Ich lache, weil das eine wirklich dumme Frage ist. »Natürlich! Und lassen Sie auch sonst keine Behandlung aus.«

Als ich später nach Hause komme, blättert meine Mom im Esszimmer in Zeitschriften und spricht mit irgendwem am Telefon. Als ich die Tür schließe, hebt sie den Kopf und augenblicklich fällt ihr die Kinnlade herunter.

»Ich rufe dich zurück«, sagt sie ins Telefon. »Hier steht jemand, der aussieht wie Daisy.«

Ich lasse meine Einkaufstüten auf das Sofa fallen und gehe in die Küche. Ich beiße gerade in einen Apfel, als mir meine Mutter in die Küche folgt. Sie ist noch kleiner und noch zierlicher als ich, die ersten grauen Strähnen, die sie mittlerweile hat, sind zwischen ihren blonden Haaren kaum zu sehen, und da sie ihre Haut schon immer gründlich pflegt, sieht sie mit ihren fünfzig Jahren noch wie dreißig aus. Normalerweise kann ihr Lächeln einen ganzen Raum erhellen, aber jetzt erhellt es nichts.

»Du warst heute aber ganz schön fleißig«, stellt sie fest und zeigt mit ausgestreckter Hand auf mein verändertes Erscheinungsbild. Im Grunde bin ich nicht so ein Girlie. Für Kosmetik und solche Dinge fehlte mir während des Studiums und als Assistenzärztin einfach die Zeit. Die Frau mit dem samtweichen, weizenblonden Haar und den gewachsten Beinen ist mir im Grunde fremd, aber es fühlt sich gut an, weil ich mit dem praktisch unbehaarten Körper wesentlich aerodynamischer und dadurch deutlich schneller bin.

»Und was ist in den Einkaufstüten?«, hakt sie nach, während ich weiter meinen Apfel kaue.

»Arbeitskleidung.«

Sie zieht eine Braue hoch. »Hast du nicht gestern noch gesagt, dass du nichts brauchst?«

»Das war, bevor ...« Ich breche ab und mache einen Rückzieher. »Ich habe es mir eben anders überlegt. Das Zeug ist neu und ich habe den ganzen Nachmittag mit Mrs Williams zugebracht, damit sie alles kürzt und enger macht.«

»Du weißt also Bescheid«, stellt meine Mutter fest.

»Über was weiß ich Bescheid, *Mutter?*«

Die Verwendung dieses Worts macht deutlich, dass ich wütend auf sie bin, genauso wie sie auf mich, wenn sie mich Daisy Margaret nennt.

Sie massiert sich vorsichtig die Schläfe und stößt einen leisen Seufzer aus. »Ich habe erst ein paar Tage, bevor du heimgekommen bist, davon erfahren. Ich hätte es dir sagen sollen, aber ich war einfach egoistisch und ich wollte, dass du wiederkommst. Du warst schon viel zu lange fort.«

»Du hättest mich trotzdem warnen müssen.«

Sie nickt betreten. »Ich nehme an, wenn du dir neue Kleidung für die Arbeit kaufst, reist du nicht wieder ab?«

»Denkst du, das sollte ich?«

»Auf keinen Fall.«

»Hast du dann vielleicht Lust, dir meine neuen Sachen anzusehen?«

Das ist ein Friedensangebot und sie geht dankbar darauf ein. Ehrlich gesagt, bin ich ihr gar nicht wirklich böse, weil sie mir Lucas' Rückkehr verschwiegen hat. Im Grunde kann ich sie sogar verstehen. Wir stehen uns sehr nah, denn nach der Krankheit und dem viel zu frühen Tod meines Vaters waren wir jahrelang allein. Es war hart für sie, dass ich so weit von Hamilton entfernt aufs College gegangen bin, und jetzt, wo ich endlich wieder da bin, habe ich nicht die Absicht, sofort wieder zu verschwinden. Ich werde Dr. McCormicks Praxis übernehmen, daran wird sich nichts ändern, nur weil Lucas jetzt denselben Plan hat.

Wir sind in meinem Zimmer, um mein Outfit für den ersten Arbeitstag zusammenzustellen, als das Telefon auf meinem Nachttisch schrillt. Es ist eine unbekannte Nummer und ich überlege kurz, ob ich den Anruf einfach ignorieren soll, doch dann gewinnt meine Neugierde die Oberhand.

Ich bedeute meiner Mutter, dass sie mich allein lassen soll, schließe die Tür und hebe ab.

»Hallo?«

»Daisy Bell.«

Diese Stimme habe ich zum letzten Mal vor elf Jahren gehört. »Darf ich fragen, wer am Apparat ist?«

»Ich kann mir nicht vorstellen, dass du das nicht weißt.«

»Lucas Thatcher. Was ist das für eine Nummer? Rufst du mich etwa aus dem Gefängnis an?«

»Ich bin in einer Telefonzelle. Ich wollte nicht, dass du den Anruf bis zu mir zurückverfolgen kannst.«

»Wir haben das Jahr 2017 – wo zum Teufel gibt es da noch Telefonzellen?«

»Egal. Hör zu, wir haben uns seit einer Ewigkeit nicht mehr gesehen, und ich wollte das Eis brechen, damit es morgen zwischen uns nicht allzu hässlich wird.«

»Ich habe keine Ahnung, wovon du redest. Ich freue mich auf die Zusammenarbeit mit dir.«

»Ich kann immer noch hören, wenn du lügst – aber egal. Ich biete dir die Chance, ehrenvoll den Rückzug anzutreten, Daisy. Du kannst einfach allen sagen, dass du einen anderen Job bekommen hast.«

»Den Rückzug wirst eher du antreten, Lucas Thatcher, wenn Dr. McCormick sieht, was für ein Fehler es war, dich in seine Praxis zu holen.«

»Das halte ich für ziemlich unwahrscheinlich.«

»Auch wenn er duftende Zimtplätzchen von mir bekommt? Ich weiß, dass er darauf total versessen ist.«

»Und ich spiele am Samstag mit ihm Golf und werde ihn gewinnen lassen.«

»Du hasst es zu verlieren.«

»Nur gegen dich.«

»Na, dann werden die nächsten Monate bestimmt nicht angenehm für dich.«

»Hast du mir noch was Wichtiges zu sagen? Denn wenn nicht, kann ich mir den nächsten Vierteldollar sparen.«

»Es überrascht mich, dass du kein R-Gespräch bei der Vermittlung angemeldet hast und mich bezahlen lässt.«

Es klingt, als ob er lacht, aber vielleicht ist es auch nur das Knistern in der Leitung des uralten Telefons.

»Also, Dr. Bell, dann sehe ich dich morgen früh.«

Ich öffne den Mund, beschließe dann aber, ihn am besten keiner Antwort mehr zu würdigen und lege einfach wortlos auf.

Nicht, wenn ich dich zuerst sehe, Lucas!

3

Niemand war ernsthaft überrascht, als wir beide nach der Schule Medizin studieren wollten. Gab es eine würdigere Karriere, als den Menschen zu helfen und sie zu heilen? Vielleicht noch Jura, aber wir quälten uns schon damals durch das Gerichtsverfahren, das Ms Pace uns in der neunten Klasse in Geschichte durchspielen ließ. Wir legten uns dabei nur deswegen ins Zeug, weil wir in dem Verfahren Gegner waren. Am Ende gewann ich und hielt ein so gutes Abschlussplädoyer, dass Atticus Finch gezwungen gewesen wäre, seinen Hut vor mir zu ziehen, während Ms Pace nur dank der Einnahme von hohen Dosen Psychopharmaka durch das Jahr kam.

Während unseres letzten Highschooljahres bekam Lucas ein Stipendium von Stanford und ich eines von Duke. Die Tatsache, dass eine dieser Unis an der West-, die andere hingegen an der Ostküste des Landes liegt, hat uns in dem Entschluss, die Stipendien anzunehmen, natürlich bestärkt. Ich wäre sogar nach Neuseeland umgezogen, hätte man mich dort gewollt.

Nachdem ich am College angefangen hatte, war die Einzige, die mir noch Infos über Lucas gab, Madeleine. Wir hatten eine stumme Übereinkunft, der zufolge ich niemals nach ihm fragte und sie von sich aus so oft wie möglich auf ihn zu sprechen kam, als wäre mir daran gelegen, zu erfahren, was er trieb. Sie war es auch, die mir erzählte, wann er nach Hamilton kam, damit ich nicht zufällig zur selben Zeit nach Hause fuhr. Sobald ich sicher wusste, dass er nicht bei seinen Eltern war, kehrte ich selbst für ein paar Tage heim. Wobei mir der Gedanke, dass er sich urplötzlich trotzdem in seiner alten Heimat blicken lassen könnte, meine kurzen Urlaube verdarb.

Dank meiner sorgfältigen Planung und dem lückenlosen Kalender meiner Freundin habe ich Lucas seit elf Jahren nicht mehr gesehen. Nicht mal auf Fotos und auch nicht bei Facebook, denn an einem Abend während meiner Collegezeit beschloss ich, dass ich diese Ablenkung nicht länger bräuchte, und machte mein Konto dicht. Diese Entscheidung hatte nichts damit zu tun, dass Lucas kurz zuvor ein Bild von sich und einem hübschen blonden Mädchen auf dem Winterball der Universität gepostet hatte. Facebook ist einfach eine unnötige Website und die reinste Zeitverschwendung.

Die Tatsache, dass ich Lucas nach all den Jahren morgen gegenüberstehen werde, bringt mich um den Schlaf. Schon im Morgengrauen klettere ich aus dem Bett und mache mich bereit für meinen ersten Tag im neuen Job. Mein Outfit – enge, graue Röhrenhose, schwarze Bluse und passende Ballerinas – ist professionell, aber bequem genug für einen langen Arbeitstag. Ich mache mir die Haare, schminke mich dezent und fahre mit dem Rad den kurzen Weg zu dem Café, in dem ich gestern erst mit meinem Chef zusammengesessen habe. Es liegt direkt gegenüber der Praxis und von dort aus kann ich sehen, wann Lucas kommt. Es ist mir wichtig, ihn zu sehen, bevor er mich sieht. Ich will jeden Vorteil, den ich kriegen kann.

Die Bedienung bringt mir zwei Kaffees (einen für mich und einen für Dr. McCormick) und scherzt über die anstrengende Lektüre, die bereits am frühen Morgen vor mir liegt. Zugegeben, eine Fachzeitschrift für Medizin ist nicht so leicht verdaulich wie ein Hochglanzmagazin, in dem es um irgendwelche Stars und Sternchen geht, doch die Artikel lenken mich für einen kurzen Augenblick vom wilden Klopfen meines Herzens ab. Das sicher eine Folge meiner kurzen Radtour ist.

»Bist du das, Daisy Bell?«

Ich drehe meinen Kopf und starre leicht verwirrt in das Gesicht eines Mädchens, das ich zum letzten Mal auf dem Abschlussball der Highschool gesehen habe.

»Hannah?«, frage ich vorsichtig, weil ich als Facebook-Abstinenzlerin auf mein Gedächtnis vertrauen muss.

Ihr Strahlen zeigt, dass ich richtig liege.

»Wie geht es dir?« Mit einem breiten, selbstbewussten Lächeln tritt sie zu mir an den Tisch.

Ich nicke. »Mir geht's gut. Und dir?«

Sie streicht mit einer Hand, an der ein diamantbesetzter Goldring prangt, über einen hochschwangeren Bauch.

»Hervorragend. Obwohl ich jetzt im achten Monat bin und nicht mehr richtig schlafen kann.«

Deshalb also ist sie zu einer Zeit im Café, die eigentlich nur Schichtarbeitern und verrückten Ärztinnen, die ihre Feinde stalken, vorbehalten ist.

»Gratuliere, du siehst toll aus.«

Sie verdreht ungläubig die Augen. »Nett, dass du das sagst. Todd behauptet, dass ich niemals besser ausgesehen hätte, aber meiner Meinung nach sagt er das nur –«

»Todd Buchanan?!«

Hannah lacht und nickt. »Genau der! Wir haben vor ein paar Jahren geheiratet.«

Plötzlich habe ich habe das Gefühl, als spielten wir in unterschiedlichen Ligen. Meine Klassenkameradinnen heiraten und werden Mütter, während ich mit meinen achtundzwanzig Jahren niemals fest mit einem Mann zusammen gewesen bin. Die einzige Verpflichtung, die ich bisher jemals eingegangen bin, war die Ratenzahlung für einen Staubsaugerroboter. Wie kann das sein? Warum bin ich plötzlich so weit zurück?

»Das ist toll«, krächze ich.

»Gott, du siehst total verändert aus.« Sie deutet mit ihrer Hand von meinem blonden Haar bis zu den Spitzen meiner Schuhe. »Ich meine, klar, du warst schon auf der Highschool hübsch, aber du wusstest nie, was du mit all den Haaren und deinen Sommersprossen machen sollst. Ich bin echt froh, dass du sie nicht verdeckst.«

»Danke.« Leicht schockiert von ihrer Offenheit hebe ich eine Hand an mein Gesicht.

»Ich habe übrigens gesehen, wie Lucas letzte Woche seine Sachen oben reingetragen hat«, fährt Hannah fort.

Meine Nervenenden fangen an zu kribbeln, was an der Wirkung des Koffeins liegen muss, auch wenn ich noch keinen Schluck Kaffee getrunken habe. Es müssen die Dämpfe sein.

»Ach ja?«

Ich bin fest davon ausgegangen, dass auch er wieder bei seinen Eltern eingezogen ist. Lucas und ich haben unser ganzes Leben als direkte Nachbarn zugebracht. Als Kinder hat uns diese Nähe nicht viel ausgemacht, aber sobald wir auf der Highschool waren, gab es kein Entkommen mehr. Wir wussten über jeden Schritt des jeweils anderen Bescheid. Kein Junge hat mich jemals abgeholt, ohne dass Lucas draußen rumgelungert hätte, um den Augenblick zu ruinieren. Das Hereinholen der Post, das Mähen des Rasens und das Waschen seines Autos waren nur vorgeschoben. In Wahrheit ging es darum, in meine Gedanken einzudringen und auf diese Weise zu verhindern, dass ich mein Date genoss.

Ich selbst war nicht ganz so mutig wie er. Ich lauerte am Fenster meines Zimmers, um ihn auszuspionieren, als er mit vierzehn Carrie Kocher vor der Haustür küsste. Ich klebte geradezu an der Scheibe und kämpfte dabei verzweifelt gegen das Verlangen an, mich zu übergeben. Denn mir war einfach unbegreiflich, wie ein Mädchen das ertrug.

Ich nehme meinen Kaffeebecher, blicke in die milchig braune Brühe, stelle ihn zurück, schiebe ihn etwas von mir fort und sehe wieder Hanna an.

Leicht grinsend beugt sie sich zu mir herab, damit nur ich sie hören kann. »Er ist immer noch das Heißeste, was unsere Highschool je zu bieten hatte.«

Wenn ich einen Schluck von meinem Milchkaffee genommen hätte, hätte ich ihn ihr jetzt sicher vor Entsetzen ins Gesicht gespuckt.

»So, wie du reagierst, kommt ihr anscheinend immer noch nicht miteinander klar.«

Es überrascht mich nicht, dass sie sich noch an unsere Rivalität erinnern kann. Wahrscheinlich wurde sogar Präsident Bush zu irgendeinem Zeitpunkt über unser Treiben informiert.

»Kann jemand so Arrogantes überhaupt mit jemandem klarkommen?«, versuche ich, die Schuld dorthin zu schieben, wo sie hingehört, zu Lucas.

Sie lacht. »Du warst die Einzige, die ein Problem mit Lucas hatte. Was wir nie so ganz verstanden haben. Es ging sogar mal das Gerücht –«

Ich lache laut und aggressiv. Ich will, dass sie aufhört zu reden und weitergeht, um ihr Baby auf die Welt zu bringen oder so.

»Tja, nun, ich will dich nicht länger aufhalten und habe selber noch zu tun …«, erkläre ich mit einem vielsagenden Blick auf meine Fachzeitschrift und Hannah tritt den Rückzug an.

Ich wünsche ihr viel Glück mit ihrer Schwangerschaft und tue so, als würde ich mit der Lektüre meiner Zeitschrift fortfahren. Erst als sie weg ist, wird mir klar, dass ich vergessen habe, sie zu fragen, wo genau Lucas seine Sachen hochgetragen hat.

Angeblich haben sie aus einigen der oberen Etagen in der Hauptstraße moderne Lofts gemacht, aber er ist doch bestimmt nicht gerade direkt über mir, oder?

Über meinen Rücken rinnt ein kalter Schauer und ich blicke langsam Richtung Decke, als erwartete ich, dass von dort plötzlich Blut auf meine Stirn tropft, wie in einem Horrorfilm. Aber ich sehe nur die frei liegenden Leitungen und komme mir albern vor.

Ich denke bereits viel zu lange über Lucas nach und habe das Gefühl, als wäre ich schon dabei, einen nicht existenten Wettstreit zu verlieren. Für die nächsten Minuten tue ich so, als wäre ich wieder in Duke und Tausende von Meilen von dem blöden Kerl entfernt. Der Tagtraum beruhigt meine Nerven und ich schaffe es beinah, mir eine Welt ohne Lucas Thatcher vorzustellen.

Während ich mich darum bemühe, wenigstens nach außen hin möglichst große Ruhe auszustrahlen, wird eine Tür direkt neben dem Eingang des Cafés geöffnet und ich sehe wie in Zeitlupe, wie jemand auf die Straße tritt.

Ein Mann, den ich bis an mein Lebensende, oder wenigstens, bis ich in Ruhe meinen Kaffee ausgetrunken habe, nie mehr hätte sehen wollen. Er ist der Fluch meines Lebens.

4

Mein Mund wird trocken, meine Hände zittern und mein Magen zieht sich erst zusammen und schlägt wenig später einen wilden Purzelbaum. Mein Wunsch hat sich erfüllt – ich sehe Lucas, bevor er mich sieht –, doch plötzlich wünsche ich mir etwas völlig anderes, nämlich, dass er wieder nach oben verschwindet und für immer verschwunden bleibt.

Er hat mir den Rücken zugekehrt und als die Ärztin und Wissenschaftlerin, die ich inzwischen bin, unterziehe ich ihn einer eingehenden Musterung. Sein dichtes, dunkelbraunes Haar hat irgendwer getrimmt, der sich auf diese Aufgabe versteht. Er trägt eine dunkelblaue Hose unter einem frisch gestärkten, blütenweißen Hemd. Das braune Lederarmband seiner Uhr passt gut zu seinem Gürtel und den blank polierten Lederschuhen. Anscheinend hat ihm im Laufe der Jahre irgendeine Frau gezeigt, wie man sich farblich passend kleidet, bevor sie sicher von ihm zerstückelt und an irgendwelche Straßenköter verfüttert wurde.

Vor dem Überqueren der Straße sieht er sich nach beiden Seiten um. Das tut er nicht, weil seine Mutter ihm das beigebracht hat, sondern weil er Ausschau nach mir hält und sichergehen will, dass ich nicht auf der Straße in einem aufgemöbelten Ford Bronco darauf lauere, ihn niederzumähen. Ein paar Sekunden lang sehe ich sein Profil. Ich verfluche die Zeit und die männlichen Hormone, denn statt Pausbacken hat er mit einem Mal ein etwas kantiges, doch feines Gesicht, und die Muskeln in den Oberarmen sehen aus wie prall gefüllte Luftballons. Wahrscheinlich schaufelt er täglich kiloweise Proteine in sich rein und geht dann ins Fitnessstudio.

Auf der Highschool hatte er Kontaktlinsen, inzwischen aber trägt er eine Nerdbrille mit dicken, schwarzen Rändern und sieht aus, als wolle er zum Vorsprechen für irgendeinen neuen Superheldenfilm. *Wie rührend.* Auch wenn ihm die Brille leider durchaus steht.

Sobald er sich versichert hat, dass die Luft rein ist, tritt er auf die Straße. Geräuschlos setze ich mich in Bewegung und nehme die Verfolgung auf.

Obwohl er sich nicht umdreht, als ich das Café verlasse, sieht er mich kurz darauf mit meinem blonden Haar im Schaufenster der Praxis. Als unsere Blicke sich im Glas begegnen, gehen wir, ohne anzuhalten, direkt aufeinander zu. Außer uns ist niemand auf der Straße. Ich könnte ihm den für Dr. McCormick vorgesehenen Kaffee ins Gesicht schütten und tun, als wäre mir der Becher aus Versehen aus der Hand gerutscht. Dann stünde sein Wort gegen meins, und selbstverständlich würde alle Welt der netten, jungen Ärztin Glauben schenken, aber dieser Kaffee ist für etwas anderes vorgesehen.

Wir marschieren im Gleichschritt auf die Praxis zu. Links, rechts, links, rechts, links, rechts. Ich sehne mich danach, den Türgriff vor ihm zu berühren, aber dafür müsste ich sprinten und das sähe zu verzweifelt aus.

Er erreicht vor mir die Tür und ich sehe voraus, dass er das Haus betreten und sie gleich hinter sich ins Schloss fallen lassen wird. Doch stattdessen macht er einen Schritt zurück und gibt mir durch ein Lächeln zu verstehen, dass er mir den Vortritt lassen will.

Ich weiß genau, dass er nur so höflich tut. Lucas ist gewiss kein Gentleman.

Ich schiebe mich an ihm vorbei, und lächelnd stellt er mir ein Bein. Ich aber bin gewappnet, gehe weiter und mache, als ich sein Bein erreiche, einfach einen übertrieben großen Schritt.

»Haben dir die Blumen gefallen?«

Seine Stimme klingt viel dunkler und viel glatter als bei unserem Telefongespräch. Wie die Irish Cream, von der man immer fürchterliche Kopfschmerzen bekommt.

»Sie gammeln im Müll vor sich hin.«

»Und die Karte?«, fragt er mich in einem Ton, der mir bestätigt, dass die Blumen und die Karte kein Geschenk gewesen waren. Wie die Trojaner mit ihrem berühmten Holzpferd hat er mit dem Strauß in meine Psyche vordringen wollen, um sie von innen zu zerstören.

»Die hat wirklich gut gebrannt.«

Unsere erste Begegnung nach elf Jahren und ich bin nicht überrascht, dass wir genau da weitermachen, wo wir aufgehört haben. Wir betreten das Foyer und Dr. McCormick und die anderen Mitarbeiter nehmen uns breit lächelnd in Empfang. Ich setze ebenfalls ein Lächeln auf und wende mich von Lucas ab, damit er es nicht sehen kann.

»WILLKOMMEN, DOKTOREN!«, rufen alle und weisen mit ausgestreckten Händen auf das selbst gemalte Banner, das quer über dem Empfangstisch hängt.

Mein Lächeln wird noch breiter, als Dr. McCormick einen Schritt in meine Richtung macht.

»Guten Morgen, allerseits! Hier, Dr. McCormick«, wende ich mich geradewegs an meinen neuen Chef. »Ich habe Ihnen einen Kaffee mitgebracht. Was alle anderen betrifft, die erste Kaffeepause heute geht auf mich.«

Das Personal ist freudig überrascht. Ich drücke unserem Boss den Kaffeebecher in die Hand und drehe mich zum ersten Mal nach Lucas um. Mein Lächeln, das bis eben noch von Herzen kam, wirkt weiter echt. Ich habe schließlich im Laufe der Jahre ein paar Tricks gelernt.

Lucas mustert mich mit seinem dunklen Blick von meinen Ballerinas bis zu meinem glänzenden Haar und fragt sich offenbar, ob ich ihm als Gegnerin auch nach all der Zeit noch ebenbürtig bin. Dann huscht ein Lächeln über sein Gesicht, und ich weiß, dass er aufgeregt ist, weil er unseren Wettstreit nach all den Jahren endlich fortführen kann. Ich kann ihm ansehen, dass er das Fleisch von meinen Knochen pflücken will.

Dr. McCormick stellt uns alle gegenseitig vor und während Lucas es dabei belässt, allen die Hand zu schütteln und zu lächeln, präge ich mir direkt alle Namen ein und schmiede einen Angriffsplan für jede einzelne von ihnen. Die Sekretärin ist ein älteres Semester, doch die Krankenschwester und die beiden MTAs sind ungefähr so alt wie ich und kriegen leuchtende Augen, als sie Lucas gegenüberstehen. Das ist Biologie, dagegen komme ich nicht an, daher schlage ich einen anderen Weg zu ihren Herzen ein.

»Hübsche Bluse, Casey.« Die Arzthelferin strahlt über mein Kompliment.

Gina, die Sekretärin, nimmt zwei Kittel von einem der Haken am Empfang. Einen für Lucas und den anderen für mich. Lucas schnappt sich beide und als er mir meinen Kittel aufhält, wirkt dieser lächerlich klein in seinen Händen.

»Ich wusste gar nicht, dass es Kittel auch in Kindergrößen gibt.« Mit einem teuflischen Grinsen auf den Lippen hält er ihn mir hin.

Ich knirsche mit den Zähnen, gebe aber keine Antwort, denn die anderen Frauen fangen wegen dieses blöden Witzes verstohlen an zu kichern. Mit dieser Gruppe wird's für mich bestimmt nicht leicht.

Ich kehre Lucas den Rücken zu, schiebe widerstrebend einen Arm durch einen Ärmel und während mein zweiter Arm den anderen Ärmel füllt, tritt er einen Schritt nach vorne und kommt mir dadurch so nahe wie zum letzten Mal auf einem Ball in der Highschool. Er rückt meinen Kragen ordentlich zurecht und streift dabei mit seinen Fingern meinen Hals.

Doch sein Versuch, mich aus dem Gleichgewicht zu bringen, geht nach hinten los. In meinem weißen Kittel komme ich mir einschüchternd vor. Auf einer Seite ist das Logo von McCormicks Praxis eingestickt und auf der anderen steht deutlich sichtbar Dr. Daisy Bell. Mit tränenfeuchten Augen sieht der Arzt uns beide an. Was wieder einmal zeigt, dass er ein unverbesserlicher Softie ist.

»Ich nehme an, ihr wisst, wie stolz ich auf euch beide bin.«

Ich schiebe mich ein wenig näher an den Arzt heran und Lucas tut es mir gleich.

»Am besten sage ich euch erst mal, wie es laufen wird. Ich denke, wir vereinbaren zuerst eine Probezeit, in der ihr euch mit den Gegebenheiten vertraut macht. Schließlich habt ihr eure Assistenzjahre in Großstädten verbracht und ihr werdet feststellen, dass eine Kleinstadtpraxis etwas völlig anderes ist. Hier muss man fünfzig Meilen fahren, wenn man zu einem Spezialisten will. Das heißt, ihr werdet alles Mögliche zu sehen bekommen, und ich muss herausfinden, ob ihr damit vielleicht überfordert seid.«

»Und was wäre, wenn *einer* von uns beiden überfordert ist?«, erkundige ich mich mit unschuldiger Stimme. Vielleicht habe ich ja doch noch eine Chance auf meine eigene Praxis. Vielleicht ist mein Traum noch nicht vollkommen ausgeträumt.

»Oh, ich glaube nicht, dass das passieren wird. Ihr seid beide gute Ärzte, und die Probezeit vereinbare ich hauptsächlich für mich. Es wird mir sicherlich nicht leichtfallen, völlig loszulassen.«

Er weicht meiner Frage aus. Denkt er wirklich, Lucas und ich würden die Praxis irgendwann gemeinsam führen? Wahrscheinlich hat ihm jemand Pillen in seinen morgendlichen Haferbrei gerührt.

»Mir ist nicht entgangen, dass ihr offenbar beide gewisse ... Vorbehalte habt, wenn's darum geht, dass ihr die Praxis gemeinsam führen sollt. Ich habe euch damit, dass ich euch beiden eine Stelle angeboten habe, ganz bestimmt nicht hinters Licht führen wollen. Ich würde es euch also nicht verübeln, falls einer von euch beschließt, sich irgendwo nach einer anderen Stelle umzusehen. Ich weiß, ihr hattet sicherlich viele Jobangebote.«

Er kennt mich wirklich nicht sonderlich gut, wenn er tatsächlich denkt, dass ich kneifen würde, nur weil Lucas mein Kollege ist. Falls überhaupt, bin ich jetzt noch versessener darauf, ihm zu beweisen, dass ich die geeignetere Kandidatin für den Job bin.

»Natürlich nicht. Ich danke Ihnen für die einmalige Chance, die Sie mir bieten«, gebe ich wahrheitsgemäß zurück.

»Ich werde diese Position nicht auf die leichte Schulter nehmen«, übertrumpft mich Lucas noch und die vier anderen Frauen seufzen leise auf.

Dr. McCormick wischt sich lachend eine Träne von der Wange und nickt seinen Angestellten zu. »Also gut, dann lasst uns loslegen, schließlich haben wir heute wieder einmal alle Hände voll zu tun. Wir haben die Patienten schon darüber informiert, dass es in Zukunft zwei weitere Ärzte in der Praxis geben wird. Wenn sie darauf bestehen, empfange ich die Leute selbst, aber früher oder später werden sie sich dran gewöhnen müssen, dass ihr sie versorgt.«

Oh nein, sie werden sich nur an *mich* gewöhnen müssen, und das werden sie mit Freuden tun. Ich weiß mich zu benehmen, bin verständnisvoll und sanft und kann im Gegensatz zu Lucas auch gut zuhören. Ich wette, er sieht während der Sprechstunde bereits nach zwei Minuten seufzend auf die Uhr und treibt die Leute unnötig zur Eile an, statt sich in Ruhe anzuhören, was ihnen auf der Seele liegt.

»Wenn Sie mir bitte folgen«, wendet Gina sich an uns, »dann zeige ich Ihnen erst mal Ihre Arbeitszimmer.«

Ich bin vor Lucas an der Tür, doch dafür fängt er ein Gespräch mit Gina an. Ich halte mich zurück und hoffe, dass sie den Versuch, sich bei ihr einzuschmeicheln, durchschaut. Dem Leuchten ihrer Augen nach jedoch schluckt sie den Köder durchaus gern, solange er an einer derart attraktiven Angel hängt.

Unsere Arbeitszimmer sind winzig, eher wie zwei Kleiderschränke, die im rückwärtigen Teil des Hauses liegen und extra für uns eingerichtet worden sind. Ich schwärme laut von der Behaglichkeit der winzig kleinen Kammern, doch Gina scheint mir die Begeisterung nicht wirklich abzukaufen. Ich kann mich kaum um meine eigene Achse drehen und die Tür zum Flur ist halb mit einem Stapel Kisten zugestellt.

»Okay, hier ist die Küche.« Sie zeigt hinter sich. »Ich setze morgens Kaffee auf, aber am besten lassen Sie mich wissen, wenn die Kanne leer ist und ich neuen kochen soll. Geschirr bitte nicht in der Spüle liegen lassen, sondern selbst spülen. Ich bin schließlich die Sekretärin und werde nicht fürs Aufräumen bezahlt.«

»Ich bin kaffeesüchtig, koche aber meinen Kaffee gerne selbst«, bietet ihr Lucas lächelnd an. Diese Bodenständigkeit ist offensichtlich nur aufgesetzt, aber Gina nickt lächelnd und wendet sich ab.

Sobald sie um die Ecke in der Rezeption verschwunden ist, sind wir zum ersten Mal allein. Wir stehen mit verschränkten Armen in den Türen unserer Büros, und obwohl ich meine Schultern straffe, überragt er mich um einen Kopf.

»Du hast dich kein bisschen verändert«, stellt er schließlich fest.

»Wirklich? Denn ich finde, dass du noch viel schlimmer geworden bist.«

»Wahrscheinlich hast du recht.« Er wendet sich mir zu und überrascht stelle ich fest, wie attraktiv er während der letzten Jahre geworden ist. Sein Kinn ist fest, die Nase gerade und in seinen braunen Augen liegt ein warmer Glanz. Das ist doch einfach nicht gerecht.

Er sieht mich fragend an und mir wird klar, dass ich ihn schon viel zu lange angestarrt habe.

»Hör zu, Daisy, ich weiß, wir hatten unsere Differenzen, aber jetzt sind wir erwachsen und fangen am besten noch mal ganz von vorne an. Wir beide wollen die Chance, die sich uns hier bietet, nutzen, also lassen wir den Kinderkram am besten hinter uns.«

Seine Rede klingt, als würde sie von Herzen kommen, und für einen kurzen Augenblick bin ich versucht, ihm zu glauben – bevor sein heimtückisches Grinsen ihn verrät. Wahrscheinlich hätte eine andere Frau sich ganz problemlos hinters Licht führen lassen, aber ich zerbreche den mir angebotenen Olivenzweig und schlage das Friedensangebot in den Wind.

»Ich bin gerührt, Lucas. Hast du die Rede gestern Abend vor dem Spiegel einstudiert?«

Bevor er weiter irgendwelche Tricks anwenden kann, mache ich auf dem Absatz kehrt und drücke meine Tür ins Schloss. Der Raum ist wirklich winzig klein und bietet kaum genügend Platz für mich, was umgekehrt bedeutet, dass Lucas' Zimmer nie im Leben für ihn reicht. Die Vorstellung, dass er sich hinter seinen Schreibtisch quetschen muss, zaubert ein Lächeln auf mein bisher eher verkniffenes Gesicht.

Ich lasse meine Tasche fallen und starre die Patientenliste an, die auf meinem Tisch liegt. Vierundzwanzig Leute haben Termine ausgemacht. Ein Drittel übernimmt Dr. McCormick selbst, aber die anderen sechzehn hat er zwischen Dr. Bell und Dr. Thatcher aufgeteilt. Mir kommt eine Idee und mit vor Aufregung zitternden Händen reiße ich die Tür des Zimmers auf und sprinte in Richtung Rezeption.

Dr. McCormicks Probezeit ist unsere Chance, uns zu beweisen, und natürlich kann und werde ich ihn weiter mit Kaffee und Komplimenten überschütten, aber das ist nur die erste Phase meines Plans. Ich will nicht nur sein Herz gewinnen, sondern gleichzeitig beweisen, dass ich hierher gehöre, während Lucas ein Außenseiter ist. Da die Angestellten alle weiblich sind, hat er bei ihnen sicherlich die Oberhand. Die meisten Frauen stehen offenbar auf seinen Typ, und wenn ich nicht bereit bin, sein Gesicht mit Säure zu verätzen, werden sie ihm weiterhin verfallen sein. Unsere Patienten allerdings sind Frauen und Männer aller Altersgruppen und sie werden einen netten, mitfühlenden Arzt gleich welchen Geschlechts und ohne besondere Muskelmasse haben wollen.

Wenn ich es also schaffe, die Patienten für mich einzunehmen, und diese Dr. McCormick von ihrer neuen, jungen Ärztin vorschwärmen, wird er sich noch mal überlegen müssen, ob er Lucas einen Teil der Praxis überlassen soll. Die Angestellten und Patienten sind die Wähler, und ich werde die Stimmen dieser Leute gewinnen, während für Lucas nur ein Busticket ins Nirgendwo übrig bleibt.

Also beginne ich mit Phase zwei des Plans, dem Werben um die Zuneigung unserer Patienten und des Personals.

Becky und Mariah, unsere beiden MTAs, bereiten gerade die Untersuchungszimmer für die Patienten vor, und im Vorbeigehen setze ich ein extrabreites Lächeln auf. Gina und Casey sitzen hinter dem Empfangstisch, auf dem ein Stapel mit den heutigen Patientenakten liegt. Acht von diesen Akten muss ich lesen und mich dann um die dazugehörigen Patienten kümmern, deren Reaktion auf den geplanten Rückzug ihres bisherigen Arztes von leichter Verärgerung bis zu vollkommenem Unverständnis reichen wird. Sicher macht es sie nervös, zu jemand anderem zu gehen, aber ich werde ihre Hände halten, sie behutsam durch den Wechsel führen, und bereits am Ende unserer ersten Sitzung werden sie nicht mal mehr wissen, wer ihr bisheriger Hausarzt war.

Ich gehe die Krankengeschichten der mir zugewiesenen Patienten durch, und Becky und Mariah kommen, frischen Kaffee in den Bechern, aus der Küche zu uns vor in den Empfang.

Phase zwei, sage ich mir, räuspere mich leise und sehe die anderen Frauen an. »Ich weiß, ich habe heute früh nur Kaffee für Dr. McCormick mitgebracht, aber ich hatte gehofft, dass ich Sie alle diese Woche zu einer Kaffeepause drüben im Café einladen kann. Dann wären wir Mädels mal unter uns –«

Mitten in meiner netten Rede kommt ein Junge mit zwei prall gefüllten Tüten durch die Tür. Ich lehne mich über den Tisch und unterziehe ihn einer argwöhnischen Musterung. Er hat die Baseballmütze falsch rum auf und seine müden Augen zeigen, dass er lieber schlafen würde, als um diese frühe Uhrzeit unterwegs zu sein.

»Oh! Sind die für uns?« Gina steht auf und klatscht begeistert in die Hände.

»Na, für mich sind sie ganz sicher nicht.« Achselzuckend sieht der Junge auf das Blatt in seiner Hand. »Das ist eine Lieferung von einem Typen namens Lucas.«

»Dr. Thatcher«, weist Gina ihn stirnrunzelnd zurecht.

Wieder zuckt der Junge mit den Schultern. Er kriegt sieben Dollar in der Stunde, deshalb ist ihm völlig schnuppe, wie sein Auftraggeber heißt. Er will nur sein Trinkgeld, das ihm Lucas über meine Schulter hinweg reicht. Ich habe nicht bemerkt, dass er nach vorn gekommen ist, und jetzt bin ich verärgert, weil ihm eine derart ausgezeichnete Idee gekommen ist. Ich rieche Donuts und ich weiß, dass jeder Donuts liebt.

»Oh, und da ist auch noch was von einer ...« Wieder schaut der Junge auf den Zettel. »Daisy.«

Zornig funkele ich Lucas an, doch sein Gesicht bleibt völlig ausdruckslos. Was spielt er für ein Spiel?

»Das ist so nett von Ihnen beiden!« Casey tritt hinter dem Tisch hervor und nimmt dem Jungen beide Tüten ab.

Die ganze Praxis folgt ihr in die Küche und sieht ihr beim Auspacken der beiden Tüten zu. In einer sind vier Schachteln voller frischer Donuts, die dem heißen Dampf zufolge erst vor wenigen Minuten mit Glasur und Schokostreuseln überzogen worden sind.

»Die sind von mir«, klärt Lucas die vier Frauen mit einem unehrlich bescheidenen Lächeln auf.

In der anderen Tüte ist ein Teller mit nicht mehr wirklich frischem Obst und ich kann sehen, wie das Lächeln der Frauen erlischt.

»Und das da ist von Daisy«, flötet Lucas. »Sie mag's eher gesund.«

Das wenig ansehnliche Arrangement besteht aus ein paar schlaffen, traurigen Melonenscheiben und zerdrückten Trauben, deren beste Tage ebenfalls vorüber sind. Sie haben die Farbe blassen Fleischs und modern schon sichtbar vor sich hin.

»Oh, ähm, wie nett!«, stellt Casey, die den Mund bereits voller Schokostreusel hat, wenig begeistert fest, bevor sie widerstrebend einen Riesenzahnstocher voll überreifer Früchte aus dem wenig ansehnlichen Haufen zieht.

Ich stehe in der Tür, während das Personal sich glücklich auf die Donuts stürzt und einen möglichst großen Bogen um die Vitamine macht, die mir von Lucas untergeschoben worden sind.

»Oh, ich hatte heute schon beim Frühstück jede Menge Obst«, erklärt Gina, schafft es dabei aber nicht, mir ins Gesicht zu sehen.

»Ich ... äh, komme später noch mal wieder, um mir was davon zu holen, Daisy«, sagt Mariah mit schwacher Stimme.

Als Becky an die Reihe kommt, kann ich sie deutlich würgen hören, als sie an meinem Obstteller vorübergeht und sich zwei Donuts nimmt, ohne auch nur so zu tun, als hätte sie sich über meine Geste ebenfalls gefreut.

Zum Schluss sind nur noch Lucas und ich in der Küche und ich zittere vor Wut. Wobei ich nicht auf Lucas, sondern auf mich selbst sauer bin. Ich habe ihn eindeutig unterschätzt, doch das wird mir kein zweites Mal passieren.

Er geht an mir vorbei und greift nach einer kleinen, weißen Tüte, die mir bisher gar nicht aufgefallen ist. Es ist eine Sonderlieferung und er hält sie mir hin.

»Der ist mit Bayrisch Creme gefüllt.«

Am liebsten würde ich ihm den verdammten Donut auf die Brille klatschen, damit ich das Blitzen seiner Augen nicht mehr sehen muss.

»Ich habe schon gefrühstückt«, lehne ich das Angebot mit ausdrucksloser Stimme ab.

Das Knurren meines Magens straft mich Lügen, aber darauf geht er nicht ein.

»Okay. Dann lass ich ihn einfach liegen.«

Er hält Blickkontakt mit mir, während er die Tüte wieder auf den Tresen fallen lässt. Seine Augen sind hellbraun wie reife Walnüsse, und sicherlich ist es kein Zufall, dass mir diese Nussart immer schon zuwider war.

Den Rest des Morgens bringe ich mit gezwungenen Gesprächen mit Patienten und verstohlenen Bissen in den cremegefüllten Donut zu. Gerade als das letzte Stück in meinem Mund verschwindet, geht Lucas an meiner Tür vorbei und unterzieht mich einer argwöhnischen Musterung.

»Müsliriegel«, lüge ich und dabei fallen mir verräterische Donutkrümel aus dem Mund.

»Niemand macht dir einen Vorwurf, aber wenn du kein Interesse an dem Donut hast, frage ich einfach Dr. M, ob er ihn haben will. Gibst du ihn mir?«

»Oh, den habe ich entsorgt – er hat so säuerlich gerochen, dass ich Angst hatte, die Füllung wäre nicht mehr gut«, flunkere ich mit vollem Mund.

In der Mittagszeit bestellt uns Dr. McCormick zu sich ins Büro. Ich nehme an, dass er sich schon entschieden hat und Lucas entlassen will.

»Setzt euch, ihr Rockstars.« Er zeigt auf die beiden abgewetzten Ledersessel, die vor seinem Schreibtisch stehen.

Mit einer eleganten Geste gibt mir Lucas zu verstehen, dass ich mich als Erste setzen soll, und für den Fall, dass er die Absicht hat, den Stuhl zurückzureißen, während ich mich setze, nehme ich möglichst behutsam Platz. Wahrscheinlich würde er in Gegenwart des Docs nicht so tief sinken, aber nach dem kleinen Scherz von heute Morgen traue ich ihm alles zu.

»Das kleine Festmahl heute Morgen war sehr nett, aber denkt bitte nicht, ihr müsstet täglich irgendwelche Leckereien mitbringen, damit ich euch gewogen bin.« Er klopft sich auf den Bauch, als wollte er uns deutlich machen, dass es seinem körperlichen Wohlbefinden alles andere als dienlich wäre, setzten Lucas und ich diesen Wettstreit fort. »Wobei bei meinem Truck das Öl gewechselt werden müsste, falls ihr mir tatsächlich einen Gefallen tun wollt«, klärt er uns lachend auf.

Lucas rollt die weißen Ärmel seines Kittels hoch, als stünde er schon vor der offenen Motorhaube des Gefährts.

»Mineralöl oder synthetisch?«

Arschkriecher.

»Ich sage euch, was ich tatsächlich bei euch sehen will: Wärme und Engagement in eurer jeweiligen Nachbarschaft. Wisst ihr, ich kann mit Stolz sagen, dass sich diese Praxis sehr für die Gemeinschaft engagiert. Allzu häufig konzentrieren sich Ärzte so aufs Geldverdienen, dass sie darüber vergessen, dass der Hauptgrund ihres Studiums war, dass sie Menschen helfen wollten. Ihr habt bei der Approbation den alten Medizinereid geleistet, aber wisst ihr noch, was in der vierten Zeile steht?«

Lucas und ich tauschen nervöse Blicke, und als wir unglücklich die Köpfe schütteln, zeigt Dr. McCormick auf einen gerahmten Druck, der an der Wand hinter seinem Schreibtisch hängt.

»Das hätte ich auch nicht gedacht, aber da er für mich persönlich eine ganz besondere Bedeutung hat, habe ich ihn extra aufgehängt.

›Ich werde mich allzeit daran erinnern, dass die Medizin gleichzeitig eine Wissenschaft und Kunst ist und dass Wärme, Mitgefühl, Verständnis größere Wirkung zeigen können als Medikamente oder das Skalpell‹ «, zitiert er seinen Lieblingssatz von Louis Lasagna.

Ich nicke ehrfürchtig. »Das ist meine Lieblingsstelle.«

Lucas starrt mich von der Seite an und sendet Wellen der Verachtung aus.

»Ihr habt gerade eure Assistenzzeit hinter euch gebracht, und auch wenn ihr wahrscheinlich denkt, ihr wüsstet, was es heißt, ein Hausarzt zu sein, kann ich euch versichern, dass es noch viel zu lernen gibt. In einer kleinen Stadt wie dieser ziehen die Generationen an einem vorbei. Ich habe alte Menschen in den Tod begleitet und gesehen, wie aus Kindern Erwachsene wurden, die dann irgendwann mit ihren eigenen Kindern hergekommen sind. Ich schätze, damit will ich sagen, dass ihr irgendwann für diese Menschen nicht einfach nur Ärzte, sondern eher so etwas wie Familienmitglieder sein werdet. Glaubt ihr, mit dieser Art der Verantwortung kommt ihr zurecht?«

Ich habe mich während seiner Rede so weit vorgelehnt, dass ich beinah vornüberkippe, als ich nicke, und einstimmig sagen ich und Lucas: »Ja.«

»Okay. Dann werde ich euch in den nächsten Monaten vor eine Vielzahl von Herausforderungen stellen und verlange Leidenschaft und vollen Einsatz, selbst wenn ihr meine schwierigsten Patienten kriegt. Ich will Neuerungen sehen und verlange, dass ihr anders als so viele Ärzte heutzutage nicht nur Dienst nach Vorschrift macht. Überrascht mich! Ich will, dass ihr zwei die besten Ärzte werdet, die es je in Hamilton gegeben hat!«

Die Energie, die Lucas und auch ich versprühen, ist mit Händen greifbar. Wir sind die Titans und der Doc ist unser Herman Boone aus *Gegen jede Regel*, der uns zusätzliches Feuer unterm Hintern macht. Am liebsten würde ich mit einem Helm gegen den Spind schlagen und laut *hipp hipp hurra* schreien.

»Ich werde Sie ganz sicher nicht enttäuschen, Sir«, verspricht Lucas und steht auf.

Auch ich erhebe mich von meinem Platz und trete mit ausgestreckter Hand auf meinen Mentor zu. »Mein ganzes bisheriges Leben habe ich auf diesen Augenblick gewartet.«

Der Doc lächelt uns beide an und dann entlässt er uns, damit wir unserer Arbeit nachgehen. Es hat auch schon vorher ein gewisses Maß an Spannung in der Luft gelegen, aber jetzt erreicht sie eine ungeahnte Dimension. Dr. McCormick hat das Startsignal gegeben und wir sprinten aus dem Raum und schubsen uns auf dem langen Flur hinunter zu unseren Büros gegenseitig aus dem Weg.

»Du wirst dich hoffnungslos blamieren, wenn du bleibst«, warne ich Lucas.

Wir sind noch vielleicht einen Meter von den Türen unserer jeweiligen Büros entfernt, doch gerade als ich in mein Zimmer flüchten will, dreht Lucas sich um und drängt mich gegen die Wand. Statt mich jedoch zu ducken, presse ich mich gegen seine Brust, lege den Kopf zurück und starre in seine hässlichen walnussbraunen Augen.

Er streckt seine Hand aus und streicht mit dem Finger über den Namen, der auf meinem Kittel steht. »Wenn du in ein paar Wochen deine Sachen packst, kannst du den Kittel mitnehmen, damit er dich für alle Zeit daran erinnert, was dir hier entgangen ist.«

Wahrscheinlich spürt er das wilde Klopfen meines Herzens durch den dünnen Stoff hindurch. Na toll. Vor lauter Ärger fällt mir nicht mal eine gute Antwort ein, aber schließlich ist Angriff sowieso die beste Verteidigung.

»Du hast doch gehört, was er gesagt hat«, fauche ich ihn an. »Er sucht niemandem zum Golfspielen, sondern jemanden mit Wärme und Mitgefühl.« Ich fahre mit dem weichen Rücken meiner Hand über seine Wange.

»Und was könnte wärmer sein als die Berührung einer Frau?«

Abgesehen von einem leichten Zucken seines Wangenmuskels

bleibt er völlig ungerührt. »War das wirklich deine Lieblingsstelle des hippokratischen Eids?«

»Wenn es die Lieblingsstelle unseres Bosses ist, auf jeden Fall«, kläre ich ihn mit einem unschuldigen Lächeln auf.

Er sieht mich aus zusammengekniffenen Augen an. »Ich wusste nicht, wie unterwürfig du inzwischen bist. Wenn ich an deinen Fäden ziehe, machst du dann auch, was ich will?«

Mariah hüstelt höflich und wir merken, dass sie in den Flur gekommen, aber ganz am anderen Ende stehen geblieben ist. »Tut mir leid, zu stören, Sir, äh … Ma'am, Dr. Bell, aber Mrs Harris wartet in Raum drei.«

Lächelnd ducke ich mit unter Lucas' Arm hindurch (als ob wir miteinander fertig wären), nehme Mariah im Vorbeigehen dankend die Patientenakte ab und gehe schnellstmöglich auf Tauchstation, bevor einer der Schüsse, die die Blicke meines Gegners abfeuern, mich in den Rücken trifft.

Sobald ich jedoch um die Ecke bin, verfliegt mein selbstbewusstes Lächeln und ich schwöre mir, die dritte Phase meines Plans zur Übernahme dieser Praxis anzugehen. Ich muss Lucas dazu zwingen, *freiwillig* zu gehen.

Um sechs Uhr abends räume ich meinen Schreibtisch auf und packe meine Sachen ein. Die paar übrig gebliebenen Donuts werden eilig von den anderen reklamiert. Gina drückt mir den Teller mit den inzwischen braunen Früchten in die Hand.

»Können Sie den mitnehmen? Der zieht sonst über Nacht die Fliegen an.«

Ich lächele verkniffen, nicke knapp und trage meinen Obstteller zur Tür. Ich will, so schnell es geht, zu meinem Rad, das ich heute Morgen am Café abgeschlossen habe. Dort steht es immer noch, doch seine fröhliche mintgrüne Farbe kommt mir inzwischen höhnisch vor.

»Gratuliere, Dr. Thatcher. Sie haben Ihre Sache wirklich ganz hervorragend gemacht«, höre ich Ginas Stimme hinter mir.

»War echt ein toller erster Tag!«, pflichtet ihr Casey bei und beide

Frauen klopfen Lucas anerkennend auf den Rücken, als er geht. Wenn ich mich jetzt umdrehen würde, müsste ich mich sicher übergeben, also trete ich entschlossen vor die Tür.

Lucas folgt mir auf dem Fuß und für einen Augenblick befürchte ich, dass er damit etwas im Schilde führt, doch dann fällt mir ein, dass er ja direkt auf der anderen Straßenseite über dem Café wohnt. Was wirklich praktisch ist.

Ich beschleunige mein Tempo, um den Abstand zu vergrößern. Nur noch schnell über die Straße und dann habe ich mein Rad erreicht. Die Freiheit ist zum Greifen nah! Eilig hüpfe ich vom Bürgersteig, höre schrilles Reifenquietschen und ein lautes Hupen, und dann ist Lucas da, packt meinen Ellenbogen und zieht mich im letzten Augenblick zurück, bevor die Stoßstange des Lieferwagens mich erwischt.

»Vorsicht!«, schreit der Fahrer aus dem Fenster und ich blinzele verwirrt.

Mein Herzschlag explodiert, ich atme keuchend ein und aus und zittere vor Schreck wie Espenlaub.

»Mach es mir nicht zu einfach«, neckt Lucas mich.

Seine Hand liegt immer noch auf meinem Arm und für eine endlose Sekunde schließe ich die Augen und lasse einfach zu, dass er mich hält. Doch dann ist der Moment vorbei und das Gefühl des Schocks weicht glühend heißem Zorn, der gegen niemand anderen als mich selbst gerichtet ist. Wie dämlich muss man sein, um nicht nach links und rechts zu sehen, bevor man eine Straße überquert?

Ich reiße meinen Arm zurück. »Das ist wahrscheinlich nicht das erste Mal, dass jemand sich freiwillig vor ein Auto stürzt, nachdem er einen ganzen Tag mit dir zusammen gewesen ist.«

Ich versuche mich zu fangen, fasse aber immer noch nicht, dass ich von Lucas gerettet worden bin. Das ist in höchstem Maß beunruhigend.

Ich vergewissere mich schnell, dass kein Auto kommt, dann renne ich auf die andere Straßenseite, stopfe meine Tasche und den blöden Obstteller in meinen Fahrradkorb, setze meinen Helm auf und schwinge mich schnaubend auf den Sattel. Geblendet von der untergehenden Sonne fahre ich heim. Irgendwie ist es auch Lucas' Schuld, dass ich nach Westen radeln muss.

Nach einer halben Meile bin ich völlig außer Atem und mir fallen ein paar seiner Sätze ein.

Du hast dich kein bisschen verändert.

Und das Obst da ist von Daisy. Sie mag's eher gesund.

Ich wusste nicht, wie unterwürfig du inzwischen bist.

Ich lasse meinen Frust an dem Fahrrad aus, trete mit einem Maximum an Kraft in die Pedale und stelle mir vor, sie wären Lucas' Genitalien.

Angetrieben von meiner Wut biege ich in hohem Tempo um die letzte Kurve der Magnolia Avenue. Ich lehne mich zur Seite, um den Schwung auszugleichen, und meine abgefahrenen Reifen fressen sich in den Asphalt.

Bis sie es plötzlich nicht mehr tun. Weil wohl einer der zahlreichen alten Trecker, die hier die Bauern fahren, eine Ölspur auf der Straße hinterlassen hat.

Mein Hinterreifen schlingert und der Lenker wackelt, als ich daran reiße, um das Rad wieder auf Kurs zu bringen, während es sich in Zeitlupe zur Seite neigt und mich wie ein Geschoss erst durch die Lüfte fliegen und dann unsanft auf die Straße krachen lässt.

Im letzten Augenblick nimmt mein Gehirn die Arbeit wieder auf und zwingt meinen linken Arm, den Sturz so gut wie möglich abzufangen und es dadurch vor Schaden zu bewahren. Mein Arm schießt vor, als wolle er der Straße sagen: *Wollen wir doch mal sehen, wer von uns beiden stärker ist.* Wobei die Straße offenkundig deutlich häufiger im Fitnessstudio war.

Neben dem Scheppern meines Rads vernehme ich ein ungesundes Knackgeräusch in meinem Handgelenk und dann wird's plötzlich totenstill.

5

»Hübscher Gips«, sagt Lucas, als er mich am nächsten Morgen sieht.

»Sprich mich nicht an.«

»Durftest du die Farbe selbst aussuchen?«

Der Verband hat meine Lieblingsfarbe Neongrün.

»Nein«, lüge ich. »'ne andere Farbe gab es nicht.«

»Morgen«, begrüßt Gina uns mit einem Lächeln, während sie gleichzeitig Lucas mit nicht unbedingt verstohlenen Blicken anschmachtet. Er trägt ein hellblaues Hemd, das seine Bräune vorteilhaft zur Geltung bringt und ihm aus Ginas Sicht offenbar ganz ausgezeichnet steht. Was mir gar nicht aufgefallen wäre.

Lucas und ich stehen in der kleinen Küche, während der Kaffee noch am Durchlaufen ist. Ich bin mir sicher, dass die Brühe für gewöhnlich nicht mal halb so lange braucht.

»Oh nein, Dr. Bell! Was ist passiert?«

Sie hat ihren Blick wohl lange genug von Lucas losgerissen, um den neongrünen Elefanten zu bemerken, der direkt vor ihr in der Küche steht.

»Fahrradunfall«, kläre ich sie achselzuckend auf. »Plötzlich kam einfach die Straße auf mich zu.«

Abgesehen von dem gebrochenen Handgelenk habe ich eine Rippenprellung sowie eine hübsche Schnittwunde auf der Stirn, wo im Augenblick ein zu dem Gips farblich passendes neongrünes Pflaster prangt. Ich beschließe, es so schnell wie möglich gegen ein normales beigefarbenes Pflaster auszutauschen, damit Lucas meine Spur verliert.

Hinter Gina taucht Dr. McCormick auf und schüttelt mitfühlend den Kopf.

»Das mit dem Unfall tut mir leid, Daisy. Deine Mom hat angerufen und gesagt, ihr beide hättet den Großteil des gestrigen Abends in der Klinik zugebracht.«

Ich stöhne innerlich. Ich hätte es mir denken können, dass meine Mutter meinen Boss kontaktieren würde. Weil ich in ihren Augen auch mit meinen achtundzwanzig Jahren noch ein kleines Mädchen bin.

»War nicht weiter schlimm. Eine distale Radiusfraktur, sechs Wochen Gips, und dann bin ich wieder so gut wie neu.«

Mit einem ernsten Nicken stellt er fest: »Ich fürchte trotzdem, dass ihr euch erst mal zusammen um die Patienten kümmern müsst, bis der Gips weg ist.«

Ich sehe hinter mich und hoffe, dass dort außer Lucas auch noch jemand anderes steht.

»Was?!«, rufen wir einstimmig entgeistert aus.

Dann reiße ich mich schnellstmöglich zusammen und erkläre voller Nachdruck: »Ich versichere Ihnen, dass das ganz bestimmt nicht nötig ist. Ich bin durchaus in der Lage, selbst nach den Leuten zu sehen.«

Um es zu beweisen, greife ich nach der Patientenakte, die ich mitgebracht habe, und stopfe sie mir unter einen Arm. Meinen Müsliriegel klemme ich zwischen die Zähne und meinen noch leeren Kaffeebecher nehme ich in die freie Hand.

»Voilà.«

Dabei fällt mir der verdammte Müsliriegel aus dem Mund und landet auf den braunen Lederloafern meines Chefs. Er schüttelt seinen Kopf und wendet sich zum Gehen.

»Diane erwartet Sie und Dr. Thatcher in Raum vier«, mischt sich Mariah ein. »Aber keine Eile. Ich habe sie gerade erst in den Raum gebracht.«

Lucas und ich sehen einander an und stürmen dann gemeinsam aus der Küche.

»Pass auf, beim Fahrradfahren wird die Sicherheit häufig unterschätzt«, stellt er mit einem Blick auf meinen Gipsarm fest. »Ich glaube, meine Eltern haben noch die Stützräder von Madeleines altem Kinderrad in der Garage. Wenn du möchtest, bringe ich sie an deinem Fahrrad an.«

Ich verdrehe die Augen und lasse die Stichelei gleichgültig an mir vorbeiziehen. Wer zuletzt lacht, lacht am besten, und am Ende wird es mir ein inneres Blumenpflücken sein, zu wissen, dass ich sogar einhändig besser war als er.

»Ich kann nicht glauben, dass wir uns zusammen um die Patienten kümmern müssen, wie im ersten Jahr im Krankenhaus.«

Ich ramme ihm den Ellenbogen in die Seite, damit ich mir die Akte von Diane zuerst schnappen kann. »Oh, bitte. Du hast wirklich Glück, dass du mit jemandem wie mir zusammen ins Doktorzimmer gehen darfst.«

Er versteckt sein Lächeln hinter einem angestrengten Husten und ich huste ebenfalls, damit er nicht bemerkt, wie mein Herzschlag nach oben geht. So stehen wir im Flur, zwei gestandene Ärzte, die aufeinander rumhacken und kurz vor der Einweisung in die Geschlossene stehen.

»Also, wie wollen wir es angehen?«, wechselt er abrupt das Thema und dreht die Patientenakte in seine Richtung, damit auch er sie lesen kann.

»Am besten übernehmen wir abwechselnd die Führung«, schlage ich ihm diplomatisch vor. »Ich fange an.«

»Was sonst?«

Im Wartezimmer des Krankenhauses hatte ich am Vorabend genügend Zeit, um meinen ausgeklügelten Drei-Phasen-Plan noch mal gedanklich durchzugehen. Dr. McCormick hat uns ausführlich erklärt, wie wichtig ihm Engagement in der Gemeinde und vor allem die Zufriedenheit seiner Patienten seien. Letzteres wird sich von ganz allein einstellen, wenn ich mich in die Herzen der Patienten geschlichen habe, und was den ersten Punkt betrifft, habe ich inzwischen auch eine Idee: Jedes Jahr findet in Hamilton ein Jahrmarkt statt, mit dem die Gründung unserer Stadt gefeiert wird und auf dem Kinder aller Altersgruppen einen Vorwand haben, so viel Zuckerwatte in sich hineinzustopfen, bis ihnen speiübel ist. Die Organisatoren freuen sich immer, wenn Geschäftsleute dort Stände mieten, und genau das werde ich für unsere Praxis tun. Auf diese Art kann ich beweisen, dass mir nicht allein das Wohlergehen unserer Patienten, sondern das der ganzen Stadt am Herzen liegt.

»Sind Sie mit der Durchsicht der Patientenakte langsam fertig, Dr. Bell? Ich habe nie gesehen, dass sich ein Arzt so gründlich einliest, wenn es um einen ganz normalen Schnupfen geht«, reißt Lucas mich aus meinen Überlegungen.

Ich klappe Dianes Akte zu und trete durch die Tür des Untersuchungsraums. »Ms Pecos. Na, wie fühlen Sie sich heute?«

»Schrecklich«, gibt sie mit verstopfter Nase und texanischem Akzent zurück.

»Und was haben Sie für ein Problem?«

»Meine Nase ist verstopft, meine Augen tränen und ich habe das Gefühl, als ob mir bald der Schädel platzt. So geht's jetzt schon seit drei Tagen.«

Ich überprüfe, ob sie Fieber hat.

»Wir werden ein paar Tests durchführen, Ms Pecos, aber es klingt ganz so, als ob Sie einen schlimmen Schnupfen hätten, gegen den man nicht viel machen kann. Am besten warten wir einfach ...«

»Oh nein! Das geht nicht!« Sie ringt unglücklich die Hände. »Wissen Sie, da ist dieser echt nette Typ, und wir haben heute Abend unser *drittes* Date.«

»Falls Sie Angst haben, ihn anzustecken, können Sie die Verabredung doch sicher ...«

»Sie verstehen mich nicht. So einen heißen Typen hatte ich noch nie, und ich glaube, dass er die Beziehung vertiefen will. *Heute Abend.* Wenn Sie verstehen ...«

»Tut mir leid, aber ich wüsste nicht, was ...«

»Wie soll das gehen, wenn ich verquollene Augen habe und mir permanent die Nase läuft?«, stößt sie verzweifelt aus.

»Wenn er ein netter Kerl ist, wird er doch bestimmt verstehen, dass Sie erkältet sind«, mischt sich jetzt auch Lucas ein.

Sie starrt uns beide an, als wären wir Idioten. »Nein! Waren Sie zwei noch nie mit jemandem zusammen, der Sie so angezogen hat, dass Sie darüber fast verrückt geworden sind?«

Ich schlucke.

»Ich halte es kaum aus, auch nur im selben Raum wie er zu sein. Mein Herz fängt an zu rasen, meine Hände schwitzen und ...« – Lucas und ich sehen erst einander an und wenden uns dann so schnell wie möglich wieder ab – »... ich will einfach, dass es perfekt ist. Also müssen Sie mir helfen.«

Ich schiebe Lucas nach vorne.

»Ich verstehe. Keine Angst, Ms Pecos, wir tun alles, was wir können, damit es Ihnen heute Abend wieder besser geht. Mein Assistent wird noch kurz einen Abstrich von Ihrem Hals machen, damit eine bakterielle Infektion der Atemwege ausgeschlossen werden kann.«

Lucas sieht mich böse von der Seite an, bevor er sich das lange Wattestäbchen greift. Er macht einen Rachenabstrich, reicht das Wattestäbchen dann zur Überprüfung der Probe an Mariah weiter, und sieht Ms Pecos fragend an. »Seit wann machen die Augen Ihnen Schwierigkeiten? Waren sie auch schon gereizt, bevor Sie krank geworden sind?«

Ich strecke meinen Arm aus, um Lucas von der Patientin wegzuziehen. »Ich bitte um Verzeihung für die vielen Fragen – Mr Thatcher begleitet mich heute bei meiner Arbeit und im Umgang mit Patienten muss er noch viel lernen. Setzen Sie sich bitte gerade hin, damit ich Ihre Lunge abhören kann.«

Ich trete hinter sie, gehe in Position und jetzt erst wird mir klar, dass diese Untersuchung mit dem Gips kaum machbar ist. Ich versuche noch, einhändig mein Stethoskop an ihren Rücken anzulegen, als Lucas nähertritt.

»Ich brauche keine Hilfe«, knurre ich ihn leise an.

Er legt den Kopf ein wenig schräg und verfolgt schweigend meinen Kampf.

Nach zehn endlosen Sekunden liegt das Stethoskop an dem ihm zugedachten Platz. »Gut, okay. Jetzt atmen Sie so tief wie möglich ein.«

Ich lege meine gesunde Hand an ihren Rücken und versuche dabei, das verfluchte Stethoskop mit meiner eingegipsten Hand zu manövrieren. Was mir natürlich nicht gelingt.

Mit zunehmender Ungeduld tritt Lucas vor, um meinen Job zu übernehmen, aber ich behaupte meine Position und plötzlich sind zu viele Köche im Brei, sprich in Behandlungsraum drei.

»Wenn Sie kurz zur Seite treten, Dr. Bell, werde ich die Lunge unserer Patientin abhören, damit ein Problem mit den Atemwegen ausgeschlossen werden kann.«

»Ich komme gut zurecht.«

Er packt mich bei den Oberarmen und schiebt mich mühelos beiseite, aber sofort baue ich mich wieder hinter der Patientin auf. Ich lasse ganz bestimmt nicht zu, dass er mich einfach von meinem Platz drängt, doch während unserer stummen Auseinandersetzung dreht Ms Pecos sich unbehaglich nach uns beiden um.

»Dr. Bell, sind Sie so nett und kommen kurz mit vor die Tür?«, fragt Lucas ruhig. »Ich gehe davon aus, dass Mariah mit der Untersuchung der Rachenprobe fertig ist.«

Ohne meine Antwort abzuwarten, geht er Richtung Tür und hält sie für mich auf, als wäre ich ein ungezogenes Kind, das sich bei irgendeinem Streich hat erwischen lassen. Ich lächele Ms Pecos freundlich an, gebe mich dann aber geschlagen und trete vor Lucas in den Flur.

Draußen angekommen, funkelt er mich zornig an. »Was spielst du für ein Spiel, Daisy? Wir können es uns ganz bestimmt nicht leisten, in den nächsten Wochen jedes Mal, wenn wir zusammen einen Patienten haben, einen solchen Affenzirkus zu veranstalten.«

»Da hast du völlig recht. Am besten machen wir es also so: Du kündigst und ich mache weiter mit meinem Leben, glücklicher als je zuvor.«

»Aber du hast eine Hand ...«

»Ich bitte dich. Du weißt sicher besser als die meisten anderen, was eine Frau mit nur einer Hand zuwege bringt.«

Ich lenke meinen Blick auf seinen Schritt. Natürlich nicht, weil mich der Inhalt seiner Hose interessiert, sondern damit er die Zweideutigkeit dieser Aussage kapiert.

Entschlossen tritt er auf mich zu. »Das klingt so, als wüsstest du genau, wovon du sprichst.«

Dieses vielsagende Grinsen hatte er während unserer Highschoolzeit noch nicht. Es ist voll düsterer Versprechungen und plötzlich wird mir klar, dass er kein Teenager mehr ist, sondern ein ausgewachsener Mann, der es genießt, wenn er mich in die Enge treiben kann. Ich bemühe mich, an ihm vorbeizusehen, aber seine Schultern sind zu breit, und da er offenbar auf eine Antwort wartet, öffne ich den Mund, räuspere mich leise und erwidere:

»Ms Peni... Ich meine, Ms PECOS braucht uns.« Ich sende ein stummes Stoßgebet gen Himmel, dass Mariah endlich mit den Ergebnissen der verdammten Speicheluntersuchung kommt. WIE LANGE KANN ES DAUERN, EINEN TESTSTREIFEN ABZUGLEICHEN? Sie ist nirgendwo zu sehen, ich bin immer noch allein mit diesem Kerl und plötzlich wird mir siedend heiß. Ich fächere mir mit dem Aufschlag meines Kittels etwas Frischluft zu.

»Hör auf, mich so durchdringend anzusehen. Dreh dich am besten einfach um, während wir auf Mariah warten.«

»Du wirst ja rot«, stellt er zufrieden fest.

Jetzt reicht's. Ich mache auf dem Absatz kehrt, um nachzusehen, wo Mariah mit dem Testergebnis bleibt.

Sie ist noch im Labor und als ich durch die Tür trete, bedenkt sie mich mit einem argwöhnischen Blick. »Alles in Ordnung, Dr. Bell?«

»Ja.«

»Sie sind ganz rot.«

»Die Klimaanlage hier ist offenbar nicht richtig eingestellt. Auf was steht denn der Thermostat?«

»Auf 62 Grad.«

»Fahrenheit oder Celsius?«

»Wollen Sie sich vielleicht setzen – Sie fächeln sich ja die ganze Zeit Luft zu.«

Sie behandelt mich wie ich meine Patienten während meiner Assistenzzeit in der Psychiatrie, und bedauerlicherweise kann ich verstehen, dass sie einen größtmöglichen Abstand zu mir wahrt.

Es ist Tag zwei in Doktor McCormicks Praxis und Lucas hat mich schon völlig aus dem Gleichgewicht gebracht.

Nach dem mit Abstand längsten Arbeitstag in meinem ganzen bisherigen Leben stehe ich am Straßenrand und warte wie ein Grundschulkind auf meine Mom.

»Huhu, Dr. Bell!«

TUT, TUT.

Meine Mutter bremst so schwungvoll ab wie eine der hippen Fußballmütter, die man häufig in der Werbung für moderne Kombis sieht. In den kommenden sechs Wochen wird sie mich chauffieren, weil ich mit dem Gips weder allein Patienten untersuchen noch mit meinem Rad zur Arbeit fahren kann. Das heißt, ich bin logistisch abhängig von meiner lauten Mutter.

»Oh, das macht mir wirklich Spaß! Es ist wie damals, als die Schule bei mir angerufen hat, weil du dir in die Hose gemacht hast, oder als du bei einem Ausflug in den Zoo in Tränen ausgebrochen bist. Du warst schon früher eine kleine Aktivistin, die alle Tiere aus den Käfigen befreien wollte«, ruft sie mir begeistert in Erinnerung.

Ich kneife meine Augen zu und steige möglichst eilig ein. »Bitte, Mom. Du sprichst so laut, dass jeder dich verstehen kann. Wem winkst du da?«

»Wen haben wir denn da?« Entschlossen öffnet sie mein Fenster und ruft gut gelaunt an mir vorbei: »Lucas! Oh, Entschuldigung. Ich meine *Dr. Thatcher!*«

Statt mich umzudrehen und zu überprüfen, ob sie wirklich Lucas heranwinkt, starre ich reglos weiter geradeaus.

»Dr. Lucas Thatcher!«, schreit sie fröhlich und fügt in verschwörerischem Ton an mich gewandt hinzu: »Was für ein *gut aussehender* Mann aus ihm geworden ist.«

Ich werde ganz bestimmt nicht tatenlos rumsitzen, während meine Mutter jemandem Komplimente macht, der keine Komplimente verdient. Für einen Augenblick kämpfen wir um die Kontrolle über das Autofenster. Immer wieder geht es rauf und runter und ich konzentriere alle Muskeln meines Körpers auf den kleinen Knopf in meiner Tür, bevor sie meinem Treiben mit dem mächtigsten Gerät, das einer Mutter zur Verfügung steht, ein Ende macht: Sie schaltet kurzerhand die Kindersicherung des Wagens ein. Dann lässt sie die Scheibe herunterfahren.

»Guten Abend, Mrs Bell«, grüßt Lucas irgendwo zu meiner Rechten und ich starre weiter geradeaus. »Ich dachte für einen Moment, eine von Daisys Freundinnen würde sie abholen. Haben Sie eine neue Frisur?«

Meine Mom kichert und berührt ihre Haarspitzen. »Ach, hör doch auf. Das ist doch nichts Besonderes. Ich habe mir die Spitzen schneiden lassen, weiter nichts.«

»Mom, wir sollten langsam los, sonst kommen wir noch in den Berufsverkehr«, erkläre ich und zeige auf die Straße, auf der genau ein Auto an uns vorbeifährt.

»Ach was. Schließlich haben wir außer Fernsehen und Reste-vom-Wochenende-Essen heute nichts mehr vor, und ich habe Lucas schon seit einer Ewigkeit nicht mehr gesehen. War es wirklich seit ... letztem Thanksgiving?«

Ich habe Thanksgiving letztes Jahr in North Carolina zugebracht, doch meine Mom war bei den Thatchers eingeladen und hat dort angeblich stundenlang mit Lucas irgendwelche blöden Brettspiele gespielt.

Lucas beugt sich vor und stützt sich mit den Ellenbogen in meinem offenen Fenster ab. »Sie sind die Pictionary-Königin. Ihr Malkurs hat sich echt bezahlt gemacht, Mrs Bell.«

»Oh, du weißt doch, ich gehe eigentlich nur hin, weil's dort so feinen Wein zu trinken gibt.«

Unglaublich! Meine Mutter flirtet. Ich kehre Lucas demonstrativ den

Rücken zu und sage mit der Quengelstimme, die ich schon als kleines Mädchen hatte: »Ich bin müde und ich habe Hunger, Mom.«

»Vielleicht können wir jetzt, wo ihr beide wieder da seid, ja mal einen gemeinsamen Spieleabend machen?« Meine Mutter drückt mich wenig sanft in meinen Sitz zurück und wieder einmal überrascht es mich, wie mühelos sie mich und meine Wünsche ignoriert. Es ist das reinste Wunder, dass ich als kleines Kind nicht verhungert bin.

Ich erwäge, mich nach vorn zu beugen und mit meinem Gips aufs Gaspedal zu drücken. Ich sehe einige Kinder, die vor uns die Straße überqueren, aber das wäre es sicher wert. Meine Mom hat keine Vorstrafen und keine Punkte, und mit einem milden Richter und bei guter Führung kann sie sicher darauf hoffen, dass sie noch vor Ablauf ihrer offiziellen Strafe aus dem Knast entlassen wird.

»Im Ernst, Mom. Mir ist schon ganz schwummrig«, gebe ich mit schwacher Stimme von mir.

»In meiner Tasche müsste noch ein halber Müsliriegel sein. Hör zu, Lucas, sag deiner Mom, dass ich mich bei ihr melde und sie schon mal überlegen soll, wann es ihr am besten passt.«

Mit einem »Ja, Ma'am« stimmt er zu.

Wem macht er damit etwas vor?

»Wir sehen uns morgen, Daisy.« Er klopft auf die Kühlerhaube unseres Wagens, läuft über die Straße und die Leute auf dem Bürgersteig verrenken sich die Hälse, um ihm hinterherzusehen, als wäre er etwas Besonderes.

Ich verdrehe die Augen.

»Harter Tag?«, fragt meine Mom.

»Der schlimmste Tag von allen. Vor allem kann ich nicht verstehen, warum du noch mit Lucas sprichst. Du bist meine Mutter, deshalb solltest du auf meiner Seite sein.«

»Das wäre ich, wenn du im Recht wärst, aber das ist leider nicht der Fall. In dieser Sache liegt ihr beide falsch, und ich kann einfach nicht verstehen, wie aus einer Mücke, die euch während eurer Kindheit vielleicht mal gestochen hat, ein Riesenelefant werden konnte.«

»Das kannst du wirklich nicht verstehen. Lucas ist für mich, was Wanda Wade für dich ist«, kläre ich sie auf. »Du weißt doch sicher noch, wie sie 2013 Gartenkönigin von Hamilton geworden ist, weil sie die Richter mit ihren selbst gezüchteten Tomaten bestochen hat.«

»Das ist was völlig anderes als zwischen dir und Lucas. Wanda Wade ist eine falsche Schlange, aber Lucas ist so nett!«

Diese Unterhaltung ist für mich nicht neu. Ich und Lucas haben jeweils zwei Persönlichkeiten – eine, wenn wir zwei allein sind, und eine, wenn noch andere Menschen in der Nähe sind. Deshalb kann kein Außenstehender verstehen, was wir im jeweils anderen sehen. Ich habe ein ums andere Mal versucht, meiner Mutter aufzuzeigen, dass ihr Bild von Lucas falsch ist, aber nach der Hirnwäsche, die er ihr schon vor Jahren verpasst hat, kann ich mir diese Mühe eigentlich sparen.

Ich war immer schon allein mit meinem Hass auf Lucas, der am Ende unserer Schulzeit sogar zum König unseres Abschlussballs gekrönt wurde. Was mir besonders sauer aufstieß, weil ich selbst zur Königin erkoren worden war. Anscheinend fanden unsere Mitschüler es witzig, uns zusammen im Neonlicht der Turnhalle Stehblues tanzen zu sehen.

Ich kann mich noch genau an die verblüfften Mienen der anderen erinnern, als sie die zwei größten Erzfeinde eng umschlungen auf der Tanzfläche sahen. Lucas' Hände haben vor Empörung über diese aufgezwungene Peinlichkeit gezittert und ich konnte seinen schnellen Puls durch seine Handflächen spüren.

»Hat deine Mom den Schlips für dich gebunden oder hast du dir ein Ding mit Clip besorgt?«, zog ich ihn auf.

»Sei still und dreh dich«, antwortete er und drehte mich im Kreis wie eine dumme Ballerina.

»Falls du die Absicht hast, mich umzuwerfen, ziehe ich dich mit.«

Mitten im Lied bemerkte ich den konzentrierten, leicht gequälten Ausdruck auf Lucas' Gesicht.

»Hör auf, mich anzusehen, als hätte ich die Wahl manipuliert. Glaub mir, du bist der Letzte, mit dem ich hier tanzen will«, fuhr ich ihn böse an.

Er schüttelte den Kopf und machte einen Schritt zurück, als hätte er die Grenzen des Erträglichen erreicht.

Die Menge brach in lauten Jubel aus.

»Eine Minute fünfzehn«, brüllte irgendwer und schwenkte fröhlich seine Uhr. »Alle, die gewettet haben, dass es keine anderthalb Minuten gut gehen würde, kommen an die Theke und bekommen dort ihr Geld!«

»Daisy«, reißt mich meine Mom aus der Erinnerung. »Du hast den gleichen Blick wie damals, als du auf der Highschool warst. Denkst du immer noch an Lucas?«

»Sicher nicht mit Absicht«, gebe ich zurück und schließe unglücklich die Augen.

6

Am nächsten Abend muss ich einfach aus dem Haus und biete daher freiwillig an, den wöchentlichen Einkauf im Supermarkt zu übernehmen. Mit dem klobigen Gips fällt mir das Lenken nicht gerade leicht, aber ich finde eine breite Lücke im hinteren Teil des Parkplatzes und komme gut zurecht.

Ich bin wirklich erledigt von der Arbeit und hätte mich gerne einfach vor dem Fernseher entspannt, aber meine Mom ist eine fürchterliche Glucke. Besonders jetzt, wo ich meinen Gips habe, lässt sie mich kaum noch aus den Augen. Deshalb sollte ein Gang durch unseren Supermarkt zu den blechernen Klängen von Billy Joels Klassiker »Uptown Girl« für mich sein wie ein Tag im Spa.

Bereits nach wenigen Minuten aber geht mir auf, dass der Ausflug ein Fehler ist. In North Carolina konnte ich das Haus verlassen, ohne zu befürchten, jemanden Bekanntes zu treffen, aber hier in Hamilton ist das genaue Gegenteil der Fall. Ich schließe meine Augen und stelle mir vor, wie ich auf andere wirken muss. Ich habe nach der Arbeit ausgiebig geduscht, und mit den feuchten Haaren, ungeschminkt, in T-Shirt und in Jogginghose sehe ich wahrscheinlich ziemlich heruntergekommen aus.

Als würde ein grausamer Gott sich einen Scherz mit mir erlauben, halten mich schon auf dem Weg zum Eingang eine Handvoll Leute an. Zwar lasse ich es klaglos über mich ergehen, dass man mich in der alten Heimatstadt willkommen heißt und wissen will, was meine Mutter macht, aber als eine Nachbarin mich bittet, mir doch kurz ein Muttermal auf ihrem Oberschenkel anzusehen, ergreife ich die Flucht und stürze eilig in den Supermarkt.

Dort fühle ich mich sicherer, aber für den Fall der Fälle reiße ich zur Tarnung eine Zeitschrift aus dem Ständer, blättere als Meisterin des Multitaskings zu dem auf dem Titelblatt beworbenen Ben-Affleck-Interview und werfe gleichzeitig Zucchini in den Wagen, als ich sehe, dass Lucas drei Meter weiter ebenfalls vor dem Gemüse steht. Auch er hat seine Arbeitskleidung gegen Sportklamotten eingetauscht. Mit einer Baseballmütze auf dem Kopf, ohne Brille und mit dem etwas feuchten T-Shirt sieht er aus, als käme er direkt vom Training.

Er hebt den Kopf, bemerkt mein Starren, und eilig reiße ich die Zeitschrift vors Gesicht.

Geh weg. Geh weg. Geh weg.

Flüsternd wiederhole ich die Worte und hoffe, dass ich ihn so zum Verschwinden bringe, aber für den Fall, dass dieser Zauberspruch nicht wirkt, drehe ich mich mit dem Rücken zu ihm und werfe so viele Zucchini in den Wagen, dass der Vorrat sicher bis ans Ende meines Lebens reichen wird.

Ich kann mir lebhaft vorstellen, wie er spöttisch fragt: *Oh, du magst Zucchini?*

Ich stehe zitternd da und frage mich, wie lange es wohl dauern wird, bis er kommt und einen Streit vom Zaun bricht, aber als ich schließlich über meine Schulter blicke, merke ich, dass er verschwunden ist. *Oh!*

Ich straffe meine Schultern und bahne mir ängstlich einen Weg durch die Regalreihen, die mir plötzlich vorkommen wie die Wände eines Labyrinths, in dem ein Minotaurus namens Lucas auf der Lauer liegt. Am besten meide ich die Mitte des Geschäfts und gehe direkt nach hinten durch, wo es Fleisch und Käse gibt. Ich hoffe nur, ich sehe ihn, bevor er mich entdeckt.

Oh je. Er ist zwei Schritte vor mir und sieht sich die Hähnchen an. Ich weiß, dass er mich aus dem Augenwinkel sieht, aber auch diesmal dreht er sich nicht zu mir um. Er nimmt eine Handvoll schlanker Hühnerbrüste, die sein Körper sicher mühelos in eine zusätzliche Reihe

Bauchmuskeln verwandeln wird. Dann geht er weiter und hält dabei immer ein paar Meter Abstand zu mir ein. Es ist die reinste Qual für mich, und es gelingt mir nicht, eine Spaghettisoße auszuwählen, während er ein Stückchen weiter zwischen zwei verschiedenen Nudelsorten schwankt. Hat er mich wirklich nicht entdeckt? Was spielt er für ein Spiel?

Ich verharre absichtlich ein bisschen länger bei den Chips und Nachos und lese – Achtung, Spoiler –, dass Ben Affleck und Jennifer Garner es vielleicht noch mal versuchen wollen. Ich hoffe, dass ich Lucas durch die kurze Pause endgültig verliere, aber es nützt alles nichts, denn bei den Tiefkühltruhen kommt er direkt auf mich zu.

Mit angehaltenem Atem warte ich auf die Bemerkung, die er sich zurechtgelegt hat, aber wieder stapft er stumm an mir vorbei, als ob wir völlig Fremde wären. Ich bleibe stehen und sehe über meine Schulter, dass er vor der Eiscremetruhe steht. Jetzt weiß ich sicher, dass er nur so tut, als ob es ihm ausschließlich um den Einkauf geht, weil er mit dieser Figur wahrscheinlich niemals irgendwelchen Nachtisch isst. In seinem Sportzeug kann ich schließlich jeden Zentimeter seiner breiten Brust und seiner muskulösen Beine sehen.

Bevor ich mich versehe, schiebe ich meinen Wagen direkt auf ihn zu. Aufgrund meines Gips kann ich die Richtung allerdings nicht wirklich kontrollieren und ramme seinen Wagen wie beim Autoscooter. Der Zusammenstoß ist keine Absicht, aber trotzdem legt er fest, in welchem Ton es weitergeht.

»Hallo, Daisy«, grüßt mich Lucas schmunzelnd und starrt dabei weiter die verschiedenen Eispackungen an.

Auch ich beuge mich vor und sehe ihm von unten ins Gesicht. »Es reicht, Lucas. Ich weiß genau, dass du mich vorhin schon gesehen hast.«

Er neigt seinen Kopf zu den Eisetiketten und fragt: »Rocky Road oder das Pfefferminzeis mit den Chocolate Chips?«

Wahrscheinlich spielt er wieder mal ein Spiel mit mir, aber als selbst ernannte Autorität in allen Eisfragen muss ich ihm einfach eine Antwort geben.

»Machst du Witze? Rocky Road ist widerlich. Wer will in seinem Eis schon Nüsse haben?«

Er nimmt eine Packung Rocky Road, lässt sie in seinen Wagen fallen und wendet mir den Rücken zu. Er ist schon längst bei den Tiefkühlpizzen, als mir klar wird, dass der Kerl mich einfach hat stehen lassen.

Aus Trotz nehme ich eine Packung Pfefferminzeis mit und fahre weiter bis zur Milch, wo Lucas eine der Vierliterflaschen der fettarmen Frischmilch greift. Genau die brauche ich auch! Er nimmt den Karton aus dem Regal und statt ihn zu seinen eigenen Einkäufen zu legen, hält er ihn mir hin, und als ich nicke, stellt er ihn in meinem Wagen ab.

»Danke.«

Auf dem Weg zum Joghurt wirft er einen Blick in meinen Wagen und fragt grinsend: »Hast du noch Zucchini dagelassen, falls auch jemand anderes welche will?«

»Ha! Ich *wusste*, dass du es dir nicht verkneifen kannst, mich auf die Zucchini anzusprechen!«, triumphiere ich.

»Ich bin einfach neugierig, was du – oder irgendjemand sonst – mit so vielen Zucchini machst. Du hast ein Viertel deines Wagens damit vollgeladen.«

So weit habe ich noch nicht gedacht.

»Brot«, erkläre ich im stolzen Ton des Kleinkinds, das ein Dutzend Wörter kennt.

»Zucchinibrot?« Er klingt, als könne er nicht glauben, dass es so was gibt. Aber es ist gerade tatsächlich ein Essenstrend und schmeckt sogar verblüffend gut.

»Es ist echt lecker. Wie Bananenbrot, nur viel besser.«

Er nickt. »Wenn du es sagst. Was willst du für einen Joghurt?«

»Griechischen.«

»Ich auch. Hier, probier mal den mit ganzen Erdbeeren. Den esse ich am liebsten«, rät er mir und ich kann schwerlich widersprechen, da es auch mein Lieblingsjoghurt ist.

Am Regal hängen ein paar Rabattcoupons, und weil die Ruhe, die er ausstrahlt, mich beunruhigt, reiße ich sie alle ab und stecke sie entschlossen ein. Zu meinem großen Ärger aber lächelt er nur besonnen, bevor er seinen Wagen einfach weiterschiebt.

»Hast du alles, was du brauchst?«, fragt er, bevor er lässig im Vorbeigehen eine Dose Bier aus einem der Regale nimmt.

Ich nicke stumm und schweigend schieben wir die Wagen auf den Ausgang zu. Wir erwischen jeder eine freie Kasse, und beim Anblick meines Gipsarms bietet mir der Junge, der die Einkäufe verpackt, fürsorglich an, mich bis zu meinem Auto zu begleiten und die Sachen im Kofferraum zu verstauen. Ich lehne natürlich ab. Der Weg in die Gebrechlichkeit ist wie ein Strudel und es gibt kein Zurück, deshalb lasse ich nicht zu, dass mir der erste Schritt bereits mit achtundzwanzig aufgezwungen wird.

Lucas lässt sich nicht so leicht abwimmeln. Er folgt mir bis zu meinem Wagen. »Du wirst ewig brauchen, wenn du all das Zeug mit einer Hand einladen willst.«

Es ist wie bei der Arbeit, wo ich ebenfalls der Gnade meines Feindes ausgeliefert bin, doch anders als in Dr. McCormicks Praxis habe ich jetzt die Wahl.

»Es ist kein Problem. Wirklich.«

»Genau. Und deshalb hast du sicher nichts dagegen, dass ich dir helfe.«

Noch während der zur Dramatisierung neigende Teil meiner Gehirnzellen sich vorstellt, wie ich zum Schluss selbst geknebelt im Kofferraum des Wagens landen werde, packt er schwungvoll meine Tüten um, macht dann einen Schritt zurück und hebt zum Zeichen seiner Unschuld beide Arme hoch.

»So schlimm war es gar nicht, oder?«

Gott, wie niedlich er im abendlichen Zwielicht auf dem Parkplatz ist. Mit seiner Baseballmütze wirkt er plötzlich beinah jungenhaft.

»Es war die reinste Folter«, gebe ich zurück.

Er schüttelt den Kopf und sieht mit einem Lächeln zu Boden, fast, als machten meine Frechheiten ihm Spaß. Aber wahrscheinlich machen sie das auch, genauso wie mir. Jeder andere hätte mich schon lange stehen gelassen.

Er geht rückwärts zu seinem eigenen Einkaufswagen, der neben seinem Pick-up steht. »Fürs Protokoll: Du warst diejenige, die eben auf mich zugekommen ist.«

»*Was?*«

»Die meisten Frauen sind froh, wenn sie keine Bekannten treffen, wenn sie ungeschminkt und in verwaschenen Jogginghosen unterwegs sind. Deshalb dachte ich, es wäre höflicher, so zu tun, als hätte ich dich nicht gesehen.«

»Ich dachte, du wolltest mal wieder irgendwelche Psychospiele mit mir spielen.«

Lachend dreht sich Lucas um und wirft mir über seine Schulter ein paar letzte Worte zu. »Ja, richtig. Ist ja auch egal. Ich finde ja, dass du so wirklich süß aussiehst.«

In meiner Jogginghose, mit dem feuchten Haar und ungeschminkt? Ich bin verblüfft, am meisten darüber, dass er nicht ironisch klingt. Ich starre ihm eine Weile hinterher und versuche dabei, die Bedeutung unseres Zusammentreffens zu verstehen.

Erst auf der Fahrt zurück nach Hause, als ich mich im Rückspiegel des Wagens sehe, breche ich in lautes Schreien aus. *Oh nein. Oh nein. Oh nein.* Ich habe ganz vergessen, dass ich noch die blöde Maske trage, die mir meine Mutter aufgezwungen hat. Die Pads kleben seit einer Stunde unter meinen Augen und ich sehe damit völlig irre, nämlich wie ein durchgedrehter Waschbär, aus.

Deshalb also ist mir Lucas aus dem Weg gegangen. Er wollte mir die grenzenlose Peinlichkeit ersparen.

Daheim versichert meine Mutter mir, es wäre alles nicht so schlimm, wie es wirkt. »Vor allem sieht deine Haut jetzt wirklich super aus.«

Stöhnend stelle ich die Milch ins untere Kühlschrankfach.

»Aber, Daisy … Was zum Teufel fangen wir mit all diesen Zucchini an?«

7

Früher dachten viele Leute, ich wäre nur deshalb mit Madeleine befreundet, um mit ihrer Hilfe feindliches Gebiet auszuspionieren. Tatsächlich war ich ab und zu durchaus versucht, sie als Spionin einzusetzen, aber das war nicht der Grund für meine Zuneigung zu ihr. Vielmehr wurde sie in all den Jahren der direkten Nachbarschaft für mich so etwas wie die kleine Schwester, die mir nie vergönnt war.

Madeleine ist das genaue Gegenteil von Lucas: freundlich, anständig, menschlich. Sie war zwei Klassen unter uns, doch für ihr Alter ungewöhnlich weise, und obwohl ich oft versucht habe, sie gegen ihren Bruder einzunehmen, hat sie sich nie auf eine Seite geschlagen. *Sei nicht so hart zu ihm*, bat sie, nachdem ich einen teuflisch guten Plan entwickelt hatte, um ihn deportieren zu lassen, und als sie mir helfen sollte, eine Voodoopuppe herzustellen, erklärte sie: *Zu mir ist er echt nett.*

Nachdem ich Hamilton verlassen hatte, um aufs College zu gehen, wog ich sorgfältig das Für und Wider einer Fortführung der Freundschaft zu ihr ab. Sie war zweifelsohne meine beste und engste Freundin, aber gleichzeitig war sie das letzte verbliebene Bindeglied zu Lucas – was ich ihr jedoch nicht zum Vorwurf machen konnte, da sie schließlich seine Schwester war.

Ich konnte Lucas zwar in den sozialen Medien sperren und seine Handynummer löschen, aber wenn ich die Beziehung zu Madeleine aufrechterhalten wollte, musste ich ertragen, dass bei unseren Gesprächen ab und zu sein Name fiel. Die gelegentlichen Updates wurden immer regelmäßiger und ausführlicher, denn ich genoss es, aus der Ferne sein Treiben zu verfolgen, ohne dabei selbst involviert zu sein.

»Er hat jemanden kennengelernt«, erzählte sie bei einem unserer Skype-Gespräche während meines zweiten Studienjahrs.

»Einen Dämon?«

»Ich habe das Gefühl, dass er sie wirklich mag.«

»Guck, ob sie eine Narbe von einer Gehirn-OP oder ein Teufelsmal aufweist. Vielleicht hat sie es unter ihrem Haar versteckt.«

»Sie kommen Weihnachten nach Hamilton, weil er sie unseren Eltern vorstellen will.«

»Halt ihr einen Spiegel vors Gesicht und guck, ob sie darin zu sehen ist.«

Einen Monat später hieß es, Lucas habe vor den Feiertagen mit der neuen Freundin Schluss gemacht, und plötzlich tat mir das arme Mädchen von Herzen leid. Woher hätte sie auch wissen sollen, was für ein herzloses Monster Lucas ist? Am besten gäbe die Regierung seinetwegen eine Terrorwarnung aus.

Im Verlauf der Jahre wurden die Gespräche über Lucas zu etwas wie einem Spiel zwischen Madeleine und mir. Ich tat gelangweilt, wenn sie über Lucas sprach, aber nicht *so* gelangweilt, dass sie aufhörte, mir zu erzählen, was er tat. Ich hätte es mir nie gestattet – unter keinen Umständen der Welt –, meinerseits die Sprache auf den Kerl zu bringen, aber zum Glück habe ich im Laufe der Jahre das Talent entwickelt, auch mir gegenüber so zu tun, als wäre er mir vollkommen egal.

Zwei Tage nachdem meine Mutter Lucas aus dem Wagen heraus angeflirtet und ihn zu einem Spieleabend eingeladen hat, sitzen Madeleine und ich im Diner an der Hauptstraße und machen uns über den Nachtisch unseres Abendessens her.

»Meine Mom plant einen Spieleabend«, sage ich und schiebe mir den nächsten Löffel weicher Browniemasse in den Mund.

»Das wird sicher lustig!«, gibt Madeleine zurück.

»Ich persönlich würde eher eine Wurzelbehandlung oder vielleicht sogar eine Darmspiegelung über mich ergehen lassen wollen, aber sie hat sich diesen Spieleabend nun mal in den Kopf gesetzt, deswegen dachte ich, wir zählen die Teilnehmer kurz durch. Ich, du, meine Mutter, deine Eltern, Lucas. Das macht sechs. Aber vielleicht bringst du oder Lucas ja jemanden mit? Dann müsste ich aus der Garage noch zwei zusätzliche Stühle holen, und vor allem wäre dann das Dutzend Cupcakes, das ich backen wollte, nicht genug.«

»Du willst wissen, ob er eine Freundin hat«, stellt Madeleine nüchtern fest und plötzlich wird mir klar, dass sie in diesem Spiel noch besser ist als ich.

»Natürlich nicht. Es ist nur so, dass diese Stühle superschwer sind …«

»Ich kenne dich so gut wie niemand anderes, Daisy. Ich habe die seltsame Spannung zwischen dir und meinem Bruder schon seit Jahren miterlebt. Du brauchst keine Angst zu haben, dass ich dich deshalb verurteile.«

»Zwischen uns herrscht keine Spannung, sondern Krieg. Spannung würde heißen, dass da eine Verbindung ist. Was wir haben, ist eine magnetische Abstoßung!«

»Egal, wie du es nennst, du brauchst keine Angst zu haben. Er hat seit seinem zweiten Assistenzjahr keine Freundin mehr gehabt und ist auf jeden Fall single, seit er wieder zurückgekommen ist.«

Ich schiebe mir den nächsten Browniebissen in den Mund.

»Du lächelst«, hält Madeleine mir vor.

»Ich bin keiner dieser Menschen, die sich freuen, wenn andere traurig sind, aber die Vorstellung, dass *Lucas* traurig und allein ist, macht mich durchaus froh.«

»Ich kann mir nicht vorstellen, dass diese Freude lange währen wird. Seit sich herumgesprochen hat, dass Lucas wieder da ist, rufen ständig irgendwelche alten Freundinnen oder Bekannte bei mir an. Natürlich tun sie so, als ginge es dabei um mich, aber früher oder später führen all diese Gespräche zu der Frage, ob mein Bruder noch zu haben ist. Nicht anders als *deine* Frage eben gerade …«

»Wirf mich bloß nicht in einen Topf mit diesen Losern«, weise ich sie ungehalten an. »Ich will nur wissen, mit wie vielen Leuten ich bei unserem Spieleabend rechnen soll.«

»Natürlich. Sehr rührend. Kann ich dieses Browniestückchen haben?«

»Es ist das letzte.«

»Wie wäre es mit einem Tauschgeschäft? Ich erzähle Lucas nicht, dass du nach ihm gefragt hast, und dafür bekomme ich das letzte Browniestück.«

»Du bist einfach ein Miststück«, sage ich und reiche ihr meine Gabel.

»Erpressung steht mir«, stimmt Madeleine mir grinsend zu. »Ihr beide seid nicht die Einzigen, die im Laufe der Jahre dazugelernt haben.« Sie isst den Rest des Brownies. Dann diskutieren wir kurz, ob ein Nachschlag unseren Mägen zuzumuten wäre.

»Ich kann nicht mehr«, erkläre ich, denn ich bin jetzt schon mehr Schokolade als Frau.

»Ich auch nicht«, pflichtet sie mir seufzend bei. »Lass uns noch unseren Wein austrinken und dann fahre ich dich heim.«

Ich nicke.

»Was ich dich schon länger fragen wollte – gibt es in deinem Leben einen Typen, von dem ich wissen sollte?«

»Madeleine.«

»Was? Ich frage ja nur.«

»Du weißt genau, dass mein Profil bei Tinder noch nicht fertig ist. Aber sobald die Sache läuft, werden die Typen sich die Daumen brechen, weil sie es so eilig haben, sich all meine Bilder anzusehen.«

»Du bastelst jetzt seit einem Jahr an diesem dämlichen Profil. Zwei Zeilen Text und ein paar Fotos. Was zum Teufel ist daran so schwer?«

»Oh, Madeleine. Du bist noch jung und unerfahren. Verführung ist eine Kunst!«

»Stell einfach ein Bikinifoto von dir ein, lehn dich zurück und warte, dass den Kerlen der Schweiß ausbricht.«

»Wenn ich einen Typen wollte, der sich nur für meinen Körper interessiert, könnte ich auch ständig im Bikini durch die Gegend laufen«, stelle ich sarkastisch fest.

»Du hast recht. Du brauchst Bilder, die den Männern zeigen, dass sich hinter deinem hübschen Äußeren noch was anderes verbirgt. Posier einfach in deinem weißen Arztkittel und nenn dich Dr. Love.«

Ehrlich gesagt sind Dates nicht gerade mein Spezialgebiet. Bei frisch approbierten Ärzten gibt es offenbar kein Mittelding: Entweder sie sind schon verheiratet und Eltern von einem halben Dutzend Kinder oder sie haben den Zug verpasst und bleiben dauerhaft und hoffnungslos allein. Ich gehöre zu der zweiten Gruppe, denn während meines Studiums blieb einfach keine Zeit für Privatleben. Es gibt nur eine lange, traurige Geschichte halbgarer Beziehungen, die nie lange genug im Ofen waren.

Jetzt aber ist genau die Zeit, um mich wieder auf mein Liebesleben zu konzentrieren. Mit meinen achtundzwanzig bin ich in der Blüte meines Lebens, und obwohl ich in den letzten Jahren keine Zeit fürs Fitnessstudio hatte, bin ich überraschend gut in Form. Das Essen, das ich während meiner Assistenzjahre im Krankenhaus bekommen habe, hat mir nicht geschmeckt, und dank der Rennerei auf den Stationen und der täglichen Fahrten mit dem Rad zur Arbeit und zurück bin ich tatsächlich ziemlich fit.

Dazu habe ich das Glück, dass Männer mein Geschwafel, wenn ich ihnen vollkommen erledigt gegenübersitze, oder meine ehrliche Kritik oft als Zeichen von Humor und einer ganz besonderen Persönlichkeit betrachten. Würde je ein Kerl über den neongrünen Gips an meinem Arm und die beachtliche Liste aller meiner Fehler hinwegsehen, würde er erkennen, dass ich in Wahrheit ein eiskalter Fuchs bin.

»Ich habe übrigens eine Idee, die dir ganz sicher nicht gefallen wird«, erklärt Madeleine, während sie mich nach Hause fährt.

Ich sehe achselzuckend aus dem Fenster. »Bestimmt hast du recht. Also behalt es einfach für dich.«

»Nächste Woche findet hier in Hamilton ein Singletreffen statt ...«

»Wow! Das klingt nach einer tollen Erfahrung, die du unbedingt alleine machen solltest.«

»Aber ich habe uns schon beide angemeldet.«

»Toller Witz, Madeleine. Am besten melden wir dich als Stand-up-Comedian beim Open Mic an.«

»Das Treffen ist am nächsten Mittwoch und beginnt um 19 Uhr.«

»Ich freue mich, dass du mir diese Einzelheiten anvertraust, aber im Grunde spielen sie keine Rolle, denn ich gehe da bestimmt nicht hin.«

Sie hält direkt zwischen meinem und ihrem Elternhaus, aus dem sie jedoch zwischenzeitlich ausgezogen ist. Sie hat ein kleines Häuschen in der Innenstadt gemietet, was bedeutet, dass die alten Walkie-Talkies, die wir früher hatten, nicht mehr funktionieren (auf mein Drängen hin haben wir es schon ausprobiert). Das heißt, ich bin als Einzige in der Vergangenheit hängen geblieben, schlafe wieder in dem viel zu schmalen Bett in meinem alten Kinderzimmer und versuche, so zu tun, als wäre ich trotz allem eine erwachsene Frau.

Madeleine besteht darauf, dass ich mit ihr zu dem Singletreff gehe. Ich setze mich heldenhaft zur Wehr, obwohl uns beiden bereits jetzt klar ist, dass ich sie begleiten werde, einfach, weil ich sie unmöglich hängen lassen kann.

Als ich zu meiner Haustür gehe, kommt mir ein erschreckender Gedanke. Mit achtundzwanzig sollte ich mein Leben langsam im Griff haben, aber stattdessen stecke ich seit beinahe drei Jahrzehnten in derselben Endlosschleife fest. Der Hintergrund hat sich verändert und ein paar der Charaktere wurden ausgetauscht, aber das Drehbuch ist noch immer das gleiche: Ich bin Daisy Margaret Bell, die lebenslange Rivalin von Lucas Thatcher, die von der Last des Hasses erdrückt wird. Tief in meinem Innern habe ich zu vergessen begonnen, was genau mir an Lucas so verhasst ist. Wobei ich meine Fortführung des Kampfes augenblicklich noch damit begründen kann, dass ich schon immer eine eigene Praxis haben wollte und ihn deshalb aus der Stadt vertreiben muss. Aber wenn es tatsächlich so einfach wäre, hätte ich nicht die vergangenen elf Jahre damit zugebracht, gedanklich Dartpfeile auf sein Gesicht zu werfen. Wir sind Tausende Meilen voneinander getrennt gewesen und trotzdem habe ich ihm die ganze Zeit so viel Platz in meinen Gedanken eingeräumt.

Das führt mich zu der Überlegung, dass das eine Krankheit ist, die ich nicht heilen kann. Inzwischen ist die Abneigung gegen Lucas ein grundlegendes Bedürfnis geworden, wie der Wunsch nach Essen, Trinken oder Schlaf. Sobald ich an ihn denke, zieht mein Magen sich zusammen und mein Herz beginnt zu rasen. Ich versuche mir beständig, kraftvoll wie bei *Hau den Lucas*, sämtliche Gedanken an ihn aus dem Kopf zu schlagen, aber mein Gehirn schiebt permanent neue Münzen ein und ich beginne von vorne.

Ich habe es sogar mal mit einem Gummiband ums Handgelenk versucht, wie ein Raucher, der sich dieses unsägliche Laster abgewöhnen will, und jedes Mal, wenn er mir in den Kopf kam, habe ich an dem Gummiband geschnipst. Worauf mein Handgelenk am Abend stark geschwollen und obendrein noch wundgescheuert war.

Da ich meinen Hass auf ihn nicht mehr alleine in den Griff bekomme, ist meine letzte Hoffnung, dass der Job bei Dr. McCormick mich davon kurieren wird. Ich werde die drei Phasen meines genialen Plans realisieren und den Doktor dazu bringen, dass er mir allein die Praxis überlässt. Dann habe ich jeden Grund zu glauben, dass mein Hass auf Lucas sich nach all den Jahren endlich legen wird.

Aus und vorbei. Dann kann ich einen endgültigen Schlussstrich unter dieser Sache ziehen und ein neues Drehbuch schreiben, in dem ich als großmütige Siegerin Lucas die Hand reichen und ihn dann vergessen kann, weil er einfach nicht mehr wichtig für mich ist. Bitte, lieber Gott, lass mich einfach vergessen, dass es diesen Menschen gibt.

8

In der Schule mussten wir einmal zusammen ein Buch vorstellen. Wir lasen beide den *Fänger im Roggen* und kamen darin überein, uns auf neutralem Territorium in der Bibliothek zu treffen, um die Sache anzugehen. Das war auch das Letzte, worauf wir uns einigen konnten.

»Holden Caulfield ist ein elender, verwöhnter Heuchler und nur deshalb so verbittert, weil die anderen das endlich auch erkennen«, zog Lucas über meinen Helden her.

»Er ist doch noch ein Kind! Und auch wenn er so wie alle Kinder noch ein bisschen unreif ist, macht das seine Kritik an der Erwachsenenwelt nicht weniger wahr. Die Welt der Erwachsenen kann echt ätzend sein.«

»Dann sind also die anderen Schuld, dass er an jeder Schule früher oder später rausgeflogen ist?«

Nach einstündiger Diskussion zogen wir auf dem großen Poster, das wir präsentieren wollten, einen dicken Senkrechtstrich. Die fünf Minuten, in denen wir das Buch zusammen vorstellen sollten, wollten wir uns teilen, doch da keiner von uns beiden auf das Recht verzichten wollte, mit dem Vortrag zu beginnen, fingen wir am Ende gleichzeitig an zu reden und fielen einander permanent ins Wort.

Genauso fühlt es sich jetzt an, wenn wir zusammen nach den Patienten sehen.

»Vielleicht ist es eine Ohrenentzündung«, mutmaße ich.

»Und warum hat sie keinen Appetit?«, hakt Lucas sofort nach.

»Das ist bestimmt nur ein Symptom.«

»Wir sollten trotzdem gucken, ob sie vielleicht auch Magen-Darm-Probleme hat.«

»Ich glaube nicht, dass eine zusätzliche, teure Untersuchung –«

»Ähm ... Entschuldigung?«, mischt sich Ms Keller, die Mutter der Patientin, ein, aber wir ignorieren sie und setzen unsere Auseinandersetzung fort.

Wir rechtfertigen diese Unprofessionalität damit, dass wir rein objektiv zu zweit mehr Zeit und mehr Erfahrung in die Leute investieren. In Wahrheit aber übertreiben wir es in dem Eifer, uns zu profilieren, und schon nach Kurzem geht der Schuss nach hinten los.

»Okay, ihr zwei. Ich habe Rückmeldungen einiger Patienten«, sagt Dr. McCormick am Freitagnachmittag.

Ich lächele und warte auf das Lob.

»Ein paar Leute haben sich beschwert, weil ihr euch ständig wegen irgendwelcher Kleinigkeiten zofft. Ich hatte gehofft, ihr würdet eure alten Spielchen lassen, wenn ihr euch gemeinsam um Patienten kümmert, aber offenbar habe ich mich geirrt.«

Natürlich ist das alles Lucas' Schuld. Ich öffne meinen Mund, um ihn bei Dr. McCormick anzuschwärzen, aber er kommt mir zuvor.

»Ich glaube, das waren einfach ein paar *Anfangs*schwierigkeiten« – bei seiner Wortwahl stellen sich mir die Nackenhaare auf –, »aber jetzt haben wir den Bogen raus und werden Sie ab Montag ganz bestimmt nicht mehr enttäuschen«, versichert er unserem Chef.

Dr. McCormick schlägt ihm kumpelhaft auf die Schulter und meint lächelnd: »Das höre ich gern, mein Junge.«

MEIN JUNGE? Hat er ihn etwa zwischenzeitlich adoptiert?

»Dann sehen wir uns morgen auf dem Golfplatz? Ich will versuchen, alle achtzehn Loch zu schlagen, bevor es zu heiß zum Spielen wird.«

Lucas setzt ein gewinnendes Lächeln auf, bei dem er seine hübschen Grübchen und zwei Reihen kerzengerader, strahlend weißer Zähne zeigt. Ich kneife die Augen zu, um nicht zu erblinden.

»Ich freue mich auf morgen, Sir.«

McCormick entfernt sich mit einem Nicken und noch immer lächelnd wendet Lucas sich an mich. Jetzt wird sein Lächeln zu einer Waffe.

»Keine Angst, ich werde unser Treffen auf dem Golfplatz nicht dazu benutzen, für deine Entlassung zu plädieren, aber wer weiß? Vielleicht trinken wir nach dem Spiel ja noch ein Bier im Clubhaus und er kommt von ganz alleine zu dem Schluss, dass er dich besser gehen lässt.«

Ich blitze Lucas wütend an. »Du bist der schlimmste Schleimer von allen.«

»Tut mir leid, aber hast du etwa gedacht, die Jahre ohne dich hätten mich weich gemacht?«

Mit dieser Frage will er mich in eine Falle locken, doch sein Lächeln hat mich halb betäubt. Ich lasse meinen Blick an seinem muskulösen, *alles andere als weichen* Körper herunterwandern. Als mir klar wird, was ich da tue, wende ich mich entschlossen ab.

»Schönes Wochenende, Daisy«, ruft mir Lucas hinterher und die Selbstzufriedenheit in seiner Stimme ist kaum zu überhören.

Am Montag zeigt mir seine Bräune, dass er wirklich auf dem Golfplatz war. Ich frage mich, ob er den Doc hat gewinnen lassen, aber als ich im Flur an ihm vorübergehe, spreche ich ihn natürlich nicht auf Samstag an.

»Oh, Daisy«, höre ich seine Stimme hinter mir. »Auf deinem Schreibtisch liegt 'ne Kleinigkeit für dich.«

Ich reagiere nicht, denn bisher habe ich noch keinen Tropfen Kaffee in mir und mein Hirn ist noch nicht ganz in Schwung. Außerdem bin ich wirklich neugierig. Hat er mir wieder einen Margeritenstrauß gekauft? Oder mir vielleicht die Punktekarte seiner samstäglichen Golfrunde mit Dr. McCormick auf den Tisch gelegt?

Weder noch. Auf meiner Tastatur entdecke ich ein Zehn-mal-fünfzehn-Foto von Lucas und dem Doktor, wie sie zusammen auf dem Golfplatz stehen. Sie stehen so dicht nebeneinander, als wären sie verwachsen, und Dr. McCormick lacht, während mir Lucas mit den Augen durch den Raum zu folgen scheint.

Na toll. Während er sich an unseren Boss herangeschmissen hat, habe ich zu Hause im Pyjama auf der Couch gehangen und mir mit meiner Mutter und Madeleine zusammen irgendwelche alten Filme angesehen.

Ich ziehe einen Textmarker aus der Schublade und Lucas bekommt einen Schwanz und Teufelshörner auf die Stirn. Sein Foto zu entstellen bringt mich dem Sieg vielleicht nicht näher, aber als ich es an die Pinnwand neben dem Computer hänge, fühle ich mich schon ein kleines bisschen besser.

Mir bleibt noch eine Viertelstunde Zeit, bevor ich ins Behandlungszimmer muss, und ich beschließe, etwas zu tun, wovon ich schon die ganze Woche träume. Vielleicht ist es etwas unethisch, aber soweit ich weiß, nicht offiziell verboten. Ich klinke mich bei einer landesweiten Jobvermittlung ein und suche offene Arztstellen in den USA – am besten möglichst weit von Hamilton entfernt. *Oh, sieh nur, Honolulu sucht Ärzte.* Eilig schicke ich Lucas' von der Praxiswebsite kopierten Lebenslauf hin, und sofort hellt sich meine Stimmung auf. *Aloha, Lucas. Vielleicht wolltest du ja immer schon mal nach Hawaii.*

Am Mittwoch nach der Arbeit wäscht mir meine Mom die Haare, denn mit meinem Gips ist es erheblich leichter, nur den Kopf über das Waschbecken zu beugen, als mit einer Hand alleine gegen meine Mähne anzugehen. Am liebsten würde sie mich sicher auch von Kopf bis Fuß abschrubben, doch das lasse ich nicht zu.

Sie spricht davon, dass sie den Kammerjäger rufen will, aber ich höre ihr nicht wirklich zu. Ich habe auch so genug am Hals.

»Sie haben gesagt, dass wir das Haus für ein, vielleicht zwei Wochen räumen müssen, während sie eins dieser großen Zirkuszelte drüberstülpen! Deswegen bin ich mir noch nicht ganz sicher, ob ich diese Leute wirklich kommen lassen soll. Sieh mal! Da ist Lucas –«

Ich reiße ruckartig den Kopf zurück und pralle mit der Stirn gegen den Wasserhahn.

Statt zu lachen, fragt meine Mom, die gute Seele, mit mitfühlender Stimme: »Autsch. Alles okay, Schätzchen?«

Ich nicke eilig und reibe mir die Stirn, während ich zum Fenster renne und draußen Lucas entdecke, der den Rasen meiner Mutter mäht. Er trägt Shorts, aber kein T-Shirt, und ich renne wieder Richtung Waschbecken und tue so, als müsste ich mich übergeben, weil mir von dem Anblick seines nackten Oberkörpers schlecht geworden ist.

»Das ist doch sicher nicht erlaubt. Gibt´s hier kein Anstandsgesetz oder so?«

»Wir sind hier in Texas, Daisy«, ruft mir meine Mutter in Erinnerung. »Wer sollte es dem Jungen verdenken, wenn er es bei dieser Hitze wenigstens ein bisschen luftig haben will?«

Sie nennt ihn einen Jungen, dabei ist er durch und durch ein Mann.

»Ich gucke schnell mal nach der Post«, sage ich und laufe los. Ich habe Hitzewallungen. Vielleicht hat ja der Anblick seines nackten, schweißglänzenden Oberkörpers vorzeitig die Menopause bei mir ausgelöst.

Meine Mutter ruft mir etwas hinterher, aber ich ignoriere sie und reiße unsere Haustür auf.

Lucas führt etwas im Schilde. Warum sollte er wohl sonst den Rasen meiner Mutter mähen? Das hat er nicht mehr gemacht, seit er fürs Studium von hier weggezogen ist. Danach hat meine Mutter jemand anderen zum Rasenmähen engagiert, und dass er jetzt, elf Jahre später, wieder damit anfängt, ist einfach absurd und höchst verdächtig.

Er bleibt stehen, als er mich durch die Einfahrt marschieren sieht, sagt aber nichts, und auch ich stapfe schweigend zum Briefkasten, reiße ihn schwungvoll auf und werfe ihn, als ich weder Post noch Werbung finde, wieder zu.

Über Lucas´ muskulösen Oberkörper rinnt der Schweiß. *Oh Gott.* Ich glaube immer noch nicht ganz, dass das nicht doch verboten ist, vor allem, als ich die Gruppe Nordic-Walkerinnen sehe, die ein Stückchen weiter stehen geblieben ist und ihn bewundernd mustert. Ist das tatsächlich euer Ernst? Müsst ihr euch alle vier zur gleichen Zeit die Schuhe binden? Versucht´s mal mit einem Doppelknoten, Leute, der hält garantiert.

Ich verscheuche sie mit einer Handbewegung und noch während sie sich leicht verlegen wieder in Bewegung setzen, wende ich mich Lucas zu.

»Musst du dich so zur Schau stellen?«, fahre ich ihn an. »Du kannst doch sicherlich auch Rasen mähen, ohne dass du dich dafür extra ausziehen musst.«

»Ich kann gern mein T-Shirt wieder anziehen, wenn du ein Problem mit meinem nackten Oberkörper hast.«

»Habe ich nicht. Ist mir *persönlich* auch egal.«

»Ach ja? Und warum bist du dann *so* bis zum Briefkasten marschiert?«

»Was meinst du mit *so*?«, frage ich ihn herausfordernd.

»Mit Shampoo in den Haaren.«

Jetzt spüre ich die Seifenlauge, die mir über das Gesicht auf die Brust und in mein Tanktop läuft.

»Das ist eine Spülung, die nicht rausgewaschen werden muss.«

»Faszinierend.«

»Daisy! Liebling«, ruft meine Mom von der Veranda. »Du hast doch die Post vorhin schon reingeholt. Komm rein und lass den armen Lucas weitermachen, ja? Ich muss dir sowieso das Shampoo aus den Haaren spülen.«

Ihre Fähigkeit, den Augenblick zu ruinieren, hat mich immer schon verblüfft.

»Oh, und Lucas«, fährt sie fort. »Ich habe Limonade für dich rausgestellt, falls du was trinken willst.«

»Satan trinkt nur Blut«, murmele ich wütend und schleppe mich zurück zum Haus. Das Letzte, was ich sehe, ist Lucas' Spiegelbild im Fenster: nackt, verschwitzt und geradezu entwaffnend attraktiv.

An diesem Abend zerre ich, bevor ich schlafen gehe, unseren riesengroßen Ventilator in mein Zimmer, stelle ihn auf die höchste Stufe und lenke den kühlen Luftzug direkt auf mein Bett. Die Hitzewallungen werden immer schlimmer.

Am Freitagnachmittag tauchen die Eheleute Rogers in der Praxis auf. Die beiden sind Ende vierzig, frisch vermählt, stellen ihre Liebe gerne öffentlich zur Schau, bestehen auf einem gemeinsamen Termin und setzen sich *zusammen* händchenhaltend auf den Untersuchungstisch. In ihrer Akte steht etwas von starkem Juckreiz, aber weiter nichts.

»Wissen Sie, wir haben auf unserer Hochzeitsreise eine Wanderung gemacht, und ... Nun, Sie wissen sicher selber, wie romantisch die Natur mitunter sein kann –«

Mr Rogers errötet und versucht seine Gattin zu bremsen. »So genau wollen die zwei es sicher gar nicht wissen, Kath.«

»Aber sie sind Ärzte, und wenn sie uns helfen sollen, müssen sie alle Informationen haben, Mitch.«

Lucas, der Schleimer, nickt. »Sie haben also eine Wanderung gemacht und dann ...?«

»Nun, wir sind frisch verheiratet«, fährt Mrs Rogers fort und beide strecken ihre Finger mit den neuen, dicken, goldenen Ringen aus. »Haben wir das schon erwähnt? Dass wir gerade erst auf Hochzeitsreise waren? In unserer Schulzeit haben wir uns gehasst. Mitch hat mich auf dem Schulhof andauernd gepiesackt! Ist das nicht vollkommen verrückt? Aber wie es so läuft, nach Jahren trafen wir uns zufällig in einer Kneipe, eins führte zum anderen und dann –«

»Ich habe sie bei unserem ersten Date gebeten, meine Frau zu werden, denn ich wusste schon seit der Grundschule, dass sie die Liebe meines Lebens ist.«

Ich habe einen Frosch im Hals, will mich aber nicht räuspern, damit keiner der drei anderen in meine Richtung sieht. Ich weiß, dass Lucas will, dass ich ihn ansehe, damit er eine Augenbraue hochziehen kann, um zu sagen: »Ist das nicht interessant?«, aber ich starre weiter geradeaus.

»Zurück zu unserem eigentlichen Thema. Wo genau sind Sie denn gewandert?«, frage ich und höre selbst, dass meine Stimme seltsam klingt.

»Draußen im Nationalpark. Wir haben dort auch gecampt.«

»Und dann wurde es unterwegs in bisschen ... heiß?«, schlage ich vor.

»Das war Mitchs Idee!«, kichert Kathleen. »Er hat geschworen, dass uns niemand sehen würde, und wir haben uns völlig mitreißen lassen ...«

Eine Viertelstunde und eine kurze Untersuchung später wissen wir, dass Mitch und Kathleen Rogers hauptsächlich in Unterleibshöhe in Kontakt mit Giftefeu gekommen sind. Irks.

Wir geben ihnen ein Rezept für extrastarke Kortisonsalbe und die strikte Anweisung, auf körperliche Nähe zu verzichten, bis der Juckreiz nachlässt. Was die zwei bestimmt nicht allzu genau nehmen werden.

Kopfschüttelnd, aber mit einem Lächeln bringe ich die Akte der Patientin auf den neuesten Stand, und Lucas lehnt, die Arme vor der Brust verschränkt, ein Stückchen weiter an der Wand.

»Musst du nicht was in Mr Rogers Akte schreiben?«, frage ich und sehe unter meinen Wimpern hervor zu ihm auf.

»Schon fertig.«

Stirnrunzelnd wende ich mich wieder meiner Akte zu und beginne extraschnell zu schreiben.

»Also, das ist es, oder?«

»Ich weiß beim besten Willen nicht, wovon du sprichst.«

Natürlich weiß ich genau, was er meint, aber ich will, dass er das Thema fallen lässt.

»Du stehst schon seit dem Kindergarten auf mich, so, wie Mr Rogers Mrs Rogers schon seit ihrer Schulzeit liebt.«

Ich stoße ein gezwungenes Lachen aus. »Hast du sonst nichts zu tun? Musst du nicht planen, wann du das nächste Mal mit Dr. McCormick auf den Golfplatz kannst?«

»Der Termin steht bereits fest, und du weichst meiner Frage aus.«

»Das liegt daran, dass ich versuche, meiner Arbeit nachzugehen«, erklärte ich und trage jetzt zum fünften Mal dasselbe Wort in Mrs Rogers Akte ein. Gut, dass es Tipp-Ex gibt.

»Keine Sorge. Dein Geheimnis ist bei mir gut aufgehoben«, versichert mir Lucas.

Es fühlt sich an, als ob er mit mir flirten würde, und es fällt mir schwer, zu glauben, dass es in unserem jahrelangen Krieg tatsächlich eine Waffe gibt, die noch nicht verwendet wurde. Doch das hier überschreitet eine neue Grenze und sein Tonfall macht mich ganz benommen.

Ich sehe Lucas aus zusammengekniffenen Augen an. Ich würde gerne seine Motivation ergründen, aber seine ausdruckslose Miene gibt nicht das Geringste preis. Ich weiß nicht, ob er ein Chirurg mit einem Messer ist oder ein Kind mit einem Stein – auf alle Fälle möchte er, dass mir die Kinnlade herunterklappt und dass mein Herz anfängt zu rasen, und damit hat er auf jeden Fall Erfolg. Ich kann das Brennen meiner Wangen deutlich spüren. Was auch immer er im Schilde führt, er hat eine neue, bisher gut versteckte Schwachstelle an mir entdeckt. Wir führen diesen Krieg schon so lange, dass er mich inzwischen kaum noch sprachlos machen kann. Doch jetzt mache ich auf dem Absatz kehrt, werfe die Tür meines Büros hinter mir zu und nehme in der ängstlichen Erwartung seines nächsten Schachzugs hinter meinem Schreibtisch Platz.

9

Von: lucasthatcher@stanford.edu
An: daisybell@duke.edu
Betreff: nicht verschickte E-Mail #349

Das fühlt sich gerade etwas seltsam an. Ich habe schon seit einer Weile keine Nachricht mehr geschrieben, genau genommen nicht, seit ich nach Hamilton zurückgekehrt bin. Kann ich sie überhaupt als *Nachrichten* bezeichnen, wenn ich niemals auf ›Absenden‹ drücke? Ich bin mir nicht mal sicher, ob die Mailadresse überhaupt noch aktuell ist. Dr. McCormick sagt die ganze Zeit, er würde uns neue Adressen für die Praxis geben, aber da er immer noch Windows 98 nutzt, glaube ich nicht, dass das so schnell passieren wird.

Gestern habe ich, einfach aus Neugier, nachgesehen, von wann der erste dieser – Tagebucheinträge? Rufe in die Wildnis? – stammt. Wie auch immer ich sie nenne, ich habe den ersten davon in meinem ersten Stanfordjahr verfasst. Das Herbstsemester hatte gerade erst begonnen und ich schätze, man kann sagen, dass ich ganz schön Heimweh hatte. Zumindest habe ich das in der Mail an dich geschrieben. Ich habe mich darüber ausgelassen, wie sehr Hamilton mir fehlt, aber wie sehr ich dich vermisse, habe ich mit keinem Wort erwähnt.

Ich bin ziemlich gut darin, Geheimnisse zu wahren. Ich habe dir niemals erzählt, dass ich mich auch an der Duke beworben und dort ein Stipendium erhalten hatte, so wie du. Aber dann habe ich zufällig mit angehört, wie du kurz vor dem Abschlussball mit Madeleine gesprochen hast.

Du hast gesagt, du seist schon furchtbar aufgeregt, weil du bald wegziehen würdest, und dass du es nicht erwarten könntest, Hamilton, aber vor allem mir den Rücken zuzukehren.

Die Botschaft ist angekommen. Laut und deutlich. Vielleicht war das überhaupt das allererste Mal in unserem Leben, dass einer von uns etwas verstanden hat ...

Also bin ich nach Stanford, um dort einen Neuanfang zu wagen, aber dann habe ich dort das ganze erste Jahr damit verbracht, zu überlegen, ob ich nicht womöglich doch an deine Uni wechseln soll. Ich bin keinem der Clubs in Stanford beigetreten und ich habe keine lebenslangen Freundschaften geschlossen, um später einen Trauzeugen für die Hochzeit mit meiner Collegeliebe zu haben. Stattdessen saß ich immer nur in meinem Zimmer im Studentenwohnheim und habe alleine die CDs gehört, die du für meine Schwester aufgenommen hast und die ich habe mitgehen lassen, als ich ausgezogen bin. Es hat mich irgendwie getröstet, die Lieder zu hören, die du zwar nicht für mich, aber zumindest für Madeleine zusammengestellt hast.

Gott, das ist inzwischen ewig her, aber ich kann mich immer noch dran erinnern, wie es mir mit meinen achtzehn Jahren ging. Ich war an einem College weit weg von zu Hause und hatte so großes Heimweh, dass es schon wehtat.

Ich bin darüber hinweggekommen wie über so viele andere Dinge auch, aber bis heute quält mich eine Frage, die ich dir nach all den Jahren kaum noch stellen kann.

Was wäre passiert, hätte ich einfach die erste E-Mail an dich abgeschickt?

10

Der Kampf mit Lucas ist inzwischen anders als früher. Vor elf Jahren haben wir uns auf konventionellere Waffen geeinigt: unsere Zensuren, unsere Platzierungen im Sport, tödliche Blicke, wenn wir uns begegnet sind. Es gab keine sexuellen Anspielungen oder subtile Hinweise auf ein Vorspiel. Ich bin mir sicher, dass Highschool-Lucas nicht mal den Unterschied zwischen Vorspiel und Vorsorge kannte. Dem erwachsenen Lucas aber ist das offensichtlich klar. Anscheinend hat er in Stanford gründlich Biologie studiert. Ich sollte dem Dekan schreiben, um ihm zu diesem Erfolg zu gratulieren und ihn zugleich vor den unabsehbaren Folgen zu warnen.

Ich habe kein Problem damit, dass unser Krieg sich weiterentwickelt. Es stört mich nur, dass ich nicht weiß, was mich erwartet, weil ich keine Ahnung habe, welche Tricks Lucas inzwischen auf Lager hat. Das macht mich nervös und bringt mich dazu, all meine Entscheidungen zu hinterfragen.

Am Montagmorgen stehe ich in einem knielangen schwarzen Kleid vor meinem Spiegel und verrenke mir den Kopf, um mich zu vergewissern, dass der Anblick auch von hinten angemessen ist. Ja, von vorne sehe ich in Ordnung aus, aber was ist, wenn mir ein Kugelschreiber auf den Boden fällt und ich mich danach bücken muss? Wird der Saum des Kleides dann geschmackvoll nur ein kleines Stückchen höher rutschen oder gleitet er womöglich bis hinauf zu meinem Hinterteil?

Kurzerhand ersetze ich das Kleid durch eine Bluse und eine wollene Hose, an der es bestimmt nichts auszusetzen gibt.

Dennoch sind die Hitzewallungen, die ich derzeit in Lucas' Nähe habe, ein Problem. Also tausche ich die wollene Hose doch gegen einen dünnen Bleistiftrock aus und mache mich auf den Weg, bevor ein weiteres Stück aus meinem Kleiderschrank auf dem Bett oder dem Boden landet.

Wir arbeiten seit zwei Wochen zusammen, und inzwischen hätte ich mich daran gewöhnen sollen, aber als ich in die Praxis komme und ihn in der Küche Kaffee kochen sehe, ist sein Anblick wieder mal ein Schock für mich.

Für den Bruchteil einer Sekunde sehe ich ihn so, wie ihn wahrscheinlich alle anderen sehen – als attraktiven, jungen Arzt mit dichtem, braunem Haar und einem strahlend weißen Lächeln –, aber mir ist klar, dass das nur ein Trugbild ist, und während ich näher komme, erinnere ich mich daran, dass er immer noch Lucas Thatcher ist.

Er merkt, dass ich ihn mustere. Argwöhnisch fragt er: »Hattest du ein anstrengendes Wochenende?«

»Was geht dich das bitte an?« Ich runzele die Stirn und flüchte, so schnell es geht, in mein Büro.

Ich lasse meine Sachen auf den Schreibtisch fallen und ziehe ein Fläschchen roten Nagellack, von dem ich Casey habe schwärmen hören, und eine DVD von *Dark Matter* für Gina aus der Handtasche hervor. Ich will die beiden nicht damit bestechen, sondern ihnen einfach eine Freude machen, aber wenn mir die Präsente gleichzeitig auch ihre Unterstützung sichern, nehme ich das durchaus gerne an. Phase zwei meines Plans hat begonnen!

Die beiden freuen sich über die kleinen Aufmerksamkeiten und noch während ich mir triumphierend sage, dass Geben manchmal wirklich schöner ist als Nehmen, gehe ich mit Lucas in den Untersuchungsraum, in dem schon Mrs Vickers sitzt. Laut Akte ist sie sechsundfünfzig Jahre alt und wegen Schmerzen sowie einer Schwellung ihres rechten Knöchels hier.

Ich soll die Untersuchung übernehmen, aber früher oder später wird sich Lucas sicher nicht verkneifen können, seinen Senf dazuzugeben, also muss ich irgendwie verhindern, dass er die Gelegenheit dazu bekommt.

»Mrs Vickers, guten Morgen. Ich bin Dr. Bell und heute für Sie zuständig.«

»Meine Güte! Endlich!« Sie wirft ihre Zeitschrift laut auf den Boden. Ich bücke mich danach, doch sie will sie nicht wiederhaben, also halte ich sie verlegen weiter fest. »Ich warte jetzt schon seit einer halben Ewigkeit. Mein Termin war Viertel vor und jetzt ist es schon acht. Glauben Sie, ich kann den ganzen Tag hier rumsitzen? Ich arbeite auch, wissen Sie?«

Ich würde Mrs Vickers gerne korrigieren, denn wir empfangen niemanden vor acht, aber ich schwebe immer noch auf einer Zuckerwattewolke, weil die Frauen der Praxis jetzt auf meiner Seite sind.

»Das tut mir wirklich leid«, gebe ich mich versöhnlich. »Mir ist natürlich klar, dass Sie Ihre Zeit nicht mit unnötiger Warterei vergeuden wollen. Gehen Sie zur Entschädigung nach dem Termin bei uns doch bitte rüber ins Café und trinken dort auf meine Rechnung einen Kaffee, einen Cappuccino oder was immer Sie möchten.«

»Also, von Kaffee kriege ich nur Durchfall. Hören Sie, gute Frau, bilden Sie sich nicht ein, nur weil Sie einen weißen Kittel tragen, könnten Sie hier allen sagen, was sie tun sollen. Nur um das klarzustellen: Damit kommen Sie bei mir nicht durch. Wundern Sie sich später nicht über meine Bewertung im Netz!«

Lucas hält sich weiterhin im Hintergrund und amüsiert sich gerade sicher bestens. *Na, Dr. Thatcher, haben Sie es diesmal nicht so eilig, sich in die Behandlung einzumischen?*

»Mrs Vickers«, wende ich mich wieder an die Patientin. »Am besten wir beginnen jetzt mit der Behandlung, damit Sie nicht weiter unnötig Zeit verlieren. Also kommen wir gleich zum Punkt: Sie sagen, dass Ihr rechter Knöchel schmerzt und angeschwollen ist?«

Sie verschränkt die Arme vor der Brust und sieht mich aus zusammengekniffenen Augen an. Ich sehe ihr die Enttäuschung darüber an, dass ich ihr nicht mehr Pulver für ihre Internetbewertung gegeben habe.

»Ja, der rechte«, murmelt sie und wendet sich entschlossen ab.

»Dann sehe ich ihn mir erst einmal an.« Ich lasse ihre Akte und die Zeitschrift auf den Tisch fallen und sie spielt weiter irgendwelche dummen Spielchen, bis sie mich nach fünf Minuten endlich ihren Knöchel untersuchen lässt. Da ich die Schmerzen und die Schwellung, die angeblich Folge eines Treppensturzes sind, nicht auf die leichte Schulter nehmen kann, erklärte ich in ruhigem Ton: »Der Knöchel ist auf jeden Fall verstaucht, aber am besten lassen wir im Krankenhaus ein Röntgenbild unter Belastung machen, denn wir müssen ausschließen, dass es nicht noch was anderes ist.«

»Und das können Sie nicht hier? Das ist doch lächerlich!«

»Es tut mir leid. Dies ist nur eine kleine Hausarztpraxis und wir haben nicht die Geräte, um –«

»Diesen Schwachsinn kannst du jemand anderem erzählen, Blondie. Wenn ich mit euch fertig bin, könnt ihr eure Praxis dichtmachen«, droht sie, während sie gleichzeitig ihr dick mit Strass verziertes Smartphone aus der Tasche zieht.

»Jetzt reicht's«, wird Lucas plötzlich laut und ich richte mich kerzengerade auf. »Sie haben offensichtlich einen schlechten Tag, aber wenn Sie Dr. Bell nicht mit demselben Maß Respekt begegnen können, wie sie Ihnen, gehen Sie mit Ihren Beschwerden wohl besser woanders hin. Und wenn Sie dort sind, sagen Sie am besten, dass man Ihren Knöchel erst mal, wie von Dr. Bell empfohlen, unter Belastung röntgen soll.«

Meine Augen sind wahrscheinlich groß wie Untertassen, und auch Mrs Vickers bringt vor lauter Überraschung keinen Ton heraus. Sie ist es offenkundig nicht gewohnt, dass jemand ihr Paroli bietet, wenn sie sich im Ton vergreift. Sie starrt Lucas schweigend an, wendet sich dann wieder an mich, ohne mich dabei wirklich anzusehen, und fragt:

»Wo soll ich meinen Knöchel röntgen lassen, haben Sie gesagt?«

Als ich später in die Küche komme, schenkt sich Lucas gerade seine zweite Tasse Kaffee ein. Ich bleibe vor ihm stehen und mir wird klar, dass dies bereits das zweite Mal an diesem Morgen ist, dass er mit seinem Kaffeebecher vor mir steht und ich nicht weiß, was ich sagen soll.

Bei jedem anderen hätte ich mich für die Unterstützung im Behandlungsraum bedankt, aber ich will auf jeden Fall vermeiden, dass er denkt, ich käme nicht auch mühelos allein mit solchen Giftspritzen zurecht. Als Ärztin bin ich deutlich Schlimmeres gewohnt und habe in der Zwischenzeit gelernt, mich zu behaupten, ganz egal, worum es geht.

»Weiß Dr. McCormick über diesen Zwischenfall Bescheid? Wenn nötig, werde ich bestätigen, dass das Verhalten dieser Frau unmöglich war«, bietet er an, als bräuchte ich sein Alibi für einen Mord.

Mit einem gleichmütigen Achselzucken kläre ich ihn auf: »Er war nicht wirklich überrascht. Anscheinend hat sie schon öfter Scherereien gemacht. Ich glaube nicht, dass sie noch einmal hier auftauchen wird.«

»Gut, und übrigens ...« Er legt die Stirn in Falten und macht eine unsichere Miene. »Ich weiß, du hättest meine Hilfe eben nicht gebraucht, aber ich konnte einfach nicht rumstehen und zuhören, wie sie in diesem Ton mit dir spricht.«

Ich lege meinen Kopf ein wenig schräg und sehe Lucas forschend ins Gesicht. »Ach, nein? Dann bist du deiner Meinung nach also der Einzige, der mich tyrannisieren darf?«

Die Stille, die jetzt einsetzt, ist mehr als nur das Fehlen von Geräuschen, angehaltener Atem oder eine Antwort, die ihm nicht über die Lippen kommt.

Er dreht sich zu mir und für einige Sekunden starren wir einander reglos an. Dann runzelt er erneut die Stirn und mir schießt der Gedanke durch den Kopf, was für ein *wunderschöner Mann* er ist. Der Gedanke kommt aus irgendeiner winzig kleinen Ecke meines Hirns und als ich mich bemühe, ihn dorthin zurückzuverbannen, passt er leider nicht mehr rein. Ich sehe in Lucas' ebenmäßiges Gesicht und blicke in seine warmen, schokoladenbraunen Augen. Ich atme hörbar ein und Lucas sieht mich an, als ob er etwas will.

Das heißt, nicht etwas, sondern *mich*.

Mein Körper bebt. Hoffentlich beantwortet er endlich meine Frage, damit ich in mein Büro stürzen und dort die Tür verriegeln kann. Stattdessen stellt er seinen Kaffeebecher fort, stößt sich vom Tresen ab und schränkt meine Komfortzone noch weiter ein. Er nähert sich mir vorsätzlich auf geradezu intime Weise, und ich stehe mal wieder mit dem Rücken zur Wand und fange an zu hyperventilieren, während mein Herz noch schneller schlägt als die Flügel eines Kolibris im Anflug auf die nächste Blüte.

Ich blicke zu ihm auf, doch ich kann seinen Gesichtsausdruck nicht entschlüsseln. Habe ich ihn beleidigt? Oder heiß gemacht? Die zweite Möglichkeit entlockt mir fast ein Lachen, aber als sein Blick auf meine Lippen fällt, werde ich sofort wieder ernst.

Er neigt den Kopf und vor Verblüffen schlägt mein Magen einen Purzelbaum. Es ist verrückt, aber ich überlege tatsächlich, ob Lucas vorhat, mich zu küssen, jetzt und hier, nach achtundzwanzig Jahren Krieg. Vielleicht ist ihm ja klar, dass er in diesem Kopf-an-Kopf-Rennen nicht die geringste Chance hat, und deshalb setzt er plötzlich auch noch andere Körperteile ein. Wobei ihm bewusst sein sollte, dass der Pfad, den er damit betritt, in beide Richtungen führt. Okay, er ist nicht mehr der dünne Schlaks von vor elf Jahren, aber selbst mit diesem neuen Körper *made in Stanford* muss ihm klar sein, dass es auch für ihn gefährlich werden könnte, wenn er versucht, mit seinen Reizen zu spielen.

Um ihm zu beweisen, dass mich seine Nähe völlig kaltlässt, beuge ich mich etwas vor. Als unsere Körper sich berühren, muss ich einen Schauder unterdrücken – ob aus Ekel oder aus Verlangen, ist schwer zu sagen. So oder so werde ich diesen Kampf gewinnen, und wenn nötig, schlabbere ich ihn dafür sogar ab.

Er presst seinen Körper an mich, als wir Stimmen aus dem Flur hören. Früher oder später wird auf alle Fälle jemand um die Ecke biegen, er wird einen Schritt nach hinten machen müssen und dann habe ich´s geschafft.

»Ich habe dich etwas gefragt«, erkläre ich und sofort tut mir leid, dass ich gesprochen habe, weil das Zittern meiner Stimme mich verrät.

Ist das ein Teil unseres Kriegs?

Er sieht mich an, hebt eine Hand an meinen Hals und eine schreckliche Sekunde lang fürchte ich, dass Lucas mich erwürgen will, doch dann berührt er mit seinem Finger schmerzlich sanft mein Schlüsselbein.

»Ich schreie, wenn du mir noch näher kommst.«

»Ich glaube nicht, dass du das tun wirst.«

Ich kneife meine Augen zu, doch statt mich zu ermorden, presst er seine Lippen auf meinen Mund.

Ich lebe noch. Und bin vielleicht lebendiger als je zuvor.

Ich hebe meine Hände, um ihn fortzustoßen. Nach achtundzwanzig Jahren ist das purer Instinkt. Meine Hände schaffen es zwar zu seiner Brust, doch dann läuft irgendwas in meinem Hirn verkehrt, denn als mich Lucas Thatcher – mein größter Widersacher und Hauptfigur meiner schlimmsten Alpträume – küsst, schiebt meine unverletzte Hand sich um den Kragen seines weißen Kittels und zieht ihn, so weit es geht, zu mir herab.

Mein Hirn arbeitet auf Hochtouren in dem vergeblichen Bemühen, diesen Vorfall zu verstehen, aber all meine Neuronen schwirren durcheinander, ohne dass es irgendeinen Sinn ergibt. Kann man jemanden mit einem Kuss ermorden? Meiner Meinung nach hat er genau das vor. Er neigt den Kopf und beißt mir in die Lippe. Der einzige Ausweg ist, dafür zu sorgen, dass auch sein Gehirn vorübergehend ausgeschaltet wird, also schiebe ich ihm die Zunge in den Mund und vertiefe den Kuss.

Hier, nimm das.

Er stößt ein raues Stöhnen aus und klemmt mich zwischen der Wand und seinen Hüften ein. Ich nehme noch am Rande wahr, dass entweder der Boden nicht mehr existiert oder dass er mich hochgehoben hat. Er hat mich genau dort, wo er mich haben will, aber dank des lebenslangen Trainings gibt mein Körper nicht kampflos nach. Meine Brüste liegen voll und schwer an seinem Oberkörper, sogar meine Nippel richten sich gegen ihn auf und ich schäme mich, weil ich meinen Slip später wechseln muss, doch nicht genug, um aufzuhören. Als Lucas seinen Mund für einen Augenblick von meinen Lippen löst, um krächzend Luft zu holen, ziehe ich ihn abermals zu mir herab.

Nicht du bestimmst, wann es vorbei ist, sondern ich.

Entschlossen legt er eine Hand in meinen Nacken, spielt mit einer losen Strähne meiner Haare und noch während ich erschaudere, verstärkt er seinen Griff. Oh Gott, wie gut er küssen kann. Natürlich, was kann er nicht? Ich genieße, wie geschickt er im Mund-zu-Mund-Kampf ist, während er mit seiner Hand in meinem Nacken meinen Kopf nach hinten zieht, den Druck auf meine Lippen noch verstärkt und sein Kuss tatsächlich noch tiefer wird. Ich hole keuchend Luft, als ich das Pulsieren zwischen meinen Beinen spüre und sich sein Schwanz erregt an meinen Bauch presst. Es ist ein schockierendes Gefühl, denn bisher habe ich in Lucas Thatcher immer nur den Feind, nie aber den Mann gesehen.

Er schmeckt nach einem sündigen Vergnügen, das mir auf jeden Fall sauer aufstoßen wird, wenn der Moment vorüber ist. Wir sind Feinde. Gegner. Aber als er seine großen Hände um meine Taille legt und seine Hüfte an mir reibt, fühlt es sich so an, als bauten wir gemeinsam etwas auf. Etwas, das uns vollständig zerstören könnte.

»Ich habe sie schon dreimal angepiepst.«

Mariahs Stimme dringt aus weiter Ferne an mein Ohr.

»Wirklich? Dann will ich mal sehen, ob ich sie finden kann.«

Der Doc betritt den Flur, den wir zum Waffentestgebiet erkoren haben, und Lucas macht so eilig einen Satz zurück, dass ich mich nicht mehr fangen kann. Mit zittrigen Beinen sinke ich zu Boden, und mein Chef sieht mich fragend an.

»Was machst du auf dem Boden, Daisy? Mariah hat dich mehrmals angepiepst.«

»Sie hat einen Knopf verloren.«

Es ist Lucas, der diese dämliche Erklärung abgibt.

Mein Mund mitsamt den wahrscheinlich feuerroten, stark geschwollenen Lippen steht noch immer offen und ich bringe keinen Ton heraus.

Zu meiner Überraschung aber hinterfragt der Doktor unser seltsames Verhalten nicht. Er hat zu viel mit all seinen Patienten und Patientinnen zu tun, um zu bemerken, dass kein Knopf an meinem weißen Kittel fehlt und dafür meine Haare in alle Richtungen stehen. »Also gut, den suchen wir am besten später. Auf euch warten zwei Patienten.«

Damit kehrt er uns den Rücken zu und in der Erwartung, einem selbstzufriedenen Grinsen zu begegnen, sehe ich zu Lucas auf.

Doch seine Augen sind dunkel und strahlen eine ungeahnte Hitze aus.

Genau wie ich atmet er keuchend aus und ein und sieht mit den zusammengezogenen Brauen beinah wütend aus. Seine Lippen bilden einen schmalen Strich, und mir schießt der Gedanke durch den Kopf: *Ich habe diese Lippen eben noch geküsst.*

Oh mein Gott.

Ich habe Lucas Thatcher geküsst.

Hat die Erde gerade gebebt?

Lucas streckt die Hand aus, um mir aufzuhelfen, und ich wünsche mir, ich hätte schneller reagiert und wäre alleine wieder auf die Beine gekommen, denn solange ich noch unter Strom stehe, ertrage ich es nicht, dass er mich abermals berührt. Er hält mich, bis ich mein Gleichgewicht wiederfinde. Ich starre seinen muskulösen Arm an und spüre seinen festen Griff.

Dann wischt er sanft den Staub von der Rückseite meines weißen Kittels, macht einen Schritt zurück und sieht wieder genau so wie vor zehn Minuten aus. Dr. Lucas Thatcher, souverän und geradezu erschreckend attraktiv. Während ich selbst ein jämmerliches Wesen mit noch immer wackeligen Knien bin.

»Zu deiner Frage von vorhin: ja.«

»Wie bitte?«, frage ich mit heiserer Stimme.

»Ich bin der Einzige«, sagt er und wendet sich zum Gehen.

11

Seit unserem kleinen Missgeschick im Flur habe ich immer wieder das, was man als Mediziner »Intrusionen« nennt. Damit sind unwillkommene, nicht angemessene Gedanken, die man nicht unterdrücken kann, gemeint. Am schlimmsten ist für mich, dass sich diese Gedanken ausschließlich um Lucas drehen, denn außer während eines Fiebertraums im elften Schuljahr habe ich bisher noch nie auf diese Art an ihn gedacht.

Zum Mittagessen flüchte ich mich in mein winziges Büro und schicke, während ich mein Truthahnsandwich esse, ein paar angesehenen Krankenhäusern in Alaska Lucas' Lebenslauf. Nachdem ich fünf Bewerbungen versandt habe, beginne ich damit, beides zu verdauen: mein Sandwich und Lucas' Motive dafür, mich zu küssen. Ich weiß, dass er mich durcheinanderbringen will. Unsere früher kindlichen Plänkeleien haben sich zu einem nicht mehr jugendfreien Wettbewerb entwickelt, in dem es an die Wäsche geht. Ich erwäge ernsthaft, ein paar Wochen lang einfach keine Unterwäsche zu tragen, aber ich glaube kaum, dass das gegen mein Trauma hilft.

Wenn Lucas sich in aller Unschuld ein Glas Wasser aus der Küche holt, sehe ich bildlich vor mir, wie er das verfluchte Wasser absichtlich über die Vorderseite meines weißen Kittels tropfen lässt, damit der dünne Stoff an meinem Körper klebt.

Wenn er sich höflich bückt, um einen Kugelschreiber für mich aufzuheben, stelle ich mir vor, wie er auf Händen und Knien vor mir auf dem Boden herumrutscht und darum fleht, mich zu spüren.

Medizinische Gespräche haben plötzlich einen zweideutigen Unterton, und Stethoskop und Blutdruckmessgerät werden zu Sexspielzeugen.

Als wir am Dienstag Feierabend machen, bin ich völlig durch den Wind. Achtundzwanzig Jahre ist es mir gelungen, diesem Blödmann keinen zweiten Blick zu schenken, und jetzt hat er mich innerhalb eines Vormittags vollkommen aus dem Gleichgewicht gebracht. Ich muss nach Hause, um den Teufel auszutreiben, der durch sein Verhalten in mir wachgerufen worden ist. Am besten hole ich mir Salbei aus der Apotheke, um mich dann bei Vollmond mitten in der Stadt einem uralten Ritual der Reinigung zu unterziehen. Oder ich googele, wie man die Erinnerung an ein paar Stunden löscht, damit ich weitermachen kann wie VdK (Vor dem Kuss).

Ich bin kurz vorm Durchdrehen und will nur noch verschwinden, aber vorher muss ich noch mit Dr. McCormick sprechen, denn ich habe eine Idee, mich in die Gemeinschaft einzubringen, die ihn von den Socken hauen wird (Phase zwei der Praxisübernahme ist gestartet). Ich will unbedingt alleine mit ihm sprechen und warte daher ungeduldig das Ende des Arbeitstags ab. Um zwei vor sechs öffne ich vorsichtig die Tür meines Büros und werfe einen Blick nach links. Die Tür von Lucas' Arbeitszimmer ist geschlossen, also schleiche ich mich auf Zehenspitzen durch den Flur – mache einen großen Bogen um die Stelle, wo es zu dem *Zwischenfall* gekommen ist – und klopfe vorsichtig bei Dr. McCormick an. Er tippt gerade irgendwas in seinen vorsintflutlichen Computer ein, nimmt mich aber mit einem breiten Lächeln und einer einladenden Handbewegung in Empfang.

»Feierabend?«

»Gleich.« Lächelnd halte ich ihm eine Tüte Plätzchen hin. »Die wollte ich Ihnen noch geben, bevor Sie sich auf den Weg machen.«

Seine Augen fangen an zu leuchten, als ihm der verführerische Zucker-Zimt-Duft in die Nase steigt. »Noch mehr Zimtplätzchen?«

»Nach dem Rezept meiner Mom«, erkläre ich stolz. »Ich habe ihr gesagt, ich müsste Ihnen Honig um den Bart schmieren, und sie meinte, da hätte sie genau das passende Rezept.«

Er errötet. »Sie hat am Kuchenstand bei euren Schulfesten nicht ohne Grund das meiste Geld verdient«, beichtet er. »Wahrscheinlich habe ich sämtliche Zimtplätzchen gekauft, die sie jemals gebacken hat.«

Oh ja, das weiß ich noch.

Er reißt die Tüte auf und ich nutze die Gelegenheit, um mit meiner sorgfältig geprobten Rede zu beginnen.

»Ich habe darüber nachgedacht, was Sie letzte Woche zu uns gesagt haben, und finde, Sie haben recht damit, dass wir uns für die Gemeinde engagieren sollen. Deswegen habe ich auf dem Stadtfest am nächsten Samstag einen Stand für uns gebucht. Er steht oben bei der Highschool. Wir können dort den Leuten kostenlos den BMI oder den Blutdruck messen, Grippeimpfungen anbieten oder so.«

McCormick lehnt sich derart weit auf seinem durchgesessenen Schreibtischstuhl zurück, dass ich befürchte, dass er mit dem Ding hintüber kippt. Aus irgendeinem Grund jedoch rastet die Rückenlehne vorher ein. Dann zeigt er mit dem erst halb gegessenen Zimtplätzchen auf mich und nickt. »Das ist eine ausgezeichnete Idee. Unsere Praxis hatte schon seit Jahren keinen Stand mehr auf dem Markt. Genau um so was ging es mir.«

Ich strahle, aber schon mit den nächsten Worten ruiniert er den Moment.

»Ich sage Lucas, dass er dich begleiten soll.«

»Oh.« Ich schüttele vehement den Kopf. »Das wird nicht nötig sein. Im Grunde ist der Markt ja ziemlich klein, das heißt, ich komme an dem Stand problemlos allein zurecht.«

Sein Blick streift nur kurz meinen Gips, doch lang genug, um mir zu sagen, dass ich ohne Lucas' Hilfe aufgeschmissen bin. Am liebsten hätte ich mir das verdammte Ding vom Handgelenk genagt, damit er sieht, wozu ich fähig bin.

»Oh, ich weiß, dass du das kannst, aber trotzdem finde ich es besser, wenn ihr beide geht«, beendet er die Diskussion. »Ich gehe davon aus, dass du ihn in deinen Plan einweihst?«

Und so habe ich mit meinem genialen Plan ein Eigentor geschossen. Mit hängenden Schultern schleiche ich von dannen und nicht einmal der Gedanke an das Brathähnchen, das meine Mutter mir heute Abend versprochen hat, hellt meine Stimmung auf dem Heimweg auf.

»Ich esse nur Salat«, erkläre ich ihr kurz darauf.

Sie macht eine Vollbremsung und droht, mich noch einmal ins Krankenhaus zu fahren, um nachsehen zu lassen, ob bei meinem Sturz vom Rad vielleicht mein Kopf gelitten hat. Um sie zu beruhigen, erzähle ich ihr von einem ausgiebigen Mittagessen und halte dann vorsorglich den Mund. Ich traue mir inzwischen selbst nicht mehr über den Weg und fürchte, meine Gedanken plötzlich laut auszusprechen.

ICH HABE IHN GEKÜSST, schreit es in meinem Kopf, aber zum Glück lässt meine Mom das Hähnchenthema fallen, und selbst als sie mir später abermals die Haare wäscht, spricht sie nur über Belangloses.

»Haben Dr. McCormick meine Zimtplätzchen geschmeckt?«

»Er liebt deine Plätzchen.«

»Ach ja?«

Ich kann hören, wie sie nach Komplimenten fischt.

»Er hat sich vor Begeisterung gar nicht mehr eingekriegt. So glücklich habe ich ihn nie zuvor gesehen«, fahre ich fort und meine Mutter strahlt.

»Ich kriege lauter Shampoo in die Augen, Mom.«

»Oh! So, ist es jetzt besser?«

»Nein. Au! Jetzt stichst du mir das Auge mit dem Handtuch aus.«

Und so vergeht mein Tag. Erst mit lüsternen Gedanken, dann damit, dass ich *meinen* Stand mit Lucas teilen muss, und jetzt wird mir auch noch das Auge ausgestochen. Ich bin an meinem absoluten Tiefpunkt angelangt, und während der verdammte Lucas wieder mal auf Wolken schwebt, sitze ich hundert Meilen unterhalb der Erdkruste in meiner ganz privaten Hölle fest.

Mittwochnachmittag wird mir bewusst, dass ich sogar dabei bin, noch tiefer zu sinken. Weil Madeleine mich zur Teilnahme an dem Singletreffen zwingt, stehe ich jetzt vor einem Buffet mit Meeresfrüchten und habe die Qual der Wahl. Iss und triff, so viel du willst. Um mich herum ein Schwarm von Männern und Garnelen. Wobei mein Augenmerk bisher vor allem den Garnelen gilt.

»Und, wie sind die Aussichten?«, erkundigt sich Madeleine.

»Am besten sind die Scampi mit der Kokoskruste«, kläre ich sie auf.

»Ich meine die Männer, Daisy. Also stell jetzt bitte endlich deinen Teller weg.«

»Hör zu, Madeleine, es ist so, dass ich nur möglicherweise einen tollen Mann treffen *könnte*, während ich bei den Meeresfrüchten auf der sicheren Seite bin. Der Kerl da drüben macht's genauso. Er hat sich schon viermal nachgenommen, was bedeutet, dass er wenigstens kulinarisch voll auf seine Kosten kommt.«

»Erstmal wiegst du bestenfalls ein Fünftel dieses Typen und zweitens denkt er offenbar, dass das hier kein Speed-Dating, sondern ein *Speed-Eating* ist.«

»Vielleicht sind wir ja seelenverwandt«, säusele ich und lächele sie mit Emoji-Herzen in meinen Augen an.

Madeleines Geduld scheint am Ende. Mit einem abgrundtiefen Seufzer nimmt sie mir den Teller ab und drückt ihn einem pickeligen Kellner in die Hand.

»Da drüben bei den Softdrinks steht ein netter Typ, der sich nach dir erkundigt hat.«

Sie nickt in seine Richtung und ich werde von einem einsamen Cowboy angezwinkert. Statt eines Revolvers hat er allerdings einen Lolli in der Hand, was seinen maskulinen Charme zunichtemacht.

»Das ist für meinen Geschmack ein bisschen zu viel Jeans.«

»Aber er sieht echt gut aus und ich verspreche dir: Jeans sind der Smoking von morgen.«

»In meiner Version der Zukunft ganz sicher nicht.«

Sie wirft die Hände in die Luft, gibt aber endlich auf. Ich geselle mich erneut als Yin zu meinem ebenfalls aufs Essen konzentrierten Yang.

Erst nach einer halben Stunde, als ich mir ein Stück Käsekuchen nehme, kommen wir miteinander ins Gespräch. Er ist so alt wie mein Großvater, und einzig deshalb sind wir bisher noch nicht miteinander durchgebrannt.

Forschend sehe ich auf sein Revers.

»Wo ist Ihr Namensschild?«, erkundige ich mich, denn plötzlich kommt mir der Verdacht, dass sich der Mann vielleicht tatsächlich einzig wegen des Buffets hier eingeschlichen hat.

»Mein was?«

»Sind Sie hier für den Singletreff?«, hake ich nach und zeige auf die einsamen, doch flirtbereiten Herzen, zu denen auch ich so weit wie möglich auf Distanz gegangen bin.

»Der Singlewas?«

Er hört nicht gut, doch das schreckt mich nicht ab.

»Ich auch nicht. Essen Sie das noch?«

Er piekst mir fast mit seiner Gabel in die Hand, als ich versuche, einen Bissen seines Brownies zu stibitzen. Anscheinend ist er niemand, der gern seinen Nachtisch teilt. Was meiner Meinung nach vollkommen akzeptabel ist.

»Ist das ein Freund von Ihnen?«, fragt er mich und zeigt mit einem dicken Finger durch das Fenster auf den Bürgersteig.

Ich sehe auf und merke, dass mein schlimmster Alptraum wahr geworden ist.

In einer Hand das dämliche Plakat des Hamiltonschen Singletreffs und in der anderen die Reste meiner Würde steht dort draußen Lucas und sieht mindestens so selbstzufrieden aus wie die berühmte Katze, die verbotenerweise den Kanarienvogel aufgefressen hat.

»Sieht aus, als würde er sich riesig freuen, Sie zu sehen.«

»Daran habe ich keinen Zweifel.« Ich rutsche stöhnend an der Rückenlehne meines Stuhls herab, bis ich unter dem Tisch verschwunden bin.

12

Von: lucasthatcher@standford.edu
An: daisybell@duke.edu
Betreff: nicht verschickte E-Mail #350

Du denkst bestimmt, ich hätte mich gefreut, als ich dich bei dem Singletreff gesehen habe, und das stimmt – aber den Grund dafür errätst du sicher nicht. Ich musste grinsen, weil du dir den einzigen Mann im ganzen Raum geschnappt hattest, dem du offensichtlich vollkommen schnuppe warst.

Wofür ich wirklich dankbar bin.

Jetzt kann ich heute Nacht ein bisschen besser schlafen, weil ich weiß, dass du mit keinem dieser Typen heimgegangen bist und mir vielleicht doch noch eine Chance bleibt.

Aber vielleicht sollte ich dich doch piesacken, weil du überhaupt zu diesem Treff gegangen bist. Ich bitte dich. Ein *Singletreff*? Du brauchst ganz sicher keine Hilfe, wenn du einen Typen suchst. Seit wir wieder hier sind, hat mich schon *jeder* Mann aus der Stadt nach dir gefragt.

Natürlich habe ich versucht, sie abzuschrecken, aber früher oder später nimmt wahrscheinlich einer dieser Kerle seinen ganzen Mut zusammen und spricht dich persönlich an.

Ich muss also auf alle Fälle schneller sein.

13

»Na, wenn das nicht Daisy Bell, die umschwärmteste Junggesellin von Hamilton County, ist.«

»Oh, da ist ja Lucas Thatcher, der einzige Mensch, nach dessen Herz die Medizin bisher vergeblich sucht.«

Es ist der Morgen nach dem Singletreff und Lucas folgt mir ins Labor. Wir sollen eine Speichelprobe untersuchen, aber Lucas untersucht lieber mich und hofft, eine Schwäche zu entdecken.

»Weißt du, ich kann dir dabei gerne helfen, wenn du willst. Du brauchst nur ein Wort zu sagen.«

»Erstens weiß ich nicht, wovon du sprichst, und zweitens passen die einzigen Worte, die ich dir überhaupt zu sagen habe, nicht hierher.«

Er tritt hinter mich, als ich durch das Mikroskop blicke, und streicht mir meine losen Haare sanft aus dem Genick. Ich erstarre, denn mein Hirn stellt abermals die Arbeit ein und etwas anderes bleibt mir nicht übrig.

Sein Atem triff auf meinen Nacken, seine Finger tasten sanft nach meinem Puls und ich erschaudere.

»Ich würde lügen, wenn ich behaupten würde, ich hätte mir das im Laufe der Jahre nicht ab und zu mal vorgestellt.«

Ich ramme ihm den Ellenbogen in die Rippen, aber das ist nicht genug. Ich sollte ihm die Nase mit der flachen Hand eindrücken – davon, diesen Schlag aus Notwehr einmal an Lucas zu probieren, habe ich bereits mein Leben lang geträumt.

»Das ist unerwünschte sexuelle Belästigung am Arbeitsplatz.«

Ich klinge so gelangweilt wie der Personalleiter eines Betriebs, während er sich durch seine PowerPoint-Folien klickt.

»Zeig mich doch an.«

»Seid ihr mit der Probe fertig?«, hallt die gut gelaunte Stimme unseres Bosses durch den Flur und endlich macht Lucas einen Schritt zurück.

»Ja, Sir. Die Zahl der weißen Blutkörperchen ist leicht erhöht und Lucas hat mich angemacht.«

Den zweiten Teil des Satzes spreche ich nur in Gedanken aus.

»Also gut. Verschreiben wir der Frau ein Antibiotikum.«

Der Doktor lässt uns stehen und ich drehe mich nach Lucas um. Ich würde ihm sein breites Grinsen am liebsten aus dem Gesicht schlagen und erkläre ihm: »Ich habe gerade in Gedanken Meldung gegen dich gemacht.«

»Ich habe in Gedanken etwas anderes getan.«

Ich werde rot. Erst hat er mich im Flur geküsst, dann hat er mich bei dem verfluchten Singletreff gesehen und jetzt macht er mich bei der Arbeit an. Er hat schon viel zu lange Oberwasser, deshalb ist es höchste Zeit für Phase drei des Plans, ihn ein für alle Mal aus dem Verkehr zu ziehen.

Ich trete vor die Tür des Untersuchungsraums, zerre die Patientenakte aus dem Fach und als ich spüre, dass er über meiner Schulter in der Akte lesen möchte, halte ich sie so, dass er nichts sieht. So schnell fällt mir nichts anderes ein, womit ich mich für sein Verhalten rächen kann.

Irgendwas muss sich an der Situation ändern. Mit meinem Gips kann ich meine Patienten nicht allein versorgen, aber Lucas' permanente Nähe bringt mich derart aus dem Gleichgewicht, dass ich mir nicht in Ruhe überlegen kann, wie ich ihn aus der Praxis drängen soll. Er weiß, dass er im Augenblick im Vorteil ist. Das nutzt er schamlos aus, weshalb ich unbedingt, und zwar so schnell es geht, die Kontrolle zurückgewinnen muss.

Lucas neigt stark zu Überheblichkeit, sobald er mal im Vorteil ist, und dieses übertriebene Selbstbewusstsein kann ich für mich nutzen.

Das Problem ist nur, die richtige Gelegenheit zu erkennen, um das Ruder an mich zu reißen. Und dann muss ich vorbereitet sein.

Am nächsten Tag erscheine ich beinah eine halbe Stunde vor den anderen mit einer Tasche voller Munition. Ich setze Kaffee auf, und zwar eine Mischung, der mein Widersacher ganz unmöglich widerstehen kann, und als der Duft den Korridor erfüllt, gehe ich in mein winziges Büro und packe meine Tasche aus. Ich habe einen Plan, für den ein halbes Dutzend selbst gebackener Mohn-Zitronen-Muffins, eine Stoppuhr, ein verführerisches Sportoutfit sowie zwei Zauberwürfel nötig sind.

Wenn wir mit den Patienten durch sind, werde ich die Muffins in die Mikrowelle schieben, damit sie schön warm und fluffig sind. Statt sie mit einem Abführmittel zu versetzen, habe ich sie extra so gebacken, dass sie möglichst köstlich sind, und während sie noch in der Mikrowelle stehen, werde ich mir meine knappen Shorts und mein hautenges Oberteil anziehen. Ich weiß zwar nicht, ob Lucas überhaupt ein Herz hat, aber dank eines schicksalhaften Zwischenfalls während der Mittelschule, als er seine Hose hat fallen lassen, weiß ich, dass er kein Mädchen ist. Dann wird die Mikrowelle klingeln und da Lucas Mohn-Zitronen-Muffins liebt, wird er sich einen nehmen und im selben Augenblick werde ich aus meinem Arbeitszimmer schlendern und so tun, als wollte ich ins Fitnessstudio.

»Sind das Zauberwürfel?«, wird er fragen und ich werde tun, als wäre ich von seinem plötzlichen Interesse an meiner Person vollkommen überrascht.

»Die Dinger hier? Die lagen auf der Straße, als ich heute früh zur Arbeit kam. Keine Ahnung, wie sie dorthin gekommen sind.«

»Ah, verstehe«, wird er sagen und die Lügen schlucken, die in meine trojanischen Muffins eingebacken sind. »Und was soll dieser Aufzug?«

Er wird Desinteresse heucheln, aber gleichzeitig einen verstohlenen Blick an mir herunterwandern lassen, während mir das Wippen seines Adamsapfels zeigt, dass er bei meinem Anblick schlucken muss. Er wird zu spät bemerken, dass ich ihn beobachte, und wenn er sich in aller

Eile zwingt, mir wieder ins Gesicht zu sehen, ziehe ich langsam an dem Band um meinen Hals, bis er die Retro-Stoppuhr sieht. Und dann werfe ich ihm einen der Zauberwürfel zu.

»Ich wollte diese Dinger eigentlich dem Hilfsprogramm für gefährdete Jugendliche spenden, aber wie wäre es vorher mit einem schnellen Spiel?«, werde ich ihn mit zuckersüßer Stimme fragen. Mit Spiel meine ich natürlich Kampf und wenn ich den Zauberwürfel vor ihm fertig habe, wird er in den Seilen hängen und das Gleichgewicht ist wiederhergestellt. Denn nichts bringt ihn so sehr aus der Balance, wie zu verlieren.

Das Geräusch der Praxistür reißt mich aus meinen Träumen und für einen kurzen Moment werde ich panisch, doch dann höre ich, dass es nur Dr. McCormick ist. Das heißt, mir bleibt noch etwas Zeit, um mich zu sammeln, bevor Lucas kommt.

Was mir jedoch nicht ganz gelingt. Den ganzen Morgen über laufe ich Gefahr, mich zu verraten. Es kommt mir so vor, als stünde mein teuflisch guter Plan auf meiner Stirn geschrieben.

»Du bist selbst für einen Freitag viel zu fröhlich«, bemerkt Lucas, während wir eine Patientenakte lesen. »Hat dein Freund vom Singletreff dich endlich angerufen?«

Die reale Welt reißt mich aus meinen Rachegedanken. »Lucas, ist dir klar, dass das Einzige, was noch erbärmlicher ist als die Teilnahme an einem Singletreff in einer Kleinstadt, ist, wenn jemand während eines solchen Treffs von außen durch die Scheibe guckt?«

Nach dieser Antwort lässt er mich vorübergehend in Ruhe, aber kurz vor unserer Mittagspause stellt er abermals mit argwöhnischer Stimme fest: »Du hat schon wieder dieses fiese Grinsen im Gesicht.«

»Ach ja?«

»Ach ja. Als ob du irgendwas im Schilde führst.«

Noch während ich nach einer Antwort suche, taucht Mariah auf. Ich habe sie mit Freundlichkeit, mit Frappuccinos und einer versprochenen Gehaltserhöhung, sobald ich den Laden übernehme, für mich eingenommen, weshalb sie lieb wie ein Kätzchen um meine Beine schnurrt.

»Guten Morgen, Dr. Bell. Der Patient in Zimmer zwei ist jetzt bereit für Sie.«

Sie strahlt mich an und mit einem genauso breiten Lächeln sage ich: »Perfekt, Mariah. Vielen Dank.«

Ich klopfe an die Tür des Untersuchungsraums und trete, wieder einmal dicht gefolgt von Lucas, ein.

Meine gute Laune und vor allem der Gedanke, dass ihm irgendwelche Infos vorenthalten werden, machen ihn verrückt, und während des gesamten Nachmittags genieße ich, dass ich ihn durch mein andauerndes Schweigen immer weiter in den Wahnsinn treiben kann. Während der Untersuchungen schaut er mich immer wieder forschend von der Seite an. Er fragt sich, was ich zu verbergen habe, und versucht vergeblich, mir hinter die Stirn zu sehen.

Mein geheimnisvolles Lächeln ist ein Warnsignal für ihn, und während er noch eine letzte Untersuchung durchführt, wärme ich die Muffins auf und zwänge mich in aller Eile in mein Sportoutfit. Ich summe dabei leise vor mich hin und zittere vor Aufregung. Die Vorstellung von seinem Gesicht, wenn ich ihn mit dem Zauberwürfel schlage, wird mir tage-, wenn nicht sogar wochenlang einen tiefen Seelenfrieden verschaffen.

»Dr. Bell?«

Mariah erscheint in der Tür meines Büros.

»Kommen Sie rein!« Ich singe diesen Satz, als wäre ich die Hauptdarstellerin in einem Disneyfilm, und wenn ich wüsste, welche Schritte dazu passen würden, würde ich vielleicht sogar anfangen zu tanzen.

»Wow! Dr. B...«

Ich blicke über meine Schulter und Mariah steht wie angewurzelt da und starrt mich an. Wenn schon ihre heterosexuellen Augen so an meinem Ausschnitt kleben, wird sich Lucas sicher in die Hose machen, wenn er mich in diesem Outfit sieht.

»Was ist?«

Sie klappt den Mund entschlossen zu, schüttelt den Kopf und stößt mit rauer Stimme aus: »Dr. Thatcher bräuchte Ihre Hilfe –«

Wie aufs Stichwort dringt in diesem Augenblick ein lautes Brüllen an meine Ohren. Das sicher von dem Baby stammt, das Lucas impfen soll.

»Es geht um Mrs Heckmann und ihr Baby, und er weiß nicht, was er mit der Kleinen machen soll.«

Kann der Tag etwa noch besser werden?

Mit wild flatterndem Herzen werfe ich die Stoppuhr, die ich nicht mehr brauche, auf den Tisch. Wenn Mariah doch nur wüsste, wie unendlich glücklich sie mich macht.

Denn seit Anfang unseres Kriegs gibt es nur eine unausgesprochene Regel, die wir nie gebrochen haben, nämlich, dass man den anderen nie um Hilfe bittet, ganz egal, worum es geht. Wenn ich zum Beispiel krank war, nicht zur Schule gehen konnte und die Hausaufgaben brauchte, bin ich meilenweit gelaufen, damit mir ein anderer Mitschüler sie gibt. Und als ich, kurz bevor der Vorhang zu Beginn unserer Theateraufführung aufging, plötzlich Nasenbluten hatte, wäre ich lieber verblutet, als zu Lucas, dem Herren der Taschentücher und des klasseneigenen Verbandskastens, zu gehen. Wenn mich Lucas also jetzt um Hilfe ruft, brauche ich keine Muffins und auch keine Zauberwürfel mehr. Dann habe ich bereits gesiegt.

Das Brüllen wird immer lauter, also bleibt mir keine Zeit mehr, um mich umzuziehen. Eilig reiße ich den weißen Kittel von dem Haken an der Tür, werfe ihn mir über, und da er gut dreißig Zentimeter länger als die Shorts ist, die ich trage, sehe ich wahrscheinlich aus wie die Hauptperson in einem Porno. Ich fühle mich, als hätte ich mich vorzeitig für Halloween als Dr. Sexy kostümiert, und mit einem zufriedenen Lächeln auf den Lippen mache ich mich auf den Weg.

Mariah führt mich zum Untersuchungsraum, in dem eine besorgte Mom mit ihrem Baby auf der Liege sitzt. Sie hat inzwischen zentimetertiefe Sorgenfalten auf der Stirn und keinen Blick für mein unpassendes Outfit. Trotzdem finde ich, dass ich der armen Frau eine Erklärung schuldig bin.

»Mrs Heckmann, ich war gerade auf dem Weg ins Fitnessstudio«, klärte ich sie lächelnd auf und wende mich dann an Lucas. »Sie brauchen meine Hilfe, Dr. Thatcher?«

Lucas blickt sich nach mir um und wie in einem Comic fällt dem armen Kerl die Kinnlade herunter und die Zunge aus dem Mund, als er mich in dem heißen Outfit sieht. Es ist die impulsartige Reaktion eines Höhlenmenschen, aber schon im nächsten Augenblick klappt er den Mund entschlossen wieder zu, beißt die Zähne aufeinander und nur noch die geballten Fäuste deuten an, dass er um Fassung ringt. Ich schäme mich beinah, als hätte ich geschummelt oder so.

Ich weiß, wofür mich Lucas braucht, will ihm aber nicht vorgreifen und sehe ihn abwartend an.

»Ich habe Schwierigkeiten, sie zu impfen ...«

Und?

»... und ich denke, dass sich die Patientin vielleicht wohler fühlt, wenn du das machst.«

Die Spritzen liegen auf einem Rolltisch direkt vor seinem Schoß. Natürlich könnte ich das Ding zu mir heranziehen, doch wo bliebe da der Spaß? Genauso könnte er mit seinem Stuhl etwas zur Seite rollen, doch auch er will anscheinend nicht auf seinen Spaß verzichten. Also wedele ich ihm mit meinem nur von knappen Shorts verhüllten Hinterteil vor dem Gesicht herum.

»Wie heißt denn Ihre Kleine?«, frage ich Mrs Heckmann und hoffe auf ihre mütterliche Liebe und Fürsorge.

»Ava«, klärt sie mich schüchtern auf und ich ziehe die Kappe von der ersten Spritze ab. Lucas hat sie bereits für mich aufgezogen, also bleibt kaum noch was zu tun.

Ich wende mich erneut der Mutter zu. »Wie hübsch! Ist sie nach jemandem in der Familie benannt?«

Ich habe während meiner Rotation in der Pädiatrie gelernt, beim Spritzen Kind und Mutter gleichermaßen abzulenken, weil die Anspannung der Mutter sich sonst auf das Baby überträgt. Doch offenbar hat Lucas diese ganz besondere Lektion verpasst.

Ich schneide Grimassen, rede, spiele Kuckuck und vollführe gleichzeitig ein Zauberkunststück, das mit einer Handvoll Spritzen anfängt und mit einem lächelnden, geimpften Baby endet und mich aus der Sicht der Mutter zu einem Messias macht, der sie von allem Leid erlösen kann. Sie starrt mich an, will aber Lucas nicht zu nahe treten und behauptet: »Manchmal machen Männer sie etwas nervös.«

Zurück im Flur nimmt Lucas seine dick gerahmte Brille ab und ist nicht mehr der ruhige, wohlerzogene Clark Kent, sondern sieht plötzlich finster und bedrohlich aus.

Ich bitte ihn gedanklich, sich aus dieser Niederlage nichts zu machen, klopfe auf den eingestickten Namen, der auf seinem weißen Kittel steht, und füge in meinem Kopf gönnerhaft hinzu: *Natürlich helfe ich dir immer gern, wenn du mich brauchst.*

Im wahren Leben aber folgt mir Lucas bis in mein Büro, stellt sich mit verschränkten Armen in die offene Tür und plötzlich fühle ich mich wie ein Tier, das in der Falle sitzt. Er ist ein nahezu hünenhafter Mann – bestimmt dachte die arme Ava, er wäre ein Grizzly oder so. Während der Schulzeit hat er nie Krafttraining gemacht, weil seine lange, schlaksige Gestalt bei den Cross-Country-Läufen eher von Vorteil war. Inzwischen aber ist er groß, hat irre Muskeln und nicht einmal der böse Wolf käme gegen ihn an.

Ich lege meinen weißen Kittel erst nach kurzem Zögern ab. Ich würde gerne meinen Bleistiftrock und meine Bluse über die Sportklamotten ziehen, aber für einen Rückzieher habe ich zu viel Boden gutgemacht.

»Du kannst gut mit Kindern umgehen«, stellt er fest und in der Freude über meinen Sieg bin ich so dämlich, darauf einzugehen.

»Was dich zu überraschen scheint.«

»Wahrscheinlich sollte es das nicht. Schließlich sind sie in ihrer Unschuld deutlich leichter hinters Licht zu führen.«

»Haha. Ist das der Grund, warum man dich so schlecht manipulieren kann? Dass es dir immer schon an Unschuld gefehlt hat?«

Noch immer steht er in der Tür und sieht mich schweigend an. Ich ziehe meine Tennisschuhe aus der Tasche, sehe dort die beiden Zauberwürfel und erkenne, dass mein Plan total idiotisch war. Er wäre nie darauf hereingefallen. Mit roten Wangen neige ich den Kopf und binde mir die Schuhe zu.

Die Luft vibriert vor Spannung. Ich will mich nicht an ihm vorbei durch die Bürotür zwängen, aber seinen Blick halte ich nicht länger aus. Also seufze ich gelangweilt, stehe auf, werfe meine Tasche über die Schulter, aber gerade als ich denke, dass ich es nach draußen schaffe, tritt er mir entschlossen in den Weg. Er riecht, als hätte er im Wald geduscht und sich mit Sandelholz und Kiefernnadeln abgetrocknet. Ihm scheint ein anderes Aroma in die Nase zu steigen. »Könnte es sein, dass Mohn-Zitronen-Muffins in der Küche stehen?«

Ich starre reglos geradeaus, direkt auf seine breite Brust. »Die sind für den Buchclub.«

»Ach.« Er glaubt mir nicht, denn schließlich weiß er ganz genau, dass ich noch nie ein Fan von irgendwelchen Gruppen war. »Und was lest ihr dort im Augenblick?«

Ich lege meinen Kopf ein wenig schräg und halte seinem Blick entschlossen stand. »*A Game of Thrones*. Du erinnerst mich total an Joffrey.«

Er fängt an zu grinsen und ich zwinkere kurz, um diesen Moment in meinem Kopf abzufotografieren.

Trotzdem lässt er mich noch immer nicht an sich vorbei. Ich fange an zu schwitzen und nehme an, dass er das weiß. Der Ball ist jetzt wieder bei mir, aber so schnell gibt er nicht auf.

»Also, Dr. Thatcher, lassen Sie mich durch.«

Er neigt den Kopf, bis er mit seinen Lippen fast mein Ohr berührt. »Viel Spaß beim Buchclub, Dr. Bell.«

Erschaudernd schiebe ich mich an dem Kerl vorbei, marschiere hocherhobenen Hauptes durch den Flur und wage erst auszuatmen, als die Praxistür hinter mir zugefallen ist.

Auf dem Heimweg sehe ich, dass eine Gruppe Kinder hinter einer alten Kirche Fußball spielt. Ich komme mir ein bisschen seltsam vor, als ich dort halte und sie frage, ob sie meine Muffins haben wollen, doch der Anblick, wie sie sich begeistert auf die Teilchen stürzen, die ursprünglich für Lucas vorgesehen waren, macht mich froh. Es kommt schließlich nicht alle Tage vor, dass ich erst Lucas Thatcher besiege und dann noch Gelegenheit bekomme, etwas für die Jugend unserer Stadt zu tun.

Ich reibe mir die Hände und die Mohnsamen, die noch an meinen Fingern kleben, rieseln auf den Teppich, der im Fußraum von Moms Wagen liegt.

14

Später am Abend hat Madeline mich als Entschädigung für den grässlichen Singleabend zu sich eingeladen. Ich werde hingehen, denn obwohl ich gerne noch ein bisschen länger sauer auf sie wäre, weiß ich aus Erfahrung, dass ich einfach nicht die Willenskraft dazu aufbringe. Vor allem aber ist es nicht gerade so, dass mein Terminkalender derzeit überquillt.

Ich habe Anweisung, mich etwas aufzubrezeln, weil sie auch noch ein paar andere Leute eingeladen hat. Anscheinend hat sie Angst, ich käme im Pyjama und brächte sie vor ihren neuen Freundinnen und Freunden in Verlegenheit. Ich habe keine Ahnung, wer zum Teufel diese Leute sind. Seit beinah zwanzig Jahren bin ich für sie genau wie sie für mich die einzig wahre Freundin. Wir sind wie zwei asoziale Schmetterlinge, die es nie aus ihrem Kokon herausgeschafft haben.

Als ich jedoch am Freitagabend zu ihr komme, reiße ich schockiert die Augen auf, als eine Schlange Autos an der Straße parkt und ihre Einfahrt blockiert. Ich stelle meinen Wagen ein Stück weiter ab, mache mich auf den Weg zurück zu ihrem Haus und versuche zu ergründen, wo genau die laute Bassmusik erklingt. Ich fürchte, dass bei ihr eingebrochen worden ist und die Einbrecher beschlossen haben, sich häuslich einzurichten und noch ausgiebig zu feiern, wenn sie mit der Arbeit fertig sind. Das ist auf jeden Fall wahrscheinlicher, als dass Madeleine aus freien Stücken eine Riesenparty schmeißt.

Ich bin auf halbem Weg zu ihrem Haus und habe schon mein Telefon am Ohr, um die Polizei zu rufen, als die Tür geöffnet wird und meine beste Freundin auf der Bildfläche erscheint. Sie trägt ein enges, blaues Kleid, das ihre schlanke Figur und die hellblonden Haare vorteilhaft zur Geltung kommen lässt. Sie sieht fantastisch aus und bricht bei meinem Anblick in vergnügtes – und ich würde sogar sagen, leicht angetrunkenes – Kichern aus.

»DAISY! Endlich bist du da!« Dann brüllt sie über ihre Schulter: »ALLE HERHÖREN! SIE IST DA!«

Alle juchzen laut, als wüssten sie, um wen es geht, und als ich durch die Tür trete, erkenne ich schockiert, dass anscheinend meine ganze Klasse aus der Highschool bei ihr eingeladen ist.

Ich zwinge mich zu lächeln, winke, mache kehrt und zerre meine Freundin in die Küche.

»Warum hast du mich nicht vorgewarnt?«

»Was? Warum? Du siehst süß aus!«

Ich trage meine Lieblingsjeans und einen cremefarbenen Pulli. *Offensichtlich* sehe ich süß aus, doch darum geht es nicht.

»Du hast gesagt, wir machen einen Filmabend.«

Lachend streckt sie ihre Hand nach einer offenen Whiskeyflasche aus. »Stimmt. Aber in Wahrheit findet heute Abend deine richtige Willkommensparty statt! Trink erst mal was und mach dich locker, ja? Du kriegst noch Falten, wenn du weiter derart grimmig guckst.«

Ich lasse mich nur ungern zu etwas zwingen, aber wenn ich wieder rübergehen und mich mit Leuten unterhalten soll, die ich seit meiner Highschoolzeit nicht mehr gesehen habe, kriege ich das unter Alkoholeinfluss wahrscheinlich besser hin. Entschlossen nehme ich die Flasche und genehmige mir erst einen und danach noch einen zweiten möglichst großen Schluck. Sehr erwachsen!

Da ich noch nichts gegessen habe, setzt die Wirkung sofort ein. Ich hatte vorgehabt, mir kiloweise Popcorn reinzuschieben und irgendwelche rührseligen Filme anzusehen. Aber daraus wird wohl nichts mehr.

Madeleine macht alberne Fanfarenklänge, als sie mich zurück ins Zimmer führt, damit auch noch der Letzte merkt, dass ich inzwischen angekommen bin. Ich versuche zu ergründen, wer sich seit unserer

Highschoolzeit äußerlich verändert hat und wer inzwischen alles einen Ehering am Finger trägt, im Grunde aber sehen fast alle noch genau wie früher aus.

Inzwischen hat die Party sich bis in den Garten ausgedehnt. Ein paar der Typen haben dort Bierpong-Tische aufgebaut. Fasziniert beobachte ich einen Fremden, der mit dem Rücken zu mir dort steht. Er ist groß und muskulös, und zu allem Überfluss hat er noch einen echten Knackarsch. Madeleine reicht mir das nächste Whiskeyglas, ich leere es in einem Zug und zeige auf den fremden Kerl. *Der da.*

Während mir der Alkohol noch in der Kehle brennt, schlendere ich lässig auf den Knackarsch zu. Ich bin bereit, ihn zu umgarnen, aber plötzlich dreht er seinen Kopf, ich sehe mehr als nur sein hübsches Hinterteil und mir wird schlecht.

Lucas?!

Madeleine taucht an meiner Seite auf und hat ein selbstzufriedenes Lächeln auf dem Gesicht.

Als Lucas mich sieht, winke ich ihm halb mit meinem Gipsarm zu. Er hält inne und freut sich augenscheinlich nicht besonders, mich zu sehen, anders als ich – was allerdings nur an dem Whiskey liegen kann. Anders kann ich meine Reaktion auf seinen Anblick in der dunkelblauen Hose und dem weißen Button-down-Hemd nicht erklären. Dieselben Sachen trägt er auch bei der Arbeit, doch jetzt hat er die Ärmel bis zu seinen Ellenbogen hochgerollt und scheint – wie vielleicht auch ich selbst – im Freizeitmodus zu sein.

Ich überlege, ob ich Madeleine Vorhaltungen machen soll, weil sie auch Lucas eingeladen hat, aber ich weiß, dass sie mir dann erklären wird, dass er schließlich ihr Bruder ist. Das sagt sie jedes Mal, wenn sie auf seiner Seite ist. Im Gegensatz zu mir hat sie nun einmal nicht das Glück, ein Einzelkind zu sein.

»Na, Lucas, amüsierst du dich?«, erkundige ich mich, als er das Bierpong mit seinem alten Schulfreund Jimmy Mathers unterbricht.

Jimmy hält im Werfen inne und meint knapp. »Hi, Daisy. Schön, dass du wieder zu Hause bist.«

Die beiden freuen sich nicht wirklich, mich zu sehen, aber das stört mich nicht.

»Ich spiele gegen den Gewinner, ja?«, schlage ich vor und Jimmy lacht.

»Da mich Lucas schon zum zweiten Mal geschlagen hat, gebe ich besser einfach auf. Mach du für mich weiter«, bietet er mir an, doch Lucas greift nach seinem Bier und schüttelt schlecht gelaunt den Kopf.

»Ich glaube, das ist keine so gute Idee. Warum gehst du nicht wieder rein?«

Ich gackere wie ein Huhn und ernte dafür Gelächter von einigen Partygästen.

Lucas fährt sich mit dem Handrücken über den Mund und ich weiß einfach, dass er dahinter sein Lächeln verbirgt. »Also gut. Hol ein paar Bier, Jimmy. Ich gehe davon aus, dass Daisy durstig ist.«

Fürs Protokoll: In meinem ganzen Leben habe ich noch nie Bierpong gespielt. Meine Zeit am College habe ich in der Bibliothek verbracht, aber dies wäre nicht der erste Wettbewerb mit Lucas, bei dem ich schnell lernen muss. Im Sommer vor dem Wechsel auf die Highschool habe ich drei Jahre Spanisch in zwölf Wochen nachgeholt, nachdem er heimlich Unterricht genommen hatte, weil er dachte, dass sich das in den Bewerbungen fürs College sicherlich gut macht. *Lo siento, Lucasito.*

Lucas stellt ein Dreieck aus zehn Plastikbechern vor mir auf und lächelnd lobe ich: »Die Aufstellung mag ich besonders gern.«

»Kennst du überhaupt die Regeln?«

»Also bitte«, lache ich. »Statt uns über die Regeln auszulassen, fangen wir am besten einfach an.«

Ich halte es für Glück, dass meine Wurfhand nicht verletzt ist, aber trotzdem landet auch mein dritter Wurf nicht einmal in der Nähe des verdammten Tisches, während Lucas fast bei jedem Wurf trifft und ich gezwungen bin, das pipiwarme Bier aus den Bechern zu trinken.

»Du kannst auch gerne aufgeben«, bietet er mir mit einem Blitzen in den Augen an.

»Eher würde ich von einer Brücke springen«, gebe ich zurück und höre selber, wie verwaschen meine Sprache klingt. Wahrscheinlich hört es sich für ihn so an, als hätte ich gesagt, dass ich etwas von einer Mücke singen will.

»Dann lass uns einfach eine halbe Runde spielen«, schlägt er mit einem argwöhnischen Blick auf die bereits von mir geleerten Becher vor. »Wer als Erster fünfmal trifft.«

Er ist ein übler Trickser, aber ich durchschaue ihn.

»Du willst einfach nicht glauben, dass ich dich tatsächlich schlagen kann.« Beim nächsten Wurf versuche ich's mit einer anderen Taktik, kneife meine Augen zu und orientiere mich beim Werfen einzig am Geräusch des Winds, der mir entgegenweht. Der Ball fliegt über Lucas' Kopf ... und trifft den armen Jimmy oberhalb des Ohrs.

»HE! Pass auf!«

»Ha!« Ich klatsche gut gelaunt. »Ich spiele nach den Regeln der Ostküste. Wenn man den letzten Verlierer irgendwo am Kopf erwischt, hat man gewonnen.«

»Netter Versuch. Aber dir ist doch wohl bewusst, dass das Ziel vom Spiel ist, den Ball in die Becher zu kriegen?«

Was Lucas wieder einmal mühelos gelingt, und während ich das nächste Bier herunterkippe, stellt er fest: »Okay, jetzt reicht's. Hast du überhaupt schon was gegessen?«

»Oh ja. Bei einem sexy Date. Es gab jede Menge leckerer Sachen, die mich der heiße Typ direkt von seinem Sixpack hat essen lassen.«

Abermals fliegt einer meiner Bälle durch den Garten, und allmählich wird mir klar, dass Spanisch deutlich einfacher als Bierpong ist.

Ich beginne zu bereuen, dass ich Lucas herausgefordert habe, als mit einem Mal ein lauter Krach aus dem Haus ertönt, die Stereoanlage eilig ausgeschaltet wird und irgendwer nach einem Doktor ruft.

»Ich bin Ärztin!«, brülle ich und renne los. Ich sehe mich schon vor mir, wie ich eine Tracheotomie mit einem Kugelschreiber mache oder mit normalem Stickgarn eine zentimeterweit klaffende Wunde nähe, muss dann aber leider feststellen, dass sich nur ein Gast beim Schneiden der Limetten für die Drinks geschnitten hat und jemand anders beim Anblick des Bluts ohnmächtig geworden ist. Mir selber ist aufgrund des Whiskeys und des Biers, das ich getrunken habe, etwas schwindelig, und ich kann mich kurzzeitig nicht mehr erinnern, welcher Tag heute ist.

»Okay. Kann mir jemand erklären, was passiert ist? Vielleicht diesmal ein bisschen langsamer?«

Inzwischen ist auch Lucas da und schiebt sich kurzerhand an mir vorbei. »He, Mary Anne, wir sollten deinen Finger erst mal säubern, um zu sehen, ob du ihn nähen lassen musst.«

Im Handumdrehen hat er die Kontrolle übernommen. Er ist selbstbewusst und souverän und halbwegs nüchtern, und während die Patientin zu ihm aufschaut, als ob er ihr den Orgasmus ihres Lebens angeboten hätte, führt er sie zur Spüle in der Küche, wo er Wasser über ihren Finger laufen lässt. Sie zuckt zusammen und noch während ich mich frage, ob sie vielleicht gerade wirklich kommt, sagt irgendwer hinter mir: »Gott sei Dank, dass Lucas hier ist«, und ruft dadurch das Verlangen, mich zu übergeben, in mir wach.

»Gleich hast du es geschafft«, versichert Lucas Mary Anne und hebt ihre Hand vor sein Gesicht, um sich den Schaden anzusehen. »Sieht schlimmer aus, als es ist. Das kriegen wir wieder hin.«

»Der Schnitt ist in der Nähe des Gelenks. Wahrscheinlich solltest du ihn nähen lassen, Mary Anne«, empfehle ich, und da ich Ärztin bin, sollte sie auf mich hören.

Auch wenn Lucas anderer Meinung ist. »Ein Pflaster und desinfizierende Salbe reichen sicher aus.«

Ich werfe resigniert die Hände in die Luft. Wahrscheinlich würde Mary Anne selbst dann auf Lucas hören, wenn er ihr empfehlen würde, den verletzten Arm auf Höhe des Ellbogens zu amputieren. Also sehe ich mich nach der anderen Patientin um, die sich bei ihrer Ohnmacht sicher eine Kopfverletzung zugezogen hat und nun mit einem Eisbeutel auf der Stirn ermattet auf dem Sofa liegt.

Entschlossen setze ich mich neben sie und hebe ihre Füße an.

»Wie fühlst du dich?«

»Bist du nicht Ärztin?«

Grinsend sage ich: »Genau.«

»Tja, nun, vielleicht habe ich ja eine Gehirnerschütterung.«

Genau dafür bin ich ausgebildet. Während meiner Assistenzzeit in der Ambulanz hatte ich oft mit Kopfverletzungen zu tun, auch wenn ich damals, wie ich ihr gestehe, immer deutlich nüchterner als heute Abend war.

»Na toll«, stellt sie sarkastisch fest. »Du bist also besoffen. Dann will ich, dass Lucas nach mir sieht.«

Ich verdrehe die Augen. »Blödsinn. Guck auf meinen Finger.« Sie folgt meinem Finger mit den Augen und ich frage: »Und wie viele Finger siehst du?«

»Nur den einen?«, bietet sie mir skeptisch an und ich tippe ihr mit dem einen Finger auf die Nase und erkläre zustimmend: »Genau!«

Ein Schatten fällt auf mich und die Patientin reißt die Augen auf.

»Lucas! *Endlich!* Ich hatte gehofft, dass ich zu meinem Kopf, äh, noch eine zweite Meinung hören kann. Ich bin ohnmächtig geworden, als sich Mary Anne geschnitten hat.«

»Das ist bestimmt nur eine kleine Beule«, tut er ihre Sorge lässig ab. »Lass dich von jemandem nach Hause fahren, und wenn dir schwindlig wird oder du Kopfschmerzen bekommst, die nicht mehr von allein weggehen, fährst du einfach morgen früh ins Krankenhaus.«

Sie ist enttäuscht, weil Lucas sie nicht gleich an Ort und Stelle untersuchen will.

Verärgert, weil sie alle diesem Schleimer und nicht mir vertrauen, stehe ich auf und blitze Lucas zornig an. »Nun mach schon, Lucas. Schließlich will sie, dass du sie abtastest und untersuchst.«

»Ich habe mir den Kopf gestoßen!«, stellt sie schüchtern richtig.

»Kann ich kurz mit dir sprechen, Daisy?«

Er versucht, mich aus dem Raum zu führen, doch das lasse ich nicht zu. Auf jeden Fall versuche ich, mich von ihm loszureißen, aber er hat offenkundig Superkräfte und am Ende führt er mich problemlos in den Flur und dann weiter vors Haus.

»Alles in Ordnung?« Er legt seine Hände auf meine Schultern, neigt den Kopf und sieht mir forschend ins Gesicht.

»Alles bestens«, kläre ich ihn grinsend auf.

»Versuch gar nicht erst, mir etwas vorzumachen, Daisy. Du brauchst Wasser, etwas zu essen und ein bisschen Zeit zum Ausnüchtern«, behauptet er, doch ich durchschaue seinen Plan.

»Bin ich jetzt also auch eine Patientin, um die du dich kümmern musst? Erst der Finger und der angeschlagene Kopf und jetzt auch noch die arme, sturzbetrunkene Daisy Bell?«

Er lässt von meinen Schultern ab und fährt sich mit den Händen durch das Haar. »Ich kann dich nach Hause bringen, wenn du willst.«

Ich lache auf, als hätte er mir vorgeschlagen, mit ihm auszugehen. »Nein, danke.«

Lucas sieht mich aus zusammengekniffenen Augen an und plötzlich muss ich an den straffen Hintern denken, der mir vorhin aufgefallen ist. Ich habe das Bedürfnis, mich vorzubeugen und ihm zu sagen, dass er selbst in seiner Arbeitskleidung und mit den zerzausten Haaren ein geradezu schockierend attraktiver Gegner ist.

Ich öffne meinen Mund und presse meinen Gipsarm gegen seine Brust, um mich ein wenig vorzubeugen und ihm diese Worte zuzuraunen, als mit einem Mal die Haustür aufgerissen wird und seine Schwester auf der Bildfläche erscheint.

Schwankend richte ich mich wieder auf und reiße meine Hand zurück.

»Ich habe euch schon überall gesucht!«, ruft sie ahnungslos. »Lucas, Mary Anne will dich noch einmal sehen, und Daisy! Los, ich will noch schnell zu Burger King.«

Sie zerrt mich durch die Einfahrt zu ihrem Wagen und ich drehe mich nach Lucas um. Er sieht uns nach und kommt mir seltsam traurig vor, als er allein auf der Veranda steht. Am liebsten würde ich ihm zurufen, dass wir uns morgen früh am Stand der Praxis sehen, aber dann fällt mir wieder ein, dass ich ihn dort im Grunde gar nicht haben wollte und immer noch nicht haben will. Mein Hass für ihn ist ungebrochen. Weil nur dieser Hass mich aufrecht hält.

15

Es ist eine rein strategische Entscheidung, in den abgeschnittenen Jeans und roten Cowboystiefeln auf den Jahrmarkt zu gehen. In einer lässig schicken Großstadt-Khakihose hätte ich wahrscheinlich wie ein wunder Daumen aus der Menge herausgeragt. Gegen den limettengrünen Gips kann ich nichts tun, doch meine Mutter lockt mir noch die Haare und plötzlich komme ich mir wie Jessica Simpson kurz nach der Jahrtausendwende vor. Ich weiß, ich habe meine Sache gut gemacht, als ich die anerkennenden Blicke einer Gruppe Jungbauern bemerke, die bereits um diese frühe Uhrzeit auf dem Fest versammelt sind. Jep, *these boots are made for walking!*

Ich bin zuversichtlich, dass mein Stand ein echter Hit wird, auch wenn ich noch einen leichten Kater habe und man mir den nicht ganz optimalen Stellplatz zwischen einem Stand mit selbst gemachten, zauberhaften Traumfängern und einem Stand mit Schmalzgebäck zugewiesen hat. Sobald Dr. McCormick von den Tausenden von Leuten hört, die sich von mir den Blutdruck haben messen lassen wollen, wird er eine Lobeshymne auf mich singen und sich mit einem wehmütigen Blick auf Lucas fragen: *Was hat dieser junge Mann jemals für mich getan?*

Zur Verschönerung des Standes habe ich verschiedene Requisiten mitgebracht: ein wenn auch eher bescheidenes Plakat aus unserem Warteraum, auf dem es um die Wichtigkeit der Herzgesundheit geht, und ein paar Kugelschreiber mit dem Logo unserer Praxis, auf die ich in einem Winkel unseres Besenschranks gestoßen bin. Sie sind etwas verstaubt und auch die Tinte ist inzwischen eingetrocknet, aber wenigstens stehe ich nicht mit leeren Händen da.

Der Duft des Schmalzgebäcks weht zu mir herüber und mir kommen leise Zweifel am Erfolg meines Projekts. Bereits ein Dutzend Leute stehen Schlange für das leckere Gebäck, wogegen noch niemand meinen Stand auch nur eines Blicks gewürdigt hat. Vielleicht habe ich die Begeisterung der Marktbesucher für das Blutdruckmessen überschätzt. Eine Ecke meines Herzgesundheitsposters löst sich von der Wand des Stands und hängt traurig herab.

Und dann, noch während ich das Poster wieder an die Wand klebe, taucht Lucas Thatcher auf.

Was macht er hier so früh?

Ich habe ihm doch extra einen Zettel mit der Standnummer und Uhrzeit hingelegt. Nummer 1933, 18 Uhr.

Wobei kein Stand mit dieser Nummer existiert und der Rummel bereits um 17 Uhr vorüber ist.

»Guten Morgen«, grüßt er mich, anscheinend hochzufrieden, weil er mir nicht auf den Leim gegangen ist.

»Lucas«, grüße ich zurück und mustere ihn kurz. »Schön, dass du es geschafft hast.«

Seine schwarze Baseballkappe und das T-Shirt haben beide McCormicks Praxislogo aufgedruckt und er wirkt wie ein Schauspieler aus Hollywood, den wir dafür bezahlen, dass er Werbung für den Laden macht. Lächelnd schiebt er meine Kugelschreiber an die Seite und hievt zwei riesige Reisetaschen auf den Tisch.

»Mein Gott. Hast du etwa Leichen mitgebracht?«

Er sieht verächtlich auf die Kugelschreiber, macht die erste Reisetasche auf und belädt den Stand mit wirklich schickem Kram. Mit hübschen Bechern mit der Aufschrift *Haltet Hamilton gesund*, mit zusätzlichen Baseballmützen und mit T-Shirts, so wie er eins trägt.

»Ein paar Geschäfte im Ort haben Preise für eine Tombola gespendet.« Lucas hält mir eine Rolle Lose hin. »Um mitzumachen, muss man sich den BMI oder den Blutdruck messen lassen, und die Organisatoren haben zugesagt, dass das gleich über Lautsprecher bekannt gegeben wird.«

Das ist eine ausgezeichnete Idee, aber das sage ich ihm nicht.

»Okay, aber du müllst den Stand mit diesen Sachen zu, wenn du also bitte –«

»Was für süße Becher!«, mischt sich die Standnachbarin mit ihren Traumfängern begeistert ein.

Am liebsten würde ich ihr sagen, dass sie sich um ihre eigenen Angelegenheiten kümmern soll, doch Lucas kommt mir wieder mal zuvor und drückt ihr einen der verdammten Becher in die Hand. »Danke. Wenn Sie später Zeit haben, kommen Sie doch rüber, damit ich Ihren Blutdruck messen kann.«

Sie lächelt ihn bewundernd an und drückt den Becher selig an die Brust. Mein Frühstück droht mir hochzukommen, denn innerhalb von wenigen Minuten hat Lucas die Leitung meines Standes übernommen. Jetzt sieht er einladend und fröhlich aus und es sind schon vier Leute wegen der Verlosung stehen geblieben, ehe der Markt überhaupt eröffnet worden ist.

»Ich habe dir extra ein T-Shirt mitgebracht.« Lächelnd hält er mir eins hin, das mir genau zu passen scheint.

Ich reiße es ihm aus der Hand, ziehe mich um und plötzlich sehen wir beide wie zwei nette, miteinander harmonierende Ärzte aus. Wir werden zum bestbesuchten Stand des Markts, wenn auch aus anderen Gründen als gedacht.

»Daisy Bell und Lucas Thatcher?« Einer unserer Klassenkameraden kommt vorbei und starrt uns an. »Ist das die Möglichkeit? Arbeitet ihr tatsächlich zusammen? He, BARB! Das glaubst du nicht!«

Barb glaubt es wirklich nicht, aber als sie es sieht, erzählt sie es Amanda, die es umgehend an Sam und Ryan weitergibt. Nach kurzer Zeit hat sich auf dem gesamten Platz herumgesprochen, welches Wunder man an unserem Stand bestaunen kann. Obwohl ich angenommen hätte, dass die Tombola die meisten Leute anziehen würde, stehen sie schließlich bei uns Schlange, um zu sehen, wie wir zusammen einen

Stand betreiben, ohne dass wir uns nach fünf Minuten an die Gurgel gehen. Weil das für viele einfach unvorstellbar ist.

»Du und Daisy, huh?«, fragt Ben, ein anderer Klassenkamerad, als Lucas ihm den Blutdruck misst.

»Was?«

»Seid ihr jetzt echt zusammen? Ihr habt in der Schule doch nicht eine Mathestunde rumbekommen, ohne dass euch Mr Looper auseinandersetzen musste.«

»Wir arbeiten zusammen«, korrigiert ihn Lucas. »Und ich hoffe doch, dass wir inzwischen beide etwas reifer sind.«

Ich sehe über Lucas' Schulter, schüttelte den Kopf und forme mit den Lippen ein lautloses »Sind wir nicht«.

Bis zum Mittag haben wir keine Lose mehr und meine Hand tut vom endlosen Aufpumpen des Blutdruckmessgerätes weh. Zum Glück hat jetzt der Grill geöffnet und lenkt die Besucher wenigstens vorübergehend von uns ab.

Ermattet sinke ich auf einen Stuhl, zerre mir das Stethoskop vom Hals und Lucas setzt sich neben mich.

Ich rieche Bratwürstchen und höre, wie mir der Magen knurrt.

»Hunger?«, fragt mich Lucas, doch ich wage es nicht, ihn anzusehen. Das ist die erste ganz normale Frage, die er mir seit gestern Abend stellt, aber die unerwünschten zweideutigen Bilder, die ich seit Beginn der Woche immer wieder sehe, haben nicht abgenommen, sondern sich tatsächlich noch verstärkt.

Am Dienstag hat er mich geküsst. Am Mittwoch hat er mich bei dem verdammten Singletreff gesehen. Am Donnerstag hat er mich bei der Arbeit angemacht und am Freitag hat er mir den Weg aus meinem Büro versperrt.

Ich muss das Muster irgendwie durchbrechen. Heute wird es anders sein. Ich werde die Gedanken, die ich habe, ein für alle Mal begraben, auch wenn ich noch keine Ahnung habe, wie das gehen soll.

»Redest du nicht mehr mit mir?«

Ich zucke mit den Achseln, doch er ignoriert mein Schweigen und fragt unbekümmert: »Und wie war's im Buchclub? Haben die Muffins deinen Freundinnen geschmeckt?«

Ich halte es nicht länger aus. Ich wende mich ihm zu und sehe, wie er auf den Saum meiner knappen Shorts starrt. Seine Augen haben die Farbe gerösteter Walnüsse und sind genauso dunkel wie nach unserem Kuss. Ich aber ignoriere diese Warnung, stehe auf und lasse ihn allein an unserem Stand zurück

Es fühlt sich gut an, endlich Abstand zu ihm zu bekommen, und mit jedem Meter, den ich mich von ihm entferne, nehmen meine Hoffnung und der Eindruck, dass ich wieder die Kontrolle über alles habe, zu.

Ich wandere zum Grill und schirme mich durch das Gedränge der Besucher gegen die beunruhigende Wahrheit ab, die mir durch den Kopf schießt. Habe ich Lucas wirklich nur zum falschen Stand bestellt, um selbst die Lorbeeren einzuheimsen, oder war mir klar, dass ich mir in seiner Gegenwart nicht trauen kann? Einmal habe ich sogar beobachtet, wie eine dralle Schönheit sich von ihm den Blutdruck hat messen lassen, und mich gefragt, ob sie ihm wohl gefällt. Die Überlegung hat mich derart aus dem Gleichgewicht gebracht, dass ich erst gar nicht mitbekommen habe, wie die Finger meines Schulfreunds Ben unter der viel zu kräftig aufgeblasenen Manschette des Blutdruckmessgeräts allmählich blau geworden sind. Aber vielleicht waren sie ja auch schon blau, ehe er an unseren Stand gekommen ist.

Ich wandere zweimal über den gesamten Markt, esse etwas vom Grill und stelle mich dann noch mal an, um auch für Lucas was zu holen.

Kurz bevor ich an die Reihe komme, wird mir klar, was ich da tue, und ich mache auf dem Absatz kehrt. Es interessiert mich schließlich nicht, ob Lucas Hunger hat.

Als ich am Ende wieder unseren Stand erreiche, packt er schon sein Stethoskop und seine anderen Sachen ein.

»Wo willst du hin?«

War ich tatsächlich derart lange fort? Ich sehe auf. Die Sonne steht noch hoch am Himmel, also macht er sich vorzeitig aus dem Staub.

»Reden wir jetzt wieder miteinander?«, fragt er lächelnd und ich runzele die Stirn.

Ich hasse es, wenn er das macht. Wenn er mich anlächelt, obwohl es nichts zu lächeln gibt.

»Willst du schon gehen?«

Ich merke, dass ich direkt vor ihm stehe, um ihm die Reisetasche aus der Hand zu reißen, damit er mich nicht alleine lässt. Verlegen lasse ich die Tasche los, mache einen Schritt zurück und als ich wieder etwas sage, achte ich darauf, dass mir mein Gleichmut deutlich anzuhören ist. »Ich meine, meinetwegen kannst du gerne gehen. Ich war nur überrascht, dass du mir einfach das Feld überlässt.«

Kopfschüttelnd steht er auf. »Dr. McCormick hat mich angerufen und gesagt, dass er mich in der Praxis braucht.«

»Warum?«

»Einer seiner besten Freunde ist gerade auf dem Weg dorthin. James Holder. Weißt du noch, der Typ, der am Montag mit Grippesymptomen bei uns war? Anscheinend geht es ihm inzwischen ziemlich schlecht.«

»Ich komme mit.«

»Das kannst du nicht.«

Ich verdrehe die Augen. »Sicher kann ich das. Du spielst ganz sicher nicht den Helden und lässt mich alleine hier zurück. Außerdem geht mindestens die Hälfte der Leute, denen wir den Blutdruck messen, weiter zu dem Stand mit Schmalzgebäck. Das heißt, dass unser Kampf auf jeden Fall verloren ist.«

»Okay. Meinetwegen können wir zusammen rüberfahren.«

Meine Mom hat mich am Vormittag zum Rummel gefahren und da es bis zur Praxis über eine Meile ist, erwäge ich kurz, abzulehnen, aber ich will nicht, dass er denkt, mir wäre unwohl, wenn ich an seiner Seite im Auto sitze.

»Ja, okay. Wie auch immer.«

Auf mein Geheiß hält er die zweite Reisetasche auf und schwungvoll schiebe ich die Werbesachen, die noch übrig sind, hinein und werfe meine blöden Kugelschreiber, als er kurz nicht hinschaut, in den Müll.

Sein Truck ist alt, schwarz wie seine Seele und hätte ein Facelifting verdient. Es überrascht mich, dass er ihn noch immer fährt. Seine Eltern haben ihn ihm überlassen, als er sechzehn wurde, und während unserer Highschoolzeit hat er andauernd dran herumgeschraubt. Ich gebe dieser Klapperkiste eine Fifty-fifty-Chance, dass sie uns heile zur Praxis bringt.

Ich öffne die Beifahrertür und starre auf die lange Vorderbank, die voll mit Lucas' Sachen ist: ein Extrastethoskop, Laufschuhe, Trainingssachen ... Lucas nimmt die Sachen von meinem Platz, aber als ich mich setze, werde ich sofort in seinen typischen Geruch gehüllt und mir wird klar, dass ich in seiner Räuberhöhle gefangen bin.

Noch während ich erschauere, lässt er den Motor an und schnallt sich an. Auch ich versuche, meinen Gurt zu schließen, aber der Verschluss rastet nicht ein.

»Der ist kaputt. Lass mich das machen.« Lucas schnallt sich wieder ab, beugt sich zu mir herüber und ist plötzlich direkt über mir. Noch vor wenigen Sekunden war ein ganzer freier Sitzplatz zwischen uns, und jetzt berührt seine muskulöse Brust meine und sämtliche Nervenenden meines Körpers fangen an zu beben, weil sein Mund nur Millimeter über meinen Lippen schwebt. Da ich meinem Körper nicht vertraue, presse ich die Lippen aufeinander und drücke mich derart fest gegen den Sitz, dass meine Haut mit dem Bezug verschmilzt.

»Du musst das Ding ein bisschen drehen und dann kräftig ziehen.«

Sprechen wir noch immer von dem Gurt?

Ich habe meine Augen zugekniffen, zwänge sie jetzt wieder auf und er sieht mich mit einem schiefen Lächeln an.

»Daisy? Du wirst ja rot.«

Er denkt, dass er was weiß, und das kann ich nicht zulassen.

»Ich musste gerade an die vielen Mädels denken, die du während unserer Highschoolzeit in diesem Truck *herumgefahren* hast.«

Er blinzelt und in dem Bewusstsein, dass das Blatt sich jetzt gewendet hat, fahre ich fort. »Beim Querfeldeinlaufen hat sich Jessica Mayweather immer damit gebrüstet, was ihr hier in diesem Truck getrieben habt. Ich hoffe nur, dass du die Sitze irgendwann mal hast grundreinigen lassen.«

Er zerrt an meinem Gurt und schnallt mich an. Der Gurt sitzt so eng, dass ich nur noch mit Mühe Luft bekomme, aber trotzdem wehre ich mich nicht.

»Sie hat wahrscheinlich furchtbar übertrieben.«

Ich schaue eilig durch das Seitenfenster auf die Straße, damit er mein Lächeln nicht sieht. Während der gesamten Fahrt zur Praxis reden wir kein weiteres Wort. Das ist ein Glück für mich, weil ich es immer noch nicht fassen kann, dass plötzlich ich es bin, die hier in diesem Truck an Lucas' Seite sitzt. Meine Behauptung stimmt. Jessica hat wirklich täglich mit den Dingen angegeben, die sie in den zwei Wochen getrieben haben, die sie zusammen waren, und in meinem Kopf haben diese beiden Wochen sich dann irgendwann zu Jahren ausgedehnt.

»Mir war gar nicht bewusst, dass du in unserer Highschoolzeit so gut über mein Liebesleben Bescheid wusstest«, versucht er mich schließlich zu ködern, während wir die Hauptstraße hinunterfahren.

Es ist nicht so, dass ich damals ein nennenswertes eigenes Liebesleben hatte, auf das ich mich hätte konzentrieren können ...

Ich zucke mit den Achseln, sehe aber weiter geradeaus. »Gespräche unter Mädels.«

»Jungs reden auch.«

»Ach ja?«

Er stellt den Truck neben dem Haupteingang der Praxis ab. »Wenn ich mich recht entsinne, hat der arme Bobby Jenkins darüber geklagt, was für ein Kampf es war, bis du dich wenigstens von ihm hast befummeln lassen. Er hat gesagt, du wärst entsetzlich steif.«

Ich kann die heiße Röte spüren, die meine Wangen überzieht, und falls ich Bobby Jenkins jemals wiedersehe, ramme ich ihm einen Dolch ins Herz. Dann werden wir ja sehen, ob er nicht noch steifer ist als ich.

Ein teurer blauer Sportwagen hält direkt neben uns und ich erkenne, dass unser Patient hinter dem Steuer sitzt. Ohne noch ein Wort über mein damaliges – eher bescheidenes – Liebesleben zu verlieren, wechseln wir beide in den Arztmodus. Ich schnappe mir mein Stethoskop und steige eilig aus. Lucas schließt die Tür der Praxis auf und Mr Holder schlurft an ihm vorbei und sieht dabei viel kränker aus als noch Anfang der Woche.

»Mr Holder?« Lucas legt sich einen seiner Arme über die Schulter und führt ihn in den Untersuchungsraum. Ich hole die Krankenakte vom Empfang und folge ihm.

»Seit ich hier war, geht's mir immer schlechter«, klärt uns Mr Holder auf. »Ich kann nichts mehr essen und wenn ich es einmal schaffe, einzuschlafen, wache ich nach wenigen Minuten schweißgebadet wieder auf. Den Rest der Zeit spucke ich Blut und Schleim. So eine schlimme Grippe hatte ich noch nie.«

Vor einigen Tagen hat die Diagnose durchaus Sinn ergeben. Es ist gerade Grippehochsaison, er ist nicht mehr ganz jung und sein Immunsystem ist durch die Einnahme bestimmter Medikamente permanent geschwächt. Weil er ein Freund von Dr. McCormick ist, wollten wir allerdings auf Nummer sicher gehen und haben eine Speichelprobe ins Labor geschickt.

»Daisy«, wendet Lucas sich an mich. »Ich weiß, dass es Samstag ist, aber kannst du vielleicht trotzdem gucken, ob du das Labor erreichst, damit wir wissen, wie die Speichelprobe ausgefallen ist?«

Jetzt ist wahrscheinlich nicht der rechte Augenblick für irgendwelches Konkurrenzgerangel, also folge ich seiner Bitte und suche am Empfang die Labornummer heraus. Nach mehrmaligem Läuten werde ich gebeten, eine Nachricht auf das Band zu sprechen, was uns auch nicht weiterhilft.

Im Untersuchungsraum hört Lucas gerade Herz und Lunge des Patienten ab. »Bitte tief einatmen.«

Der arme Mann holt mühsam Luft und ich sehe ihn fragend an.

»Haben Sie in letzter Zeit Ihre Ernährung oder Ihre Medikamentierung umgestellt?«

»Nein.«

»Waren Sie in letzter Zeit im Ausland?

»Nein.«

»Hatten Sie je zuvor derartige Symptome?«

»Nein, aber es ist echt schlimm. So einen Husten habe ich bisher nur in einem Slum in Indien gehört. Wir waren auf Missionsreise mit unserer Kirche dort, und ich werde nie vergessen, wie ein paar der armen Leute sich die Seele aus dem Leib gehustet haben. Was bei all dem Dreck dort sicherlich kein Wunder war.«

Ich reiße meine Augen auf und blättere seine Krankenakte durch. »Haben Sie nicht gesagt, Sie wären nicht im Ausland unterwegs gewesen?«

»Das ist jetzt zwei Jahre her! Wollen Sie vielleicht auch noch wissen, was ich gegessen habe, als man Kennedy erschossen hat?« Er versucht zu lachen, aber das löst einen neuen Hustenanfall aus.

»Hatten Sie auf der Reise direkten Kontakt zu jemandem, der ausgesehen hat, als wäre er nicht ganz gesund?«

»Na ja, die Leute dort sehen alle furchtbar elend aus. Wir waren schließlich bei den Unberührbaren. Wir haben ihnen die Füße gewaschen, Bibeln vertei...«

Ein besonders schlimmer Hustenanfall unterbricht ihn, und er wirft sich beide Hände vor den Mund. Als er sie wieder zurückzieht, sind sie blutbefleckt.

Ich werfe einen sorgenvollen Blick auf Lucas, schüttele den Kopf und trete einen Schritt zurück. Wir müssen beide Abstand zu dem Mann gewinnen. Sofort. Ich spüre instinktiv, dass er was deutlich Schlimmeres als Grippe hat, hole zwei Gesichtsmasken für mich und Lucas aus dem Schrank. Ohne mir zu widersprechen, legt Lucas seine Maske an und wendet sich dann mir zu, um sich zu vergewissern, dass auch meine richtig sitzt.

Wir kehren in den Untersuchungsraum zurück, in dem der erschöpfte Mr Holder, das Gesicht in den Händen, auf der Untersuchungsliege sitzt. Ohne Röntgen und Labor können wir kaum was für ihn tun und sammeln die Informationen, deren Einholung uns möglich ist. Wir messen Fieber und Blutdruck, fragen, wo genau in Indien er war, und tragen alle Hinweise zusammen, die für eine Diagnose vielleicht hilfreich sind.

Wir machen alle Tests, die hier in unserer kleinen Praxis möglich sind, bitten ihn, im Untersuchungsraum zu warten, und gehen in den Flur, um uns zu beratschlagen, wie es weitergehen soll.

»Ich gehe davon aus, dass wir dasselbe denken. Sollen wir ihn in die Klinik schicken? Hier können wir nichts weiter für ihn tun.«

Ich stimme zu, probiere aber noch ein letztes Mal die Nummer des Labors.

»Verdammt.« Wütend werfe ich den Hörer auf die Gabel, weil noch immer niemand zu erreichen ist. Ich schließe unglücklich die Augen und als ich sie wieder öffne, sehe ich das rote Blinklicht des Anrufbeantworters. Eigentlich hört Gina immer Montagmorgens alle Nachrichten des Wochenendes ab, doch in der Hoffnung, dass der Anruf uns vielleicht bei Mr Holder weiterhilft, drücke ich den Abspielknopf.

»Dr. McCormick, Billy hat die Windpo…«

Weiter.

»Können Sie mich Montag wohl zurückrufen? Ich brauche ein Reze…«

Weiter.

»Hm. Die Kühe müssen wieder auf die Weide, deshalb muss ich den Ter…«

Weiter.

»Hallo? Hier ist Erika aus dem Labor. Es ist sehr wichtig, dass Sie sich so schnell wie möglich mit uns in Verbindung setzen. Wir haben eine positive M-Tuberkulose-Kultur für den Patienten J. Holder. Er muss umgehend auf die Isolierstation und alle, die direkten Kontakt zu dem Patienten hatten, müssen überwacht werden. Wenn wir bis Montagmorgen nichts von Ihnen hören, sind wir gesetzlich verpflichtet, den Seuchenschutz zu informieren.«

»Lucas!«, brülle ich. »GEH JA NICHT WIEDER IN DEN UNTERSUCHUNGSRAUM!«

16

»Irgendwie ist das alles deine Schuld«, fauche ich Lucas an.

»Ach ja? Inwiefern ist es bitte meine Schuld, dass unser missionierender Patient trotz schwächelnden Immunsystems vor zwei Jahren in Indien war? Ich wusste damals schließlich nicht mal, dass es diesen Mr Holder gibt.«

»Trotzdem ist es deine Schuld, dass wir hier festsitzen.«

Lucas verdreht die Augen und lässt sich auf die Untersuchungsliege fallen, die in den nächsten vierundzwanzig Stunden unser nicht gerade komfortables Bett sein wird.

Der Seuchenschutz war wirklich schnell – wahrscheinlich sind sie nach dem jüngsten Ebolaverdacht (der die Nation erschreckt hat) immer noch nervös, denn innerhalb von weniger als einer Stunde standen vier Beamte vor der Praxistür.

Zwei von ihnen haben Mr Holder zu dem vor der Tür wartenden Krankenwagen eskortiert, während die anderen zwei bei uns geblieben sind. Ich dachte, dass sie uns noch ein paar Fragen stellen und die Krankenakte des Patienten haben wollten, doch beim Anblick ihrer übertrieben dicken Schutzanzüge ging mir auf, dass das längst nicht alles war.

Die Beamten führten mich und Lucas in einen der Untersuchungsräume und behaupteten, sie kämen gleich zurück. Wir glaubten ihnen ... so wie Mr Holder uns geglaubt hatte! Schneller, als ich es mir hätte vorstellen können, hatten sie den Zugang zu dem Raum mit rotem Absperrband versehen und die Tür von außen abgesperrt.

Ich brach in Panik aus.

»He, warten Sie!«, schrie ich und trommelte mit meinen Fäusten gegen die verdammte Tür.

»Bitte beruhigen Sie sich, Ma'am. Wir bringen Mr Holder auf direktem Weg ins Krankenhaus nach Houston auf die Isolierstation.«

»Hervorragend«, gab ich zurück und rüttelte an dem verfluchten Türknauf. »Dann können wir also gehen?«

»Nicht so eilig.« Der Beamte hob die Hand, die in dem dicken Handschuh steckte, hoch. »Ich habe eine gute und auch eine schlechte Nachricht. Die schlechte ist, dass Sie, nachdem Sie in so engem Kontakt mit dem Patienten waren, selbst in Quarantäne bleiben müssen, bis wir sicher wissen, dass Sie sich nicht infiziert haben. Die gute ist, dass Sie den Raum wieder verlassen können, wenn der Hauttest innerhalb der nächsten vierundzwanzig Stunden nichts ergibt.«

Vierundzwanzig Stunden? Wie zum Teufel soll ich es selbst ohne todbringende Krankheit überleben, zusammen mit Lucas vierundzwanzig Stunden lang in einen Untersuchungsraum gesperrt zu sein?

»Also gut. Okay. Sie wollen also Dr. Thatcher hierbehalten, weil er anders als ich direkten Kontakt zu Mr Holder hatte, und ich fahre heim und warte dort? Das klingt vernünftig. Wenn Sie jetzt also das rote Absperrband ein Stück zur Seite ziehen, mache ich mich sofort auf den Weg.«

Die Mienen beider Männer blieben völlig ausdruckslos.

»Seien Sie einfach froh, dass es nur vierundzwanzig Stunden sind. Da Mr Holder vor zwei Wochen schon einmal bei Ihnen war, hätte eine Infektion sich inzwischen vermutlich schon so weit entwickelt, dass man sie jetzt schnell entdecken kann.«

Wir sitzen jetzt seit einer Stunde in dem Untersuchungsraum, aber noch immer hege ich die Hoffnung, dass ich dem Gefängnis entkommen kann. Lucas hingegen hat aufgegeben. Er liegt, den Arm über den Augen, auf der Untersuchungsliege und sieht aus, als ob er schläft.

Was heißt, dass ich den Fluchtversuch alleine starten muss.

»He, psst, Kumpel. Hier bin ich.«

Ich klopfe an das Glasfenster der Tür des Untersuchungsraums. Der Typ, der dort draußen steht, ist mein Wärter, und ich habe einen Plan.

»Ich weiß, dass Sie mich hören können. Haben Sie auch einen Namen?«

Er bleibt weiter völlig reglos stehen. Zuletzt hat er vermutlich als Leibwächter für die Queen gearbeitet.

»Hören Sie, ich bin eine wirklich *sexy* Ärztin, mit einem sehr robusten Immunsystem.« Ich höre selbst, dass ich hysterisch klinge, und ich kann nur hoffen, dass er eine Vorliebe für etwas schrille Stimmen hat. »Wenn Sie die Tür hier aufschließen, schäle ich Sie aus dem Plastikanzug, reiße Ihnen diese Maske vom Gesicht und zeige Ihnen, *wie* gesund ich bin.«

Der Vorschlag lässt ihn offensichtlich kalt, das heißt, ich muss noch etwas weiter gehen.

»Huch. Jetzt ist auch noch mein Oberteil gerissen und ich stehe hier, nackt wie mich der liebe Gott geschaffen hat. Sooooo nackt wie an dem Tag, an dem ich auf die Welt gekommen bin – auch wenn ich damals längst noch nicht so heiß wie heute war.«

»Daisy, er hat Stöpsel in den Ohren«, ertönt Lucas' Stimme hinter mir.

Ich runzele die Stirn. »Woher weißt du das?«

»Ich habe sie gesehen.«

Das ist für mich der Tropfen, der das Fass zum Überlaufen bringt. Ich wende mich vom Fenster ab und stapfe durch den engen Raum. »Willst du mich verarschen? Wir sitzen ohne jede Ablenkung in diesem Raum und er steht da im Flur und hört sich irgendeinen Podcast an?«

»Vielleicht ja auch ein Hörbuch …«

Lucas klingt belustigt. Er sitzt genau wie ich während der nächsten vierundzwanzig Stunden hier in diesem Zimmer fest und liegt mit einem Lächeln auf dem Untersuchungstisch, als wäre er an einem Strand auf Ibiza.

»Warte.« Wieder kommt mir ein erschreckender Gedanke. »Wie sollen wir die nächsten vierundzwanzig Stunden ohne Essen überleben?«

»Sie haben uns was zu essen hiergelassen.«

Er zeigt auf die kleine Tupperdose auf dem Tresen und entschlossen klappe ich den Deckel auf. Ein paar Müsliriegel, Wasserflaschen und Fertiggerichte, wie man sie sonst bei der Armee bekommt. Ich wühle mich durch unsere Rationen, bis ich einen Schokosplitter-Cookie finde, der vielleicht von irgendwem aus Mitleid in das Überlebenspaket geschmuggelt worden ist. Ich vergewissere mich, dass Lucas' Augen geschlossen sind, dann stecke ich das Plätzchen ein. Ich sehe mich im Zimmer um. Inzwischen kommt es mir noch enger vor als sonst, und ich erschaudere, als mein Blick auf die geschlossene Tür des angrenzenden, winzig kleinen Badezimmers fällt.

»Ich soll Pipi machen, während du nur zwei Meter entfernt bist? Nie im Leben.«

»Dann halt eben einfach an.«

Aus meiner Kehle dringt ein leiser, jämmerlicher Laut.

»Drehst du jetzt durch? Falls ja, gib mir Bescheid, damit ich dich sedieren kann.«

Ich schicke Lucas einen todbringenden Blick. »Das möchte ich mal sehen.«

Eine Bewegung vor der Tür lenkt mich von meinem Ärger ab. »He! Halloooo!«

Der Wachmann hat sich einen Stuhl herangezogen. Ich bin verzweifelt. Mit schriller Stimme schreie ich durch die Tür, ich hätte mich bestimmt bei Mr Holder angesteckt. Was hoffentlich gelogen ist.

»Wissen Sie was?« Ich hüstele. »Ich habe Schmerzen in der Brust, furchtbaren Schüttelfrost und Fieber. Bringen Sie mich besser gleich ins Krankenhaus.«

Jetzt endlich dreht der Kerl sich zu mir um.

»Oh, Gott sei Dank!«

Ich spüre schon die Freiheit nahen. Sicher lässt der Mann mich raus. Schließlich bin ich Ärztin, was bedeutet, dass er auf mich hören muss. Und wenn sich rausstellt, dass ich kerngesund bin, werden wir gemeinsam über die Geschichte lachen, mit der ich mich mit dem Schokoladenplätzchen in der Tasche aus dem Untersuchungsraum geschwindelt habe, während Lucas weiter in der Praxis ausharrt und von kalter Hafergrütze lebt.

»Sie lügt. Sie will nur raus«, mischt Lucas sich gelangweilt ein. Irgendwo im Zimmer lag ein Antistressball, den er immer wieder hochwirft und mit einer lässigen Bewegung fängt.

»Ich lüge?«, brülle ich, wobei sich meine Stimme vor Empörung überschlägt. »Ich lüge nicht!«

Kopfschüttelnd wendet sich der Wächter wieder ab. Er dreht die Lautstärke seines iPhones auf und ich erhasche einen Blick auf das Handydisplay und sehe das Hörbuch, mit dem sich der Kerl die Zeit vertreibt.

Harry Potter und der Gefangene von Askaban. Das passt. Ich fühle mich wie Sirius Black, auch wenn ich hier nicht Tausenden von Dementoren, sondern nur einem ausgeliefert bin.

Lucas starrt mich an, um mir die Seele aus dem Leib zu saugen, und schlägt vor: »Entspann dich einfach. Schließlich kommen wir hier erst wieder heraus, wenn die Ergebnisse der Tests negativ ausgefallen sind.«

Noch immer wirft er den blöden Stressball. Mir reicht's. Wütend marschiere ich durch das Zimmer, schnappe mir das Ding und reiße es – da ich vor lauter Zorn über übermenschliche Kräfte verfüge – in der Mitte durch. Schaumflocken wirbeln durch den Raum und einige Sekunden lang sind wir statt in einen Untersuchungsraum in eine gottverdammte Schneekugel gesperrt.

»Jetzt drehst du wirklich durch«, stellt Lucas nüchtern fest.

»Wie lange haben wir hier noch?«

Er sieht auf seine Uhr. »Zweiundzwanzigeinhalb Stunden.«

Die ich niemals überleben werde.

»Lucas?«

»Ja?«

»Ich denke, du stellst mich jetzt besser ruhig.«

STUNDE 2

Um mich von meinem zunehmenden Wahnsinn abzulenken, erklärt Lucas sich bereit, mit mir eine Bestandsaufnahme unserer Zelle durchzuführen. Folgende Gegenstände sind vorhanden, um uns davor zu bewahren, in den nächsten zweiundzwanzig Stunden durchzudrehen:

- fünf Zeitschriften, in denen selbst die Bilderrätsel schon von den Patienten durchgeackert worden sind
- ein Edding und ein Kugelschreiber
- 55 Q-Tips, 164 Tupfer, 87 Spatel
- sieben Kittel
- sechs Packungen Handschuhe
- ein Pappkarton mit Liegenüberzügen aus Papier
- mehrere Decken sowie eine Pritsche, die der Seuchenschutz uns überlassen hat
- ein Haufen medizinischer Geräte, die mir allerdings nicht helfen zu vergessen, dass ich nicht als Ärztin, sondern als Gefangene hier bin.

»Also, es gibt nur eine Möglichkeit, diese Situation hier zu überleben.« Stirnrunzelnd ergreife ich die 87 Spatel, stehe auf, gehe zur Tür und setze einen meiner Füße vor den anderen, bis der gesamte Raum vermessen ist. Zwölf Quadratmeter durch zwei macht sechs Quadratmeter für jeden von uns beiden, wobei einer von uns die Untersuchungsliege und der andere den direkten Zugang zur Toilette haben wird. Wir werden also Tauschhandel betreiben müssen, wie er zwischen autonomen Staaten üblich ist.

»Was machst du da?«, fragt Lucas und ich schiebe seinen Fuß ein Stück zurück, weil er mitten auf der Spatelgrenze steht.

»Ich ziehe eine Grenzlinie. Wenn so was in Korea funktioniert, klappt das hier doch sicher auch.«

Doch leider dauert es nicht lange, bis er abermals die Grenze übertritt.

»He, du musst mich fragen, bevor du auf meine Seite kommst.«

»Das Essen liegt auf deiner Seite.«

Was bestimmt kein Zufall ist.

Er wühlt sich durch die Vorräte, entscheidet sich für einen Apfel und zähneknirschend höre ich, wie er hineinbeißt und genüsslich kaut.

»Wie kannst du dich nur so gelassen in dein Schicksal fügen?«

Lucas sieht mich über seinen halb gegessenen Apfel hinweg an. »Bist du vielleicht schon mal auf die Idee gekommen, dass es mich gar nicht so sehr stört, mit dir zusammen hier eingesperrt zu sein?«

»Haha. Witzig.«

Achselzuckend beißt er wieder in das Obst. Entweder hat er die ausdruckslose Miene vor dem Spiegel einstudiert oder er meint es wirklich ernst. Wobei ich auf zweite Möglichkeit einfach nicht vorbereitet bin.

»Hör zu, genug der Therapie. Es gibt vielleicht noch eine letzte Möglichkeit, hier rauszukommen.«

Obwohl der Kerl mich keiner Antwort würdigt, fahre ich entschlossen fort.

»Wenn du mich hochhebst, könnte ich es schaffen, eines der Paneele von der Decke abzureißen, durch das Lüftungsrohr zu krabbeln und vielleicht noch mal zurückzukommen, um dich zu befreien.«

Er isst den Rest des Apfels, wirft das Kerngehäuse in den Mülleimer auf meiner Seite, stapft ins Bad, wäscht sich die Hände, trocknet sie sorgfältig ab, lehnt sich nach seiner Rückkehr an die Untersuchungsliege und verschränkt die Arme vor der Brust. Er legt den Kopf ein wenig schräg und mustert mich von Kopf bis Fuß.

Noch während mir der Schweiß ausbricht, fragt er in ruhigem Ton: »Warum willst du so unbedingt hier raus?«

Ich runzele die Stirn. »Ist das nicht offensichtlich? Wer will schon vierundzwanzig Stunden irgendwo in Quarantäne sein?«

»Dir geht es doch vor allem darum, dass du keine Lust hast, hier *mit mir zusammen* eingesperrt zu sein. Aber was ist daran so schlimm?«

»Wenn du das nach unserer Vergangenheit immer noch nicht weißt —«

»Ich glaube, du willst, dass ich dich nochmal küsse.«

Wie dreist kann jemand sein?

Mir fällt die Kinnlade herunter und die Worte plumpsen mir wie Steine aus dem Mund. »Ich? Wünsche. Mir? Dass. Du? Mich. Noch. Mal. Küsst? HAHA!«

Anscheinend ist der neue Dialekt, in dem ich spreche, nicht so einfach zu verstehen.

»Ist nur so eine Theorie«, meint er und sieht mich fragend an. »Lass uns ein Spiel spielen: Wahrheit oder Pflicht?«

»Wir haben keine Zeit für irgendwelche Spielchen«, fauche ich ihn an.

Was natürlich nicht stimmt. Denn schließlich haben wir alle Zeit der Welt.

»Meinetwegen«, seufze ich und verdrehe die Augen, weil ich keine Ahnung habe, wie ich diesem blöden Spiel entgehen soll. »Ich nehme Pflicht.«

»Am besten gehen wir es langsam an. Gib mir das Plätzchen, das du vorhin in deiner Tasche hast verschwinden lassen.«

Wie viele Augen hat der Kerl?

»Auf keinen Fall!« Ich sehe eilig nach, ob meine Beute noch an ihrem Platz ist. Der Cookie ist mein kleiner Silberstreif an einem davon abgesehen rabenschwarzen Horizont, und um ihn zu behalten, ändere ich meine Wahl. »*In Ordnung.* Wahrheit.«

Lucas lächelt mich zufrieden an. »Hast du dir unseren Kuss vor ein paar Tagen noch mal in Gedanken ausgemalt?«

17

Lucas macht ein Riesenaufheben, als er das Plätzchen isst, das ihm von mir überlassen wurde. Es ist voll mit diesen großen Schokoladenstücken, und ich bin mir sicher, dass er sie im Grunde gar nicht wirklich mag.

Vorsichtig schiebt er die zweite Cookiehälfte wieder in das Zellophanpapier zurück. »Ich glaube, den Rest hebe ich mir auf für später.«

»Du könntest ihn auch mir geben.«

»Bedeutet das, dass du mir eine Antwort geben willst?«

»Das hättest du wohl gerne, Arschloch. Aber erst einmal bist du dran. Wahrheit oder Pflicht?«

»Pflicht.«

Zum ersten Mal im Leben kann ich Lucas Thatcher zwingen zu machen, was ich will. Die Chance darf ich auf keinen Fall vertun.

»Du ...« Mein Blick fällt auf die Tür des angrenzenden Bads.

»Ich werde nicht aus der Toilette trinken, Daisy.«

»Äh, okay. Dann kriege ich den halben Keks.«

Enttäuscht drückt Lucas mir das halbe Plätzchen in die Hand, denn offensichtlich hat er sich etwas anderes erhofft. Vielleicht etwas Verruchtes oder zumindest etwas Lustiges?

STUNDE 3

»Was machst du da?«, fragt Lucas mich verständnislos.

»Was jeder Mensch in einer solchen Lage tut: Ich nehme einen leblosen Gegenstand und mache ihn zum Freund. Tom Hanks hatte auf seiner Insel Wilson und ich habe Gary«, kläre ich ihn auf und halte einen dick mit Wattebällchen ausgestopften, blauen Plastikhandschuh in die Luft, auf den ich mit Edding ein Gesicht gezeichnet habe.

Kopfschüttelnd wendet Lucas mir den Rücken zu.

»Das haben wir gesehen«, erklären Gary und ich, weil uns das kurze Zucken um seine Mundwinkel nicht entgangen ist.

STUNDE 6

Lucas macht ein Nickerchen und währenddessen sehe ich mir seine Sachen an. Ich schnüffle für gewöhnlich nie in fremdem Zeug, aber vor lauter Langeweile zähle ich bereits die Sommersprossen, die ich auf den Armen habe, als mein Blick auf einen Stapel Dinge auf dem Tisch fällt. Autoschlüssel, ein paar lose Münzen, eine Brieftasche.

Die Versuchung ist einfach zu groß, um ihr zu widerstehen.

Die Brieftasche ist glatt und abgetragen, wahrscheinlich hat er sie seit einer Ewigkeit. Sämtliche Fächer sind gefüllt und ich gehe sie einzeln durch und sehe alle paar Sekunden über meine Schulter, um sicherzugehen, dass er noch auf der Liege liegt und schläft.

Ein bisschen Bargeld, mehrere Visitenkarten und eine Stempelkarte vom Café. Das ist nicht wirklich aufregend. Ich ziehe seinen Führerschein hervor und lache lautlos, als mein Blick auf das zwölf Jahre alte Foto fällt. Verglichen mit dem Lucas auf dem Bild weist der Lucas von heute deutlich männlichere Züge auf. Als ich die Karte wieder in die Plastikhülle schieben will, verhakt sie sich in einem kleinen, zusammengefalteten Papier. Ich ziehe es heraus und stelle fest, dass es ein Foto ist.

Weder die verblichenen Farben noch die Knicke dämpfen meinen Schock, als ich erkenne, dass auf diesem Bild ich selber in der siebten Klasse abgebildet bin. Ein schlimmeres Schulbild hat es nie von mir gegeben, und nach all den Jahren zucke ich immer noch zusammen, als mein Blick auf meinen damals wirren, blonden Mopp, meine erschreckend großen Augen, meine Sommersprossen, meine fürchterliche Zahnspange und meine ungezähmten Augenbrauen fällt.

Ich bin mir sicher gewesen, dass ich alle Abzüge von diesem Foto eingezogen und verbrannt habe, doch wie es aussieht, hat er einen erwischt und hebt ihn offenkundig auf, um ihn am Tag meiner Beerdigung zusammen mit einem Margeritenstrauß an meinen offenen Sarg zu stellen. Am liebsten würde ich das Bild in tausend winzig kleine Stücke reißen, doch er soll nicht wissen, dass ich heimlich in seinen Sachen gestöbert habe.

Als ich hinter mir ein Rascheln höre, stopfe ich das Foto und den Führerschein in Höchstgeschwindigkeit in seine Brieftasche zurück.

»Was machst du da?«

Ich drehe mich nicht nach ihm um und sage: »Nichts«, doch meine Stimme sagt das Gegenteil und er lacht traurig auf.

»Weißt du überhaupt noch, was das für ein Gefühl ist, wenn man die Wahrheit sagt?«

Ich denke an das blöde Spiel, das uns die Langeweile hier hätte vertreiben sollen. *Hast du dir unseren Kuss vor ein paar Tagen noch mal in Gedanken ausgemalt?*

Mit grimmigem Gesicht tritt Lucas neben mich, und während er sein Zeug vom Tisch reißt, starre ich weiterhin den Boden an.

»Dachte ich's mir doch.«

STUNDE 7

Ich döse auf der Untersuchungsliege, als mir plötzlich der beißende Geruch von Textmarker in die Nase steigt und ich erschrocken aufwache. Ich hebe die Hand an mein Gesicht und sehe, dass mein Gips mit Kritzeleien verunziert ist.

»LUCAS!«

Eilig richte ich mich auf und sehe, dass er auf dem Hocker in der Ecke sitzt und seine Brieftasche einräumt.

»LUCAS!«, brülle ich noch einmal, aber immer noch sieht er nicht auf. Er zieht eine Visitenkarte, die er offensichtlich nicht mehr braucht, aus einem Fach und wirft sie in hohem Bogen in den Müll.

»Ich kann nicht glauben, dass du das getan hast!«

»Was«?

»LUCAS. DU HAST MEINEN GIPS BEMALT! Ich sehe aus, als käme ich direkt von einer Klassenfahrt.«

Ich halte meinen Gipsarm in die Luft und sehe mir die Herzchen und die Sprüche an.

Ich liebe Lucas.
Heirate mich, Lucas.
Daisy + Lucas = <3

»Wirkt wie das typische Gekritzel eines liebeskranken Teenies, findest du nicht auch? Bist du dir sicher, dass du das nicht selbst warst, während du geschlafen hast?«

»Haha.« Inzwischen habe ich mich beruhigt und sehe ein, dass ich genau das Gleiche bei ihm gemacht hätte, wenn ich gekonnt hätte. »Das hast du sauber hingekriegt. Im Grunde ist es wirklich witzig, dass jetzt dein Gesicht auf meinem Gipsarm prangt. Du hast sogar ein paar Schattierungen hingekriegt. Ich gratuliere dir. Und jetzt gib den verdammten Edding her.«

Gleichmütig zeigt er auf den Stift, der ohne Kappe auf dem Tresen liegt. »Ich fürchte, der ist leer.«

Die nächste Karte wandert in den Müll.

Er wirkt total gelassen, doch das Zucken seiner Mundwinkel zeigt, dass er sich diebisch über meine panischen Versuche, den verdammten Edding wiederzubeleben, freut.

»Nun mach schon!« Wütend klopfe ich mit dem verfluchten Edding auf den Tisch, weil ihm doch sicher noch ein winzig kleiner Rest an Farbe zu entlocken ist. Ich lecke sogar an der Filzspitze des Stifts und schüttele mich, denn der Geschmack ist einfach widerlich.

»Ein bisschen Farbe war anscheinend doch noch drin«, stellt Lucas beim Anblick meiner tätowierten Zunge fest.

Ich wasche mir den Mund aus, bleibe dann im Bad und überlege, wie ich am besten weitermache. Es wäre äußerst zeitraubend und würde sicher alles andere als hübsch aussehen, den ganzen Gips zu übermalen.

Außerdem kann ich das besser.

Aus jedem Lucas auf dem Gips wird Luke Skywalker, das große Selbstporträt von Lucas wird ein, wenn auch abstraktes, Bild von R2-D2 und die Herzchen wandele ich in lauter winzig kleine Todessterne um.

Mit der Hommage an Star Wars auf dem Gips gehe ich wieder in den Untersuchungsraum, wo Lucas meine Findigkeit mit einem knappen Kopfnicken quittiert.

»Du hattest es ja ganz schön eilig, deine wahren Gefühle zu verstecken«, stellt er feixend fest und hängt noch ein Zitat aus *Hamlet* an. »Die Dame, wie mich dünkt, gelobt zu viel.«

»Im Gegenteil gelobt sie in genau dem rechten Maß. Wenn du mich jetzt bitte entschuldigst, stelle ich mich vor die Lüftung, um nach all den Edding-Dämpfen wieder einen klaren Kopf zu kriegen. Wenn ich mich richtig positioniere, kann ich wenigstens vorübergehend so tun, als gäbe es dich nicht.«

STUNDE 9

Es ist 21 Uhr, im Grunde also noch zu früh zum Schlafen, aber ich bin einfach froh, wenn dieser Tag endlich vorüber ist. Wir haben das kleine Glasfenster zum Flur mit einem der Liegeüberzüge zugehängt und so das Licht von draußen ausgesperrt.

»He! Moment mal. Immer langsam, Striposaurus Rex.«

Lucas sieht mich über seine Schulter hinweg an. »Tut mir leid. Aber in Jeans kann ich nicht schlafen.«

»Also bitte.«

»Warum sollte ich in einer solchen Sache lügen?«

Ehe ich ihm eine Antwort geben kann, steigt er bereits aus seiner Jeans und schnell, doch nicht schnell genug, um nicht noch einen kurzen Blick auf seinen wohlgeformten Hintern in den schwarzen Boxershorts zu werfen, wende ich mich ab. Als Nächstes schält er sich aus seinem T-Shirt und ich sehe ein Paar nackter, breiter Schultern sowie einen muskulösen, angenehm gebräunten Rücken, der in Richtung Taille schmaler wird. Ich blicke fort und dann noch einmal hin. Das hätte ich nicht machen sollen, denn plötzlich kommt es mir so vor, als hätte irgendwer die Luftzufuhr zu unserer Zelle abgedreht. Ich atme ein und möglichst langsam wieder aus, lenke den Blick nach oben und ziehe mir meine Decke bis zum Kinn. In Wahrheit finde auch ich es furchtbar unbequem, in meinen Shorts zu schlafen, und als Lucas endlich seine Augen schließt, schwinge ich mich lautlos von der Liege, um sie auszuziehen.

Ich drehe mich zu Lucas um, der, die kratzige Armeedecke nur bis zum Bauch gezogen, auf der Pritsche liegt. Ich liege etwas höher auf dem Untersuchungstisch und kann von dort aus seine nackten Schultern und den nackten Oberkörper sehen. Ich habe diesen Oberkörper während unserer Schulzeit bei zahllosen Cross-Country-Läufen und im Schwimmbad sicher hundertmal gesehen. Bisher hat mich der Anblick nie gestört, doch dieses Bild von Lucas, der urplötzlich Henry Cavill geradezu erschreckend ähnlich sieht, macht es mir schwer, mich auf was anderes zu konzentrieren. Ich will ihn unbedingt berühren, will mit meinen Fingern über seinen muskulösen, sonnengebräunten Oberkörper fahren.

Ich verdränge den Gedanken, hole abermals tief Luft. So kann ich nicht schlafen. Ich setze mich auf und sage mir, dass ich mit Schlafklamotten sicher besser werde schlafen können. Also nehme ich einen der blauen Kittel mit ins Bad und als ich wieder in das Untersuchungszimmer komme, ist auch Lucas wieder wach, hat seine Hände hinter dem Kopf verschränkt und starrt die Decke an.

Ich bleibe kurz am Fußende der Pritsche stehen und er fängt an zu lächeln, als er mich im Kittel sieht.

»Wie süß.«

Ich bewege mich noch ein bisschen näher und spüre den dünnen Stoff, der mich am Körper kratzt. Lucas setzt sich auf und als die Decke auf seine Hüfte rutscht, sieht er im Dämmerlicht des Raums mit seinem scharf geschnittenen Kinn, dem wild zerzausten braunen Haar und dem gebräunten, muskulösen Oberkörper aus wie ein verruchter Traum. Die Luft fängt an zu brodeln und urplötzlich leben wir in einer wundersamen Welt, in der ich nicht im Krieg mit Lucas Thatcher bin.

Oh nein.

Auf keinen Fall.

Ich schüttele alle ungebetenen Gedanken ab. *Tritt noch ein bisschen näher an die Pritsche. Schwing dich rittlings auf ihn und –*

»Daisy ...«, sagt er leise und ich starre ihn mit großen Augen an.

Ich kann die verräterische Röte meiner Wangen nicht unterdrücken und er sieht mich forschend an. Natürlich kann er mühelos meine Gedanken lesen, denn für ihn bin ich ein offenes Buch.

Ich will dich so sehr, gesteht mein Körper.

Ich schüttele den Kopf und versuche, zurück zu meiner Liege zu gehen. Doch bevor ich sie erreiche, packt Lucas mich beim Handgelenk, und ohne dass er etwas sagen muss, gehöre ich ab dem Moment, in dem er meine Haut berührt, ganz ihm.

Und dann geschieht etwas wirklich Seltsames, denn während mir mein Hirn befiehlt, mich wieder auf den Untersuchungstisch zu legen und zu schlafen, tut mein Körper etwas völlig anderes, weil er den Gedanken, die ich schon seit einer ganzen Weile habe, endlich Taten folgen lassen will.

Ich bin mir nicht ganz sicher, ob ich mich zuerst bewege oder er. Da ist seine Hand, die meinen Arm ergreift und mich zu ihm herabzieht, aber im Grunde bin ich längst schon auf dem Weg. Ich klettere auf ihn, lasse meine Knie links und rechts von seiner Hüfte auf die Pritsche fallen, und obwohl der Platz kaum für uns beide reicht, hält er mich fest und ich weiß, dass ich in seinen Armen sicher bin.

Dann bin ich wie versteinert. Er umklammert meine Hüfte und versucht, mir ins Gesicht zu blicken, doch ich starre weiter seinen Oberkörper an und fahre vorsichtig mit meiner nicht verletzten Hand über die nackte Haut. Unter einer harten Wand aus Muskeln spüre ich den wilden Rhythmus seines Herzens. Ich bin total fasziniert von der Wirkung, die ich auf ihn habe, aber er verliert allmählich die Geduld, zieht mit den Händen sanfte Kreise über meinen Rücken und schiebt vorsichtig den Kittel bis zu meinen Hüften hoch.

Im Gegenzug schiebe ich seine Decke hinab auf seinen Bauch. Der wirklich übermenschlich ist. Einen so göttlichen Sixpack habe ich noch nie gesehen, und meine Hände ziehen bewundernd die Konturen seiner Muskeln nach.

Wenn ich gleich wieder zu mir komme, werde ich entgeistert von der Pritsche springen, aber jetzt bin ich in diesem Traum gefangen und verspüre nicht den geringsten Wunsch, wieder in die Wirklichkeit zurückzukehren.

Ungeduldig lässt Lucas seine Hände über meinen Rücken wandern und zieht mich auf seine breite Brust. Wir passen wie zwei Teile eines Puzzles zueinander und ich freue mich, dass ich auch meinen BH ausgezogen habe, weil uns jetzt nur noch der dünne Kittel trennt. Zwischen meinen Beinen breitet sich ein Gefühl der Wärme aus und mit geschlossenen Augen reibe ich mich sehnsüchtig an seiner nackten Haut. Ich bin auf der Seite des Feindes und fühle mich lebendiger als je zuvor. Wie heiß kann er mich machen? Ich muss es rausfinden.

Meine Brüste hängen voll und schwer auf seinem Oberkörper und als er sie durch den Kittelstoff hindurch berührt, dringt die Wärme seiner Hände durch den dünnen Stoff. Wie groß und selbstbewusst doch diese Hände sind. Er lässt sie über meine Nippel gleiten und ich bäume mich auf wie eine Katze, die gestreichelt werden will. Er ist unglaublich sanft, vor allem aber *routiniert*. Das hätte ich ihm niemals zugetraut.

Dass wir beide schweigen, überrascht mich nicht. Dies ist schließlich ein Drahtseilakt und wir halten den Atem an, denn wenn wir etwas sagen würden, würden wir den unsicheren Frieden, der im Augenblick zwischen uns herrscht, unnötig in Gefahr bringen.

Ich werde dichthalten, wenn du dichthältst, gebe ich ihm durch das Kreisen meiner Hüften zu verstehen.

Mit einem Stöhnen unterschreibt er den Vertrag.

Mein Kittel ist wie ein Bikini und nur mit vier Bändern hinter meinem Hals und Rücken festgemacht, und wenn ich diese Bänder löse, bin ich von der Taille aufwärts nackt.

Mit einem Flackern seines Handgelenks zieht er den Knoten hinter meinem Rücken auf und wickelt das Geschenk zur Hälfte aus. Um seine Vorfreude noch etwas länger zu genießen, streicht er mit seinen Händen über meinen nackten Rücken und dann über meine Rippen, bis er endlich meine Brüste in den Händen hält. Dass er das Band in meinem Nacken immer noch nicht löst, wirkt auf mich wie ein erotisches Spiel. Er kann mich zwar ertasten, aber immer noch nicht sehen. Kann mich berühren, aber schmecken kann er mich nicht.

Entschlossen richte ich mich auf, presse meine Hand auf seine Brust und spüre harte Muskeln unter seiner warmen Haut. Und ich dachte die ganze Zeit, er wäre kaltblütig.

Er schaut mir ins Gesicht und diesen ganz besonderen Braunton seiner Augen habe ich noch nie gesehen. Ich erschaudere und spüre, wie er noch härter wird.

Wie weit bist du bereit zu gehen?, frage ich ihn durch das Hochziehen einer Braue. *Wie viel hältst du aus?*

Endlich löst er auch das letzte Band in meinem Nacken. *Ja*, schießt es mir durch den Kopf, *lass uns zusammen in die Höhle des Löwen gehen.* Gott, ja. Ich will, dass er mich sieht. *Alles* von mir sieht. Der lose Kittel fällt mir auf die Taille und jetzt ist es endgültig um mich geschehen. Seine Augen sind dunkel und gefährlich, nicht vor Boshaftigkeit, sondern vor Verlangen. Sein Blick wandert von meinen roten Wangen hinab auf meinen bebenden Bauch und er kann all die unsichtbaren Narben sehen, die mir unser Krieg geschlagen hat.

»Daisy«, stößt er heiser aus und plötzlich fühle ich mich wie ein bis zum Anschlag aufgezogener Kreisel, der sich endlich drehen muss.

Ich nehme seine Hand von meiner Taille und lege sie auf die Mitte meines Bauchs. Unter meiner Führung schiebt er sie unter dem losen Kittelstoff hinab in Richtung meines feuchten Slips. Ich sitze mit gespreizten Beinen auf ihm und ein Stückchen Seide ist das Einzige, das mich von seinen Fingern trennt. Mir fällt die Kinnlade herunter und ich kneife meine Augen zu. Ein leises Keuchen dringt aus meiner Kehle und es ist ein Schock für mich, wie gut es sich anfühlt, als er seinen Daumen an genau der Stelle, wo ich ihn brauche, kreisen lässt. Ganz sanft und vorsichtig, als Andeutung der grenzenlosen Freude, die er mir bereiten kann. Er nähert sich dem Ziel und grinsend denke ich, dass er aus irgendeinem Grund genau zu wissen scheint, auf welche Art er mich berühren muss. Der Ausdruck *Kenne deinen Feind* bekommt eine ganz andere Bedeutung, und ich lasse meinen Kopf nach hinten fallen und hole keuchend Luft. Der Druck in meinem Innern nimmt beständig zu, und ich spüre, wie ich kurz vorm Explodieren bin. Ich strecke meine Finger nach ihm aus und habe fast mein Ziel erreicht ...

... als plötzlich jemand an die Tür des Untersuchungszimmers klopft und unsere Blase platzen lässt.

Ich springe kreischend auf und zerre mir den Kittel vor die Brust, bevor mir einfällt, dass ein Stofftuch vor dem Fenster hängt und niemand uns von außen sehen kann.

»He! Ist alles klar da drinnen?«, fragt der Mann vom Seuchenschutz, der plötzlich Zeit hat, mit uns zu reden. »Haben Sie's geschafft, die Pritsche aufzustellen?«

»Verdammt«, stößt Lucas zähneknirschend aus. Er setzt sich auf und fährt sich mit den Händen durch das dichte, braune Haar.

Ein neuerliches Klopfen zeigt, dass eine Reaktion von uns erwartet wird.

»Alles gut!«, brüllt Lucas. »Wir haben schon geschlafen.«

»Tut mir leid. Dann gute Nacht.«

Da mein Nervensystem als Reaktion auf die Erregung und den Stress Adrenalin in ungeahnten Mengen ausgeschüttet hat, gehen mein Herzschlag und mein Blutdruck durch die Decke, während meine Lungen sich erweitert haben und meine Pupillen groß wie Untertassen sind. Auf diese Weise sagt mein Körper, dass ich kämpfen oder flüchten soll, doch wie die Dinge zwischen mir und Lucas liegen, ist mir klar, dass ich bereit gewesen wäre, etwas völlig anderes zu tun.

Ich atme durch und meine Aufregung nimmt ab, bis mir einfällt, dass ich nirgendwohin flüchten kann.

Ich bin in einem sechs mal zwei Meter großen Käfig mit Lucas, der mich fragend ansieht.

»Daisy? Sollten wir –«

Bevor er seinen Satz beenden kann, mache ich kehrt, stürze ins Bad und knote meinen Kittel wieder zu. Dann ziehe ich sicherheitshalber noch einen zweiten Kittel über meinen Rücken und binde ihn vorne zu. Auch wenn mir klar sein muss, dass mich das nicht wirklich schützt.

Als ich wieder ins Zimmer komme, hat sich Lucas auf der Pritsche von mir abgewandt.

Das heißt, dass er mir offenbar nichts mehr zu sagen hat. Der Augenblick der Nähe ist vorbei und da wir auch nicht voreinander flüchten können, bleibt uns nur noch eine Möglichkeit.

Ich klettere auf die Untersuchungsliege und versuche, möglichst still zu sein, als würde Lucas dann vielleicht vergessen, dass er nicht allein im Zimmer ist. Ich habe wirklich keine Lust, den Vorfall auszudiskutieren, doch die Luft ist immer noch elektrisch aufgeladen und bei jeder noch so winzigen Bewegung, die er auf der Pritsche macht, kribbelt es vor Erregung in mir.

Ich liege wie auf glühenden Kohlen und warte darauf, dass er spricht, mich anschreit – irgendwas. Wir waren uns nie zuvor so nahe wie an diesem Abend, aber in diesem Moment spüre ich einen Graben zwischen uns, größer als in den elf Jahren, in denen wir voneinander getrennt waren.

STUNDE 18

Der Grund für Lucas' schlechte Laune am Morgen ist wahrscheinlich, dass er abends wegen seines Ständers nur mit Mühe eingeschlafen ist. Da hat er eben Pech gehabt, denn schließlich habe ich mir das Ende dieses Abends auch anders vorgestellt.

»Kannst du mir bitte mal die Eier reichen?«, bitte ich ihn freundlich, und als er mir wortlos das Paket mit Eipulver hinwirft, knurre ich nicht mehr ganz so freundlich: »Vielen Dank.«

Ich sage nichts zu seinem platt gedrückten Haar und dazu, dass er sich sein T-Shirt noch nicht wieder angezogen hat. Zumindest trägt er wieder seine Jeans. Ich schaufele mir Trockeneier in den Mund und sage mir, dass der Geschmack von Katzenstreu, den sie auf meiner Zunge hinterlassen, gar nicht mal so übel ist.

Den ganzen Morgen gehen wir uns, soweit es die beengte Zelle zulässt, aus dem Weg. Ich fertige für Gary eine Freundin namens Glenda an, lege die beiden ausgestopften Handschuhe zusammen auf den Tisch und es sieht aus, als hielten sie einander an den kleinen Daumenhändchen fest. *Na super,* denke ich, *selbst leblose Gegenstände sind weniger gestört als Lucas und ich.*

STUNDE 22

Inzwischen liegt mein Handschuh-Liebespaar im Müll und Lucas fällt die Decke auf den Kopf. Er stapft im Zimmer auf und ab, lässt die Schultern kreisen und sendet die eindeutige Botschaft aus, dass ich ihn ja in Ruhe lassen soll. Ich will ihn fragen, ob's ihm gut geht, aber dann fällt er mich sicher an und ich bin nicht bereit für eine Wiederholung der Geschehnisse vom Vorabend.

Bereits bei dem Gedanken wird mir mulmig.

Also lassen wir es besser sein.

Sein seelisches Wohlbefinden geht mich nichts an. Außerdem wird es nicht mehr lange dauern, bis man uns aus der Gefangenschaft entlässt.

»Wiii-u, wiii-u«, ahme ich eine Sirene nach, als Lucas aus Versehen gegen die Spatelgrenze tritt, und tue so, als feuerte ich mit meinen Fingern wegen der Verletzung meiner Grenzen Marschflugkörper ab. Ich ziele zum Geräusch der fliegenden Raketen mit den Zeigefingern auf die Nasenspitze meines Gegners, doch mit einem bitterbösen Blick wehrt er den Angriff ab.

Seine Brauen bilden eine durchgehende Linie oberhalb seiner Augen und ich weiche ängstlich einen Schritt vor ihm zurück.

»Schon gut«, stelle ich achselzuckend fest. »Dann lege ich die Spatel einfach wieder richtig hin.«

Ich hätte wissen sollen, dass Lucas keine Lust auf irgendwelche Spielchen hat. Dann frage ich eben wieder Gary.

STUNDE 23

Dieser neue, schlecht gelaunte Lucas ist mir nicht sympathisch. Er ist aufbrausend und unhöflich, hat ewig schon nicht mehr mit mir gesprochen, und ich weiß nicht, wie ich damit umgehen soll.

Während ich im Badezimmer meine beiden Kittel gegen Shorts und T-Shirt tausche, überlege ich, wie weit ich gehen will, damit wieder der alte Lucas aus ihm wird. Ohne dass ich meinen Stolz herunterschlucke, wird daraus ganz sicher nichts.

Als ich wieder in das Untersuchungszimmer komme, hat er zwar sein T-Shirt an, wirkt aber immer noch entsetzlich angespannt. Er steht neben dem Untersuchungstisch und blättert eine Zeitschrift durch.

Ich warte darauf, dass er aufschaut und mir zeigt, dass er mich sieht, aber anscheinend bin ich plötzlich unsichtbar.

Ich sage zögernd: »Ja.«

Er blättert weiter in dem Magazin.

Da er mich ansehen muss, wenn ich ihm sage, was ich ihm zu sagen habe, baue ich mich so dicht vor ihm auf, dass er mich ganz unmöglich weiter ignorieren kann.

»Lucas.«

Er hebt fast unmerklich den Kopf, doch ich nehme die Geste als ein erstes kleines Friedenszeichen an.

»Willst du die Wahrheit wissen? Ja, ich denke immer noch an unseren Kuss.«

Er hebt eine Augenbraue, sieht mich drei Sekunden lang durchdringend an und wendet sich dann abermals der Zeitschrift zu, als hätte ich kein Wort gesagt.

»Hast du mich nicht gehört? Ich denke andauernd an diesen Kuss und will, dass du mich wieder küsst! Hör also bitte auf, so zu tun, als würdest du die Unterschiede im Bilderrätsel suchen! Die hat längst schon jemand anderes entdeckt!«

Ich reiße ihm die Zeitschrift aus der Hand, werfe sie durchs Zimmer und mit einem leisen Flattern landet sie auf dem Fliesenboden.

Ich denke, jetzt nimmt er mich endlich wahr, denn er verschränkt die Arme vor der Brust und starrt mich an.

Sagt aber immer noch kein Wort.

Am liebsten würde ich vor lauter Frust laut schreien.

»Ich denke permanent an unseren Kuss! Ist das nicht vollkommen verrückt?«

Kopfschüttelnd beugt er sich vor, bis er mit seinem Mund gefährlich nah an meinen Lippen ist. »Ich habe dich bereits beim ersten Mal verstanden.«

Und dann richtet er sich auf, tritt einen Schritt zurück und lässt mich stehen, als hätte ich ihm nicht gesagt, dass er mich küssen soll.

Verdammt noch mal, was bildet dieser Kerl sich ein?

Ich packe ihn bei seinem T-Shirt und versuche, sein Gesicht zu mir herabzuziehen. Einen kurzen Augenblick lang rührt er sich nicht vom Fleck, dann aber kommt er meiner Bitte nach und neigt den Kopf, bis unsere Münder sich beinah berühren. Ich durchbohre ihn mit meinem Blick und habe das Gefühl, als würde er sich köstlich amüsieren.

»Also, Lucas Thatcher, hör mir zu. Ich hasse dich, aber du wirst mich trotzdem küssen. Du wirst mich küssen und erst damit aufhören, wenn ich sage, dass es reicht.«

Er lächelt, aber ehe er die Gelegenheit bekommt, mich auszulachen, stelle ich mich auf die Zehenspitzen und presse ihm kraftvoll meine Lippen auf den Mund. Ich werde liebevolle Strenge walten lassen und den Kerl für seinen Übermut bestrafen, weil er nur so lernen wird, dass es gefährlich ist, auf diese Art mit mir zu spielen.

Er ist wie eingefroren und offensichtlich verwirrt. Ich küsse einen Mund, der mich nicht küssen will, und sterbe vor Verlegenheit, bis er endlich meine Hüften packt, um mich an seine Brust zu ziehen. Ich stolpere auf ihn zu und klebe dann an seinem harten Körper. *Gott sei Dank,* schießt es mir durch den Kopf, als er an meiner Unterlippe nagt. Er war böse, aber ich bin bereit, die Strafe mit ihm zu teilen.

Er beißt mir in die Lippe und ich presse meine Schenkel fest zusammen und befehle meinem Körper, brav zu sein. Ich werde Lucas küssen, aber weiter werde ich nicht gehen.

Als Lucas mir das T-Shirt über Bauch und Rippen zieht, begründe ich das damit, dass man in Baumwolle schlecht küssen kann. Und auch die Shorts sind dabei nur im Weg.

Die Raserei, in die wir abermals verfallen, macht mir Angst. Meine Finger kribbeln, meine Zehennägel rollen sich auf, mein Hals ist zugeschnürt, mein Magen schlägt vor Freude und Erregung einen Purzelbaum nach dem anderen. Ich vergrabe meine Finger tief in seinem dichten Haar und Lucas stößt ein Knurren aus. Einen derart verführerischen Laut habe ich nie zuvor gehört, und als Dank schlinge ich ihm erst eins, dann aber beide Beine um die Taille und die Arme um den Hals. *Bei guter Führung wird das Strafmaß sicherlich herabgesetzt.*

Normalerweise wäre es ein Schock für mich, dass ich ihn pythongleich umschlinge, aber vorerst ringen Angst und Nervosität in meinem Inneren, bevor die Lust die Oberhand gewinnt.

Ich werde nie vergessen, was für ein Gefühl es ist, als sich mein Slip an seiner rauen, gnadenlosen, grundsoliden Hose reibt. Er ist genauso hart wie gestern Abend und ich werde nicht noch mal zulassen, dass uns irgendjemand stört. Natürlich ist mir klar, dass unsere Bewacher jeden Augenblick hereinkommen können, um uns freizulassen, also zerre ich sein T-Shirt eilig über seinen Kopf und gebe ihm auf diese Weise deutlich zu verstehen: Mach weiter oder stirb.

Lucas dreht sich mit mir um, presst mich gegen die Wand, und während mich der raue Anstrich am Rücken kratzt, reizen die Bartstoppeln an seinem Kinn und seinen Wangen die sensible Haut an meinem Hals.

Seine Lippen fühlen sich vertraut an, selbst an einer Stelle meines Leibs, an der sie nie zuvor gewesen sind. Sie wandern vorsichtig an meinem Hals herab, bis er am Ende meine Brüste durch den dünnen Stoff des BHs küsst.

Im Grunde ist es immer noch ein Kuss, sage ich mir, wobei ich wirklich stolz auf meine Logik bin. Dank seiner feuchten Zunge wird die Spitze des BHs so durchsichtig, dass er problemlos meine kieselharten Nippel sehen kann. Er saugt und leckt so souverän an ihnen herum, dass ich der festen Überzeugung bin, dass er zu irgendeinem Zeitpunkt Unterricht in diesem ganz besonderen Fach genommen hat.

Gleichzeitig erforschen seine starken Hände andere Stellen meines Körpers und der stete Wechsel zwischen hartem Druck und sanftem Streicheln zeigt mir, dass er immer noch gefährlich ist. Dann lehnt er sich zurück und lässt den Blick an mir herunterwandern, bis er zwischen meine Beine fällt. Mein Höschen ist recht knapp, aber es ist der letzte Schutz, den es noch gibt. Er streckt die Hand danach aus, streicht mit den Knöcheln über meine Mitte und ich schnappe erst nach Luft und beiße mir dann in die Lippe, um nicht vor Verlangen laut zu schreien. Sein Finger schiebt den dünnen Stoff beiseite, hält eine gefühlte Ewigkeit an meinem feuchten Eingang inne, dringt dann aber endlich in mich ein.

»Ich wollte dich schon immer mal *so* um den Finger wickeln.«

Abermals klappt mir die Kinnlade herunter, doch ich bringe keinen Ton heraus.

Zum ersten Mal in meinem Leben hat mich Lucas Thatcher völlig in der Hand.

Er hat gewonnen und sein Grinsen zeigt, dass er das weiß, aber er ist bereit, den Preis zu teilen, damit ich mich genauso gut fühle wie er.

Sein langer Mittelfinger gleitet tief in mich hinein und langsam zieht er ihn wieder heraus. So war es immer schon mit Lucas – immer ging es darum, dass man schneller war und weiter oder höher als der andere kam.

Ich klammere mich mit der gesunden Hand an seine Schulter, seinen Nacken, seinen Oberarm. Ich versuche, ganz egal auf welche Art das Gleichgewicht zu wahren, aber er ist einfach zu schnell und ruft ein wunderbares Kribbeln in mir wach, das ich auf keinen Fall vor ihm verbergen kann.

Er legt den Kopf an meinen Hals und wärmt mein Ohr mit seinem Atem, während er den Finger immer weiter kreisen lässt, in mich hineinschiebt und die Feuchtigkeit aus meinem Inneren auf meiner Clit verreibt. Wenn er so weitermacht, ist es im nächsten Augenblick vollends um mich geschehen.

»Du kommst gleich«, stellt Lucas im Befehlston fest.

Zwar würde ich ihm gerne widersprechen, aber er hat wirklich recht.

Als die ersten Funken sprühen, beiße ich ihm in die Schulter, und als Lucas mir befiehlt zu kommen und das Tempo seines Fingers noch erhöht, erbebe ich an seiner Brust, während die Woge des Verlangens über mir zusammenschlägt. Noch immer lässt er seinen Finger kreisen, bis die Flut in meinem Inneren verebbt, und als ich schlaff in seinen Armen liege, presst er seine Lippen sanft auf meinen Hals.

Er ist nicht feixend, so wie ich vermutet hätte. Er hat eine Belohnung also eindeutig verdient.

Ich löse meine Beine vorsichtig von seiner Taille, und da sie mich noch nicht wieder tragen, lasse ich mich auf die Knie fallen.

Manche Frauen sehen Oralverkehr als Akt der Unterwerfung an, doch als ich Lucas' offenen Mund und seine aufgerissenen Augen sehe, weiß ich sicher, dass das völliger Blödsinn ist. Denn während ich dort vor ihm auf die Knie gehe, habe ich ihn völlig in der Hand.

Er fragt, was ich da mache. Aber was hat eine Frau wohl vor, die unter ihren Wimpern hervor zu ihm aufsieht, während sie sich gleichzeitig an seinem Reißverschluss zu schaffen macht? Das heißt, im Grunde fragt er mich aus reiner Höflichkeit. Er will nicht wissen, was ich mache, sondern, ob ich es wirklich will.

Ohne etwas zu erwidern, öffne in den Reißverschluss seiner Jeans und ziehe sie zusammen mit der Unterhose hinab auf seine Knie. Ich bin nicht so geduldig, wie er es eben war. Ich habe keine Zeit für ein verführerisches Vorspiel, denn wahrscheinlich treten jeden Augenblick unsere Bewacher durch die Tür.

Dann liegt er hart und riesengroß in meiner Hand und lächelnd denke ich, dass es kein Wunder ist, dass er ein derart großes Selbstbewusstsein hat. Ich sehe zu ihm auf, aber das merkt er nicht. Er hat den Kopf nach hinten fallen lassen, und mit seinen zugekniffenen Augen, den zusammengezogenen Brauen und dem halb offenen Mund sieht er wie ein barockes Standbild aus. Als Titel böte sich etwas wie *Die Ekstase* an.

Ich reibe seinen Schwanz, bis er noch länger wird. Ich habe Lucas immer schon unter Kontrolle haben wollen, aber dass es einmal auf diese Art geschehen würde, hätte ich niemals gedacht.

Ich nehme vorsichtig die Spitze seines Schwanzes in den Mund, ziehe ihn tief in mich hinein und als ich erstmals von ihm koste, ist es fast um uns geschehen.

»Mein Gott, Daisy.«

Er weiß anscheinend nicht, wem von uns beiden er auf Knien danken soll, aber das werde ich ihm zeigen, denn entschlossen lege ich die Faust um seinen Schwanz und gleite gleichzeitig mit meinem Mund an ihm herab. Ich bewege mich ganz langsam und dehne den wunderbaren Augenblick genüsslich aus. Es ist unglaublich sinnlich, ihn in meinem Mund zu haben und zu schmecken, und in dem Bemühen, ihn so gut wie möglich zu verführen, schließe ich die Augen und ziehe mit der Zunge die Konturen seines Glieds nach.

Er packt Strähnen meiner Haare und verstärkt den Griff, als meine Zunge auf genau die richtige Stelle trifft.

Das gefällt dir, oder?

Während ich noch mit ihm spiele, legt er eine Hand an meinen Hinterkopf und zeigt mir dadurch, dass er nur noch mühsam um Beherrschung ringt.

Grinsend nehme ich ihn tiefer in mich auf und pumpe gleichzeitig mit meiner Hand den Saft aus ihm heraus.

Er stößt tief in meinen Mund und ich bekomme kaum noch Luft.

Entschlossen lege ich ihm meine Hände um die Schenkel, während er meinen Mund fickt. Es ist ein unglaublich intimer Akt und ich vertraue blind darauf, dass er mich nicht verletzt.

»Genau das habe ich mir immer schon gewünscht«, erklärte er rau und streichelt mein Gesicht.

Er soll nicht sehen, was ich fühle, also kneife ich erneut die Augen zu.

Und dann kommt er ohne Vorwarnung und ergießt sich in mir.

Ich nehme kaum was anderes wahr als das Geräusch, das seinem Mund entfährt. Ein dumpfes Stöhnen, während er die Hüften automatisch vorwärtsschießen lässt. Er ist ganz in mir verloren und ich sorge dafür, dass es so bleibt. In dieser Position harren wir aus, bis wir wieder zu Atem kommen, und noch immer auf den Knien, sehe ich zu Lucas auf und endlich sieht er seinerseits auf mich herab. Es ist das erste Mal, dass unsere Blicke sich begegnen, seit ich ihn gezwungen habe, mich zu küssen, und die seltsame Vertrautheit dieses Blickkontakts schockiert mich mehr als alles, was sonst geschehen ist. Mir wird bewusst, dass ich immer noch verletzlich bin, worauf mein Selbsterhaltungstrieb die Oberhand gewinnt.

Ich stehe auf, wende mich ab, gehe ins Bad und starre mein Spiegelbild an. Meine Wangen sind gerötet, ich bin immer noch am Keuchen, meine Lippen sind geschwollen und meine Augen unnatürlich groß. Anscheinend stehe ich noch immer unter Schock.

Entschlossen beuge ich mich vor und klatsche mir mehrmals kaltes Wasser ins Gesicht. Ich trockne mir gerade die Hände ab, als Lucas klopft und mir erklärt, die Untersuchungsergebnisse seien da und gleich könnten wir gehen.

Vom Timing her haben wir unsere Sache also ganz hervorragend gemacht.

Ich gehe davon aus, dass sämtliche Bewohner unserer kleinen Stadt und dazu unzählige Journalisten auf uns warten, um die frohe Botschaft zu verkünden, dass wir zwei dem sicheren Tod praktisch im letzten Augenblick entronnen sind. Ganz Amerika wird sich freuen, uns frei und gesund zu sehen, und den Tag zu einem nationalen Feiertag ausrufen. Als wir dann aber aus der Praxis schlendern – ohne Blickkontakt und in sicherem Abstand zueinander –, ist der Gehweg menschenleer.

Nur meine Mom steht auf der anderen Straßenseite vor dem Eingang des Cafés und schwenkt, als sie mich sieht, begeistert eine Plastiktüte über ihrem Kopf.

»Daisy! Hier! Ich dachte, dass du vielleicht frische Unterwäsche brauchst!«

Das Universum kann mitunter wirklich grausam sein.

18

Von: lucasthatcher@stanford.edu
An: daisybell@duke.edu
Betreff: E-Mail #351

Manchmal hilft es, sich selbst zu belügen. Aber es gibt Momente im Leben, da schreit die Wahrheit so laut, dass man sie unmöglich weiter ignorieren kann. Sie will gehört werden.

Also frag dich, Daisy: Tut dir leid, was zwischen uns geschehen ist? Mir nicht.

Für ein paar Stunden hast du aufgehört, in deinem hübschen Kopf einen imaginären Krieg zu führen. Endlich einmal hast du dich auf all die Dinge eingelassen, die aus deiner Sicht niemals hätten passieren dürfen, und weißt du was? Es war unglaublich heiß. Es würde mich nicht überraschen, wenn du dir inzwischen eingeredet hättest, dass das eine Art von Niederlage war. Aber keine Sorge, Daisy. Selbst als du in diesem Untersuchungszimmer vor mir gekniet hast, war ich es, der innerlich total gezittert hat. Ich hatte deine blonden Haare fest um meine Hand geschlungen. Deine zarten Züge waren so klar und vor allem ganz auf das, was du mit mir gemacht hast, konzentriert. Dein herzförmiger Mund und deine schlanken Finger ...

Meine Güte, Daisy.

Es ist nicht überraschend, dass du danach ausgeflippt bist. Du bist erstarrt und hast mich durchdringend aus deinen großen, blauen Augen angesehen. Ich glaube nicht, dass wir uns je zuvor so nahe waren wie in diesem Augenblick.

Und deshalb gebe ich jetzt ganz bestimmt nicht auf. Nicht nachdem ich weiß, wie gut und richtig es sich anfühlt, wenn wir zwei zusammen sind.

Du wirst schon sehen.

19

Als Wiedergutmachung gibt McCormick uns am Montag frei. Wir sollen uns von der Quarantäne erholen, so wie Mr Holder sich anscheinend ebenfalls erholt. Das freut mich, aber wenn ich ehrlich bin, kann ich an kaum was anderes denken als an das, was in dem Untersuchungsraum geschehen ist.

Es nagt an mir und meine Mutter schöpft Verdacht, als sie am Montagabend extra Hühnersuppe für mich kocht und ich nicht vor Freude juchze. Tatsächlich rühre ich von ihrer Suppe kaum was an. Ich sitze ihr an unserem Esstisch gegenüber, während sie mich mit Geschichten ihres tochterfreien Wochenendes unterhält, bekomme aber nur jedes dritte Wort mit, als sprächen wir am Telefon bei schlechter Verbindung. Sie weiß, dass was nicht stimmt, und bittet sicher deswegen Madeleine, bei uns vorbeizuschauen. Madeleine hat sich schon öfter bei solchen Sondereinsätzen bewährt.

Sie kommt, als ich am Fenster meines Zimmers stehe und auf Lucas' altes Zimmer gegenüber starre. In dem aufgrund der zugezogenen Vorhänge nicht wirklich was zu sehen ist.

»Wir können es auf die weiche oder auf die harte Tour angehen«, erklärt Madeleine, als sie mit einer Einkaufstüte durch die Tür des Zimmers tritt. Nacheinander zieht sie eine Flasche Rotwein, eine Tüte saurer Gummischlangen und eine Tafel Schokolade heraus.

Nach sorgfältiger Überlegung reiße ich die Tüte mit den Gummischlangen auf.

»Oh Gott. Dann ist tatsächlich was im Busch«, bemerkt Madeleine und schlägt zitternd eine Hand vor ihren Mund, als hätte man bei mir eine unheilbare Krebserkrankung diagnostiziert.

Eilig werfe ich die Tüte mit den Gummischlangen auf mein Bett und strecke die Hand nach der sicher genauso leckeren Schokolade aus.

»Zu spät! Du hast dich für die Gummischlangen entschieden! Was zum Teufel ist passiert?«

Madeleine kennt mich genau. An einem ganz normalen Tag wähle ich Wein, die Schokolade nehme ich nach einem Tag, der zwar nicht gerade schön, aber nicht wirklich schrecklich war – doch Gummischlangen sind für echte Katastrophen reserviert.

Am besten rede ich nicht lange um den heißen Brei herum. Meine Gedanken drehen sich sowieso den ganzen Tag schon im Kreis und vielleicht hilft es ja, mir ihre Meinung anzuhören.

»Lucas und ich hätten beinahe Sex gehabt, als wir in Quarantäne waren.«

Bei diesen Worten scheint sie fast einen Schlaganfall zu kriegen, denn ihr Mund wird schlaff, während ihr linkes Auge zuckt. Ich halte einen Finger in die Luft und sage ihr, dass sie seiner Bewegung mit den Augen folgen soll, aber sie stößt ihn fort, legt ihre Hände auf meine Schultern und schüttelt mich kraftvoll durch.

»Was hast du da gesagt?«

»Lucas und ich haben miteinander rumgemacht. Aua. Lass mich los. Sogar zweimal. Wahrscheinlich hätte ich auch noch mit ihm geschlafen, hätte nicht der Kerl vom Seuchenschutz so überpünktlich die Tür des Untersuchungszimmers aufgemacht.«

»Igittigitt!« Endlich tritt sie einen Schritt zurück, versucht, die Bilder, die ihr durch den Kopf gehen, abzuschütteln, und hält sich die Ohren zu. »Nein. Nein. Nein. Ich will nicht darüber nachdenken, wie Lucas so was tut.«

»Denkst du etwa, ich? Wir waren praktisch dazu gezwungen!«

»Ach ja? War das Teil des Seuchenschutzprogramms? Verringert man vielleicht die Ansteckungsgefahr, indem man sich von seinem Lieblingsfeind vögeln lässt?«

»Es hat einfach kein Weg daran vorbeigeführt. Das bisschen Luft dort in dem engen Zimmer war so dicht, dass man es mit einem Skalpell hätte zerschneiden können. Wir zwei sind einfach nicht dafür gemacht, zusammen eingesperrt zu sein – genauso gut hätte es damit enden können, dass wir uns gegenseitig an die Gurgel gehen.«

»Ist das dein Ernst?«

»Auf jeden Fall. Und wenn man das im Hinterkopf behält, hatten wir sicherlich noch Glück. Ehrlich, Madeleine, jetzt weiß ich sicher, dass meine Vermutung, warum er in all den Jahren niemals länger eine Freundin hatte, falsch war. Der Typ weiß, was er tut!«

»HÖR AUF.«

»Sorry, aber du bist meine einzige Freundin. Du *musst* mir also zuhören.«

»Nein. Das ist ganz sicher nicht gesund.«

»Also bitte. Du warst schließlich diejenige, die wollte, dass ich nett zu Lucas bin! Und weißt du was? Jetzt war ich nett zu ihm. Und zwar in jedem Winkel des verdammten Untersuchungsraums!«

Sie hat sich auf mein Bett fallen lassen und mein Kopfkissen auf ihre Ohren gedrückt, um meine Stimme auszusperren, aber ich fahre einfach etwas lauter fort.

»Seit man uns freigelassen hat, habe ich viel darüber nachgedacht und bin zu dem Schluss gekommen, dass sich dadurch nichts geändert hat. Ich hasse Lucas immer noch.«

»Natürlich«, pflichtet mir Madeleine sarkastisch bei.

»Ehrlich gesagt finde ich ihn sogar noch ätzender, seit ich weiß, was für ein talentierter Liebhaber er ist.«

»Was wirst du also tun, wenn du ihn morgen bei der Arbeit siehst?«

»Was glaubt du, was ich tun werde, Madeleine? Ich werde mich wie die Erwachsene verhalten, die ich bin. Da sich durch diese Sache nichts geändert hat, werde ich mich so verhalten wie bisher. Es hat sich nichts verändert. Sprich mir nach. *Es hat sich nichts verändert.*«

»Irgendwie klingst du nicht wirklich überzeugt.«

»Bis morgen aber ganz bestimmt. Und jetzt gib mir die Gummischlangen.«

Als ich am nächsten Morgen in die Praxis schlendere, bin ich der Inbegriff ärztlicher Professionalität. Ich trage meine schickste schwarze Hose, eine cremefarbene Seidenbluse, bin dank meiner hochhackigen Schuhe ein paar Zentimeter größer, und ich habe einen frisch gestärkten, blütenweißen Kittel an. Ich habe mich schon über sämtliche Patienten, die wir sehen werden, informiert und überprüft, dass jeder meiner Kugelschreiber schreibt.

Auch Lucas hat sich aufgemotzt. Sein braunes Haar sieht irgendwie noch dichter und noch brauner als gewöhnlich aus und fleht mich richtiggehend an, mit meinen Händen durchzufahren. Selbstbewusst ruht seine Brille auf dem Rücken seiner wohlgeformten Nase und sein festes Kinn ist frisch rasiert. Er sieht aus wie Barbies Ken, der sich als Arzt verkleidet hat, und es ärgert mich, dass er sicher schon so aussieht, wenn er morgens aus dem Schlaf erwacht.

»Du gehst mir aus dem Weg«, erklärt er, als ich mich nach ihm in die kleine Küche schiebe.

Ich tätschele seine Schulter und erkläre lächelnd: »Auch nicht mehr als sonst. Du bist eben ein Typ, dem man aus dem Weg gehen sollte.«

Bevor ich die Gelegenheit bekomme, mich in mein Büro zu flüchten, packt er meine Hand. »Du hast da eine wirklich hübsche Bluse an. Wie weit, glaubst du, werden die Knöpfe durch die Gegend fliegen, wenn ich dir das Ding vom Körper reiße?«

»Ja«, erwidere ich laut. »Ich hatte gestern einen wirklich schönen Tag. Danke der Nachfrage.«

Ich habe unseren Chef in Richtung Küche kommen hören, und als er durch die Tür tritt, grinse ich und Lucas lässt mich eilig los.

Fröhlich lächelnd schenkt der Doc sich Kaffee nach. Mit jedem Tag nimmt seine gute Laune zu. Wahrscheinlich freut er sich, dass seine Pensionierung immer näher kommt. »Schön zu sehen, wie gut ihr euch heute Morgen versteht. Die Quarantäne hat euch offensichtlich gutgetan.«

»Ich glaube, dass sie Dr. Bell besser gefallen hat als mir«, erwidert Lucas. »Das hat sie zumindest lautstark kundgetan.«

Die Zweideutigkeit rauscht so subtil vorbei wie ein Güterzug und während Dr. McCormick weiter lächelt, trete ich dem blöden Lucas mit dem Absatz eines meiner hochhackigen Schuhe auf den Fuß und wende mich zum Gehen.

»Auch Dr. Thatcher hat sich wirklich gut gehalten. Der Arrest hat ihm nicht das Geringste ausgemacht. Ich glaube, im Gefängnis würde er sich sehr wohlfühlen.«

Dr. McCormick lacht. »Manche Dinge ändern sich anscheinend nie.«

Eine Viertelstunde später sind wir auf dem Weg zu Mr Nichols, der an diesem Tag als Erster an die Reihe kommt. Es ist fünf vor acht und mir ist heiß. Vor allem aber bin ich ungewohnt nervös und das professionelle Bild, das ich vermitteln will, entwickelt sich minütlich mehr zu einem Porno-Polaroid.

»Hör endlich auf!«, herrsche ich Lucas zornig an.

»Womit?«, fragt er, wobei sein feingemeißeltes Gesicht vor aufgesetzter Unschuld trieft.

»Damit, mich anzuschauen, als hättest du mich schon mal nackt gesehen.«

»Ich glaube, dass die Büchse der Pandora sich nicht einfach auf Befehl wieder verschließen lässt«, stellt er mit einem breiten Lächeln fest und sieht mich fragend an. »Aber wie soll ich dich denn ansehen?«

»So wie vorher. Voller Hass. Mit einer Spur Verachtung.«

»Wie wäre es damit?«

»Schlimmer.«

Er steht direkt neben mir, presst seine breite Brust an meinen Arm und ich schwanke gefährlich hin und her. Wahrscheinlich brächte selbst ein Kleinkind, das versehentlich gegen meine Beine stolpert, mich jetzt vollends aus dem Gleichgewicht.

»Sieh einfach woanders hin, okay? Damit ich noch in Ruhe die Patientenakte lesen kann.«

»Ich habe sie mir bereits angesehen. Mr Nichols. Achtundfünfzig. Jährlicher Routinecheck. Kann ich dich jetzt wieder anschauen?«

»Auf dem Anmeldebogen hat er keinerlei Beschwerden angegeben? Und zu deiner Frage: nein. Zwischen uns ändert sich nichts. Was in dem Untersuchungsraum passiert ist, bleibt auch weiter in dem Untersuchungsraum.«

»Keine Beschwerden«, klärt mich Lucas auf. »Er ist fit wie ein Turnschuh. Ja, okay, der Untersuchungsraum ist erst einmal tabu. Am besten kommst du also in der Mittagspause zu mir ins Büro. Ich hätte Lust auf eine zweite Runde, und so, wie du mich bereits den ganzen Morgen ansiehst, weiß ich, dass auch du nichts dagegen hättest.«

Wie kann der Kerl nur derart unverfroren sein? Ich starre ihn mit großen Augen an und wünschte mir, ich hätte Vorhänge davor, weil in ihnen zwar vielleicht nicht unbedingt meine Seele, aber eindeutig meine Libido zu sehen ist.

Ich klopfe an die Tür des Untersuchungsraums und trete ein. Dieses Mal ist Lucas an der Reihe, das Gespräch mit dem Patienten zu beginnen, also halte ich mich erst einmal im Hintergrund und höre einfach zu.

»Guten Morgen, Mr Nichols. Ich bin Dr. Thatcher und das hier ist meine Kollegin Dr. Bell.«

»Warum sind Sie zu zweit?«

Ich halte meinen dank meiner Versuche, Lucas' Kunstwerke zu übermalen, durchgehend geschwärzten Gipsarm in die Luft. Die Star-Wars-Verschönerung hat auf Dauer nicht genügt, ich musste dafür sorgen, dass von seiner Handschrift und von seinen Herzchen nichts mehr zu sehen ist.

Ich stehe in der Ecke, als Lucas Mr Nichols' Herz abhört, sehe ich mich um und stelle fest, dass wir zurück am Tatort sind. Das ist derselbe

Untersuchungsraum, in dem wir zwei gefangen waren. Mariah hat die alten Zeitschriften durch neue Ausgaben ersetzt und meine Spatelgrenze aufgeräumt, der Rest des Zimmers aber sieht noch haargenau wie während unserer Quarantäne aus. Ich starre direkt auf die Wand, die Kratzspuren auf meinem Rücken hinterlassen hat, und als ich blinzele, sehe ich uns dort. Ich klemme zwischen Lucas und der Wand, er lässt die Hüften kreisen, zieht mich aus und presst mir seine heißen, feuchten Lippen auf den Mund. Bevor er sie an mir herunterwandern lässt und mich zum Stöhnen bringt.

Das Ploppen eines Gummihandschuhs zwingt mich in die Gegenwart zurück.

Lucas hat die Untersuchung abgeschlossen und versichert Mr Nichols, dass er die Ergebnisse der Bluttests schnellstmöglich bekommt. Dann nimmt er mich beim Arm und führt mich aus dem Untersuchungsraum, weil ich noch immer vollkommen benommen bin.

»Du bist ein bisschen blass.«

Er klingt *besorgt!* Also greife ich die Aufschläge seines Kittels und zerre ihn durch den leeren Flur in sein winziges Büro. Das tatsächlich noch kleiner ist als meins. Ich bin zum ersten Mal dort, denn bisher gab es keinen Grund für mich, es zu betreten. Aber jetzt gibt es einen Grund, der zwischen meinen Beinen pocht.

Ich vergewissere mich, dass niemand uns gesehen hat, drücke die Tür ins Schloss und sperre ab. Wir sind allein. *Wirklich* allein. Und Lucas ist geschockt.

Ich aber schäle mich bereits aus meinem Kittel und erkläre: »Also, Romeo, eins ist klar. Ich nutze dich nur aus.«

Mein Kittel landet kurzerhand auf seinem Schreibtischstuhl.

»Ich werde dich um den Verstand bringen«, fahre ich mit rauer Stimme fort.

Entschlossen zerre ich die Seidenbluse über meinen Kopf und lasse sie zu Boden fallen.

»Ich werde dafür sorgen, dass du dich in mich verliebst und mir dein Herz auf dem Silbertablett servierst, damit ich es in tausend Stücke reißen kann. Und dann kann ich die Praxis ganz alleine übernehmen, weil du von hier verschwinden wirst.«

Jetzt steige ich aus meiner Hose und baue mich nur in Unterwäsche vor ihm auf.

»So haben wir Frauen es schon immer gemacht.«

Ich habe nicht ohne Grund morgens hübsche Spitzenunterwäsche angezogen und er lässt den Blick an mir herunterwandern, während er die Fäuste ballt, entspannt und nochmals ballt. Dann aber fängt er an zu grinsen und zieht seinen Kittel aus.

»Was für ein Zufall, Daisy, denn ich habe haargenau denselben Plan.«

Der Kittel landet auf der Rückenlehne seines Stuhls, während mein Magen sich zusammenzieht.

»Ich werde dich dazu bringen, dass *du* dich *in mich* verliebst.«

Entschlossen tritt er auf mich zu.

»Damit *du* gehst, wenn *ich dir* das Herz breche, und *mir* die Praxis überlässt.«

Mein Herz trommelt in meinen Ohren und meine Knie zittern, als er mir die Hände in den Nacken legt und meinen Kopf nach hinten zieht, damit sein nächster Satz direkt auf meine Lippen trifft.

»Vor allem aber werde ich dich ficken, dass dir Hören und Sehen vergeht.«

Genau in dem Moment, in dem mich Lucas herumwirbelt und an seinen Körper zieht, versagen meine Beine ihren Dienst. Ich bin ein Spielzeug, das in seinen Armen liegt. Willenlos und so formbar, dass er mit mir tun und lassen kann, was ihm gefällt.

Er streichelt meine Brüste durch den Stoff meines BHs. Rau und so besitzergreifend. Noch während ich die Hand in seinem Haar vergrabe, schiebt er den BH an mir herunter, und als meine vollen Brüste seine Handflächen ausfüllen, stöhnt er zufrieden auf.

Er küsst meine Schulter, lässt die Handballen auf meinen Brüsten kreisen, quetscht kurz meine Nippel ein, und als er seine Hände tiefer wandern lässt, kann ich die Spuren seiner Berührung sehen.

Er schätzt die Größe meiner Brüste so, wie ich die Größe seiner Hände schätze, die er jetzt um meine Taille legt, als hätte sie den Umfang eines Tennisballs. Während er mich zwischen seinem Körper und dem Tisch gefangen hält, umfasst er mit der Linken meine Brust und legt die Rechte flach auf meinen Bauch, bevor er sie ganz sachte tiefer gleiten lässt.

In meinem zarten Spitzenhöschen bin ich ihm und seinem Angriff hilflos ausgeliefert. Meine Nervenenden kribbeln und ich habe einen Kloß im Hals, als er die warme Stelle zwischen meinen Beinen über dem dünnen Stoff mit seiner Hand bedeckt.

Ich merke gar nicht, dass ich stöhne, bis er mir mit seiner linken Hand, statt weiter die Konturen meines Busens nachzuziehen, plötzlich den Mund zuhält.

»Wenn du so weitermachst, erwischen sie uns noch. Das heißt, dass keiner von uns beiden siegen wird.«

Die Warnung sollte mich erschrecken, aber mit Betreten des Büros bin ich in einer anderen Welt gelandet und die Realität interessiert mich nicht mehr. Was er vielleicht weiß, weil er sicherheitshalber die Hand auf meinen Lippen lässt, während seine Rechte über meinen Venushügel kreist. Ich recke mich ihm sehnsüchtig entgegen und er flüstert mir ins Ohr: »Soll ich das noch mal machen?«

Ich nicke stumm und er lächelt in meinem Nacken, während er weiter meine Clit reibt und mich die unterschiedliche Beschaffenheit seiner Hand spüren lässt. Hart, weich, rau und glatt wechseln in schneller, aufregender Folge ab.

Während ich noch denke, dass er mich so kommen lassen wird, schiebt er die Hand unter den Stoff meines Slips, zerrt ihn gegen die Innenseite meines Beins und schiebt zwei Finger tief in mich hinein.

Ich versuche, meinen Oberkörper auf das kühle Holz des Schreibtischs zu legen, aber Lucas presst mich weiter gegen seine Brust, zieht seine Finger wie in Zeitlupe aus mir heraus und ruft auf diese Weise ein Verlangen in mir wach, das so ursprünglich und instinktiv wie das der Steinzeitfrauen ist. Ich stöhne. Keuche. Ziehe mich zusammen.

»Ich werde dich so kommen lassen, Daisy. Genau so.«

Das klingt nach einem wirklich guten Plan, will ich begeistert schreien, bevor er seine Finger immer schneller pumpen lässt und mein Gehirn den Dienst versagt.

Weswegen meine Antwort eher klingt wie: *Ja. Bitte. Oh Gott, Lucas.*

Eine Woge des Verlangens breitet sich von meinem Nacken über meinen Rücken bis in meine Zehenspitzen aus, und das nutzt er als Vorwand, es noch härter und noch schneller anzugehen. Inzwischen klebe ich schweißnass an seiner Brust und reiße ihm in meiner Raserei fast ein paar Büschel seiner Haare aus. Ich bin dicht davor zu kommen und berausche mich an der Verheißung des Orgasmus, der mich schon in wenigen Sekunden in mein ganz privates Paradies katapultieren wird. Wenn er nur weitermacht. Wenn er mich weiter an genau dem rechten Fleck berührt. Wenn er die linke Hand um meinen Nippel kreisen und mich mit den herrlichen Gefühlen, die er dadurch in mir weckt, in ungeahnte Höhen fliegen lässt.

Jetzt.
Bin.
Ich.
Da.

Er knabbert sanft an meinem Ohrläppchen, ich reibe mich an seiner Hand, erschaudere wieder und wieder. Eine Welle führt zur nächsten, bis schließlich meine leisen Schreie einem unterdrückten Keuchen Platz machen, bevor mein Atem sich endgültig beruhigt.

»Wir haben noch einen Patienten«, ruft mir Lucas lächelnd in Erinnerung.

Ich reiße meine Augen auf und kehre in die Wirklichkeit zurück. Dr. McCormick steht direkt hinter der Tür im Flur und unterhält sich mit Mariah, aber als ich einen Schritt nach hinten mache, pralle ich gegen den Schreibtisch, werde wieder gegen Lucas' Brust geworfen und schieße ein paarmal wie ein Roboter mit einem Kurzschluss hin und her.

Meine Motorik ist zwar immer noch etwas gestört, aber ich sage einfach: »Richtig, der Patient«, und sammle äußerlich möglichst gelassen meine Kleider ein. Meine Bluse ist derart zerknittert, dass ich sie in meine Hose stopfe und versuche, meinen weißen Kittel so darüber zu ziehen, dass er sie weitestgehend verdeckt. Ich wage nicht, daran zu denken, was mit meinem Haar und meinem Make-up geschehen ist.

Und Lucas? Ich vermeide es, ihn anzusehen.

»Ich freue mich, dass wir jetzt endlich auf derselben Seite stehen.« Fast zärtlich streicht er meinen weißen Kittel glatt und klemmt mir ein paar Strähnen meines langen Haars hinter das Ohr.

»Ja«, stimme ich ihm mit unsicherer Stimme zu. »Genau so sehe ich das auch.«

Dann schleichen wir uns wieder in den Flur und mir wird klar, dass ich nicht weiß, auf welcher Seite das ist oder in welchem Buch ich nachsehen soll, wie mit der neuen Situation am besten umzugehen ist.

Es gibt doch sicher irgendwelche klugen Ratgeber oder Kochbücher?

Hühnersuppe für erregte Chicks

oder vielleicht auch:

Die sieben größten Fehler, die man gegenüber seinen schlimmsten Feinden machen kann.

20

Am nächsten Tag taucht Lucas ungebeten in der Mittagspause bei mir auf und stellt einen Becher dampfenden Kaffees auf meinem Schreibtisch ab. Er hat sich sogar die Zeit genommen, ihn mit einem Tropfen Kaffeesahne zu versehen.

»Was ist das?«, frage ich und starre den Becher an.

»Kaffee.«

Diese nette kleine Geste fühlt sich so an, als hätte er mir einen Diamantring überreicht.

Ich verdränge den Gedanken und schiebe ihm einen Teller hin, auf dem ein Stückchen Kuchen für ihn liegt.

»Und das ist Kuchen«, kläre ich ihn auf. Ich muss schmunzeln, denn wir umsorgen uns, als wären wir ein altes Ehepaar. Nach den Ereignissen der letzten Tage achten wir wahrscheinlich einfach darauf, dass wir bei Kräften bleiben, weil unsere heißen Rendezvous während der Mittagspausen alles andere als erholsam sind.

Ich nehme einen Schluck von meinem Kaffee, während er gleichzeitig in seinen Kuchen beißt, und dabei sehen wir einander reglos an, als wollten wir uns vergewissern, dass die Sachen nicht vergiftet sind.

Die Temperatur des Kaffees ist perfekt.

»Besitzt du eigentlich auch Jeans?«, frage ich beiläufig, weil er mal wieder eine schicke Stoffhose mit Bügelfalte trägt.

»Während der Quarantäne hast du mich doch schon in Jeans gesehen.«

Wenn ich es recht bedenke, ist der Kaffee vielleicht eine Spur zu heiß, und seufzend stelle ich den Becher auf den Tisch.

»Dann zieh am Samstagabend bitte auch Jeans an. Weil Mom darauf besteht, dass Madeleine und du zu uns zum Spieleabend kommt«, erkläre ich.

Was glatt gelogen ist, denn meine Mutter hat den Spieleabend schon seit einer Ewigkeit nicht mehr erwähnt. Ich habe selbst die Sprache drauf gebracht, denn irgendwie gelingt es mir nicht mehr, Lucas zu ignorieren oder auf Distanz zu ihm zu gehen. Also habe ich beschlossen, ihn auf heimischem Terrain eingehend zu studieren und herauszufinden, warum er mit einem Mal so freundlich zu mir ist. Wobei ich weiß, dass eine Einladung zum Spieleabend einem Date mit meinem größten Feind erschreckend nahekommt.

»Und was ist, wenn ich Samstag schon was anderes vorhabe?«

»Damit würdest du mich wirklich glücklich machen«, sage ich und falte meine Hände wie zu einem spöttischen Gebet.

»Ich werde es dich wissen lassen.«

Mir ist klar, dass Lucas nur so tut, als könne er noch nicht sagen, ob er am Samstagabend kommt. Schließlich kehren Verbrecher immer gern an die Orte ihrer Verbrechen zurück.

»Tu das«, sage ich und wende mich kurz ab, damit er mich nicht lächeln sieht.

Meine Mom ist außer sich vor Freude, weil ich nicht nur willens bin, an einem Spieleabend teilzunehmen, sondern selber überlege, wie es laufen soll.

Am Freitagabend fahren wir in den Supermarkt.

»Wir brauchen Appetithäppchen und Finger Food und alles Mögliche zum Trinken. Auf jeden Fall Whiskey-Cola«, sage ich.

»Ist das nicht Lucas' Lieblingsdrink?«, fragt meine Mutter.

»Das trinkt jeder gerne, Mom.«

»Ich nicht. Ich kriege davon Sodbrennen.«

»Okay, dann eben jeder unter fünfzig«, gebe ich kopfschüttelnd zurück.

Als wir den Supermarkt verlassen, ist der Wagen übervoll, ich selber sehe aus, als hätte ich ein Wettrennen durch die Regalreihen gemacht, und die Kassiererin will wissen, ob wir groß feiern wollen.

»Abrissparty«, lüge ich.

Am nächsten Vormittag mäht Lucas abermals den Rasen meiner Mom und ich stehe mit einer Tasse Kaffee in der Hand am Fenster und sehe ihm dabei zu. Genau wie Mrs Betty, die schräg gegenüber wohnt.

Lächelnd winke ich der Frau mit meiner Tasse zu und sie gibt mir durch ein verstohlenes Nicken zu verstehen, dass sie mich nicht verraten wird.

Dann tritt plötzlich meine Mutter hinter mich und fragt: »Ein ziemlich hübscher Anblick, findest du nicht auch?«

Ich breche kurz in Panik aus, bevor mir einfällt, dass es nicht verboten ist, in seinem eigenen Wohnzimmer zu stehen und hinauszusehen.

»Ich achte nur darauf, dass er es richtig macht.«

»Das kriegt er sicher hin. Komm mit. Ich brauche deine Hilfe.«

Widerstrebend wende ich mich ab und bringe den gesamten Rest des Tags mit Putzen und Kochen zu. Als Hähnchensalat und Guacamole fertig sind, schüttele ich die Sofakissen aus, begutachte mein Werk, schüttle sie nochmals aus, verstecke alle Kinderfotos, die mir in die Hände fallen und auf denen ich nicht unbedingt zu meinem Vorteil abgebildet bin, und gehe dann zurück in die Küche.

Madeleine ist meine Heldin. Gegen Mittag taucht sie mit Sekt und O-Saft auf und gierig nippe ich an dem ersten Glas, dann an einem zweiten, so lange, bis ich ein bisschen angetrunken bin und der Stress wegen des Spieleabends nur noch eine verschwommene Erinnerung ist.

»Warum ist dieser Spieleabend so ein Riesending für dich?«, erkundigt sich Madeleine, als sie mir in mein Zimmer folgt.

»Das ist es gar nicht.«

»Deine Sandwiches sehen wie lauter kleine Herzen aus.«

»Ich finde, sie sehen süß aus.«

»An eurem Briefkasten hängen Luftballons.«

»Es ist eine Party, Madeleine. Das soll man auch sehen.«

»Dazu hast du das Wohnzimmer inzwischen viermal umgeräumt.«

»Das stimmt. Ich hoffe inständig, dass Mom einen Feng-Shui-Berater kommen lassen wird. Das Juju hier im Haus ist wirklich negativ.«

»Sicher. Hier, dreh dich um, damit ich deinen Reißverschluss hochziehen kann.«

Ich verschweige meiner Freundin, dass die Auswahl des perfekten Outfits für den Abend noch länger gedauert hat. Am Ende habe ich ein rotes Kleid gekauft, eine Farbe, die ich sonst eher meide. Aber ich habe es in einem Schaufenster gesehen und wusste, dass ich es einfach haben muss. Es ist kurz und sexy und ich habe nie zuvor so was angehabt.

»Aaaber hallo, Daisy«, sagt Madeleine und unterzieht mich einer eingehenden Musterung.

Ich lächele halbherzig, bis mein Blick durchs Fenster auf die Einfahrt fällt.

Die ersten Gäste!

Da Mom und meine Freundin bereits hier sind, können das nur Lucas und seine Eltern sein. Doch an ihrer Stelle kommt ein Überraschungsgast den Weg herauf, den meine Mutter mir verschwiegen hat.

»Kelly O´Connor?«, fragt Madeleine entsetzt.

Ich taste nach dem Fensterbrett, verpasse es und knalle mit der Stirn gegen das Glas. Kelly sieht erschrocken auf und ich mache so schnell wie möglich einen Satz zurück.

»Was in aller Welt macht Kelly hier?«

Kelly O´Connor. KELLY. O´CONNOR. Grundschullehrerin und Leiterin von Hamiltons Kürbisfestival. Funkelnd. Strahlend schön. Und überall beliebt.

Ich muss mit meiner Mutter sprechen und finde sie in der Küche, wo sie Chips in eine Schüssel kippt.

»Kelly O´Connor? Das ist ja wohl nicht dein Ernst!«

Sie dreht sich nach mir um und strahlt. »Oh, perfekt, dann ist sie schon da?«

Es klingelt und ich höre, wie Madeleine sie höflich grüßt.

»Was hast du dir dabei gedacht, sie einzuladen? Ich kann sie nicht ausstehen.«

»Also bitte, so schlimm ist sie gar nicht.«

»Sie hat mit *dreizehn* immer noch darauf bestanden, dass sie beim Krippenspiel das Christkind spielen darf. Und was das Allerschlimmste war, sie haben es ihr erlaubt, weil sie so schrecklich niedlich war. Bin ich wirklich die Einzige, die ein Christkind mit Zahnspange in höchstem Maße beunruhigend findet?«

Meine Mutter lacht auf. »Ich finde, sie hat ihre Sache damals wirklich gut gemacht, aber vor allem ist sie gar nicht deinetwegen hier.«

Ich habe das Gefühl, als hätte meine Mom mir eine Ohrfeige verpasst. Sie hat Kelly nicht für mich, sondern für Lucas eingeladen.

Wenn sie nicht meine Mutter wäre, hätte ich sie dafür vielleicht umgebracht.

Ich kann nicht mehr atmen, denn mein vor wenigen Sekunden noch verführerisches Kleid quetscht meinen Brustkorb ein. Am liebsten würde ich es mir vom Körper reißen, Luft holen und dann aus Leibeskräften schreien.

»Lad sie wieder aus«, verlange ich. »Sag, dass es einen Todesfall in der Familie gab.«

Das ist durchaus nicht unwahrscheinlich.

»Sie ist bereits im Wohnzimmer.«

Ich kneife meine Augen zu und denke hektisch nach. Die Frau ist so naiv, dass ich vielleicht behaupten kann, als Erstes würden wir Verstecken spielen, um sie dann zu überreden, sich im Garten zu verstecken und sich bis zum Ende dieses Abends nicht zu rühren. *Du hast einfach Talent für dieses Spiel, Kelly. Genau, roll dich hinter dem Busch zusammen, als würdest du in einer Krippe liegen, aus der du bereits vor Jahren rausgewachsen bist.*

»Ich bin verwirrt«, sagt meine Mom. »Warum genau bist du mit einem Mal so schlecht gelaunt?«

»Weil du ihn verkuppeln willst.«

»Und weshalb interessiert dich das?«

»Ich will, dass er alleine ist! Dass er allein ist, sich hundeelend fühlt und sich geschlagen geben muss.«

»Daisy ...«

»Gut. Was auch immer. Ich kann mir einfach nicht vorstellen, dass aus ihm und Kelly etwas wird. Die beiden haben keinerlei Gemeinsamkeiten.«

»Ach. Und wen hätte ich deiner Meinung nach für ihn einladen sollen?«

»Vielleicht solltest du erst einmal versuchen, deine immer noch alleinstehende Tochter an den Mann zu bringen«, fauche ich sie an. »Schließlich geben sich die Typen, seit ich wieder da bin, nicht gerade die Klinke in die Hand!«

In diesem Augenblick klopft jemand an die Tür.

Klopf-klopf. Uhu-klopf-klopf. Es ist ein gut gelauntes, schnelles Klopfen, das eindeutig nicht von Lucas stammt.

»Das ist wahrscheinlich Patrick!«, jubelt meine Mom.

Patrick? Welcher Pat...

»Du meinst doch wohl nicht Patrick *Brubacher*?«, zische ich, doch überrumpelt, wie ich bin, entwindet sie sich einfach meinem schwachen Griff und läuft an mir vorbei ins Wohnzimmer.

Es ist egal, dass sie mir nicht antwortet, weil ich schon seine Stimme hören kann.

Er ist das männliche Pendant zu Kelly: schwach und blond, auf blasse Weise hübsch wie ein bequemer Schuh. Er ist Tierarzt und hat einmal einen Hund aus einem Brunnenschacht gerettet und gesund gepflegt. Ihr kennt bestimmt die Bilderserie: Tag eins, der Hund sieht aus wie tot, bis Tag dreißig, an dem er mit einem schicken, roten Halstuch neben seinem neuen Eigentümer, das heißt Patrick, sitzt.

»Daisy Bell? Mein Gott, bist du das?«

Selbstverständlich freut sich Patrick, mich zu sehen. Weil er sich immer über alles freut.

Ich lasse mich von ihm umarmen und stelle fest, dass er ein durchaus angenehmes, männliches Rasierwasser benutzt. Er ist groß mit kurz geschnittenem, blondem Haar und einem wirklich hübschen Lächeln, das gut zu ihm passt. Kelly steht brav hinter ihm und wartet darauf, dass sie mich begrüßen kann.

»Hi, Kelly«, sage ich und wünsche mir, ich könnte es noch mal mit etwas mehr Enthusiasmus versuchen.

Meine verhaltene Begrüßung fällt ihr jedoch gar nicht auf. Wie sollte sie das auch? Die Frau ist binär programmiert: sei nett oder stirb! Und bisher lebt sie noch.

»Ich habe mich total in die Vergangenheit zurückversetzt gefühlt, als deine Mom mich zum Spieleabend eingeladen hat«, gibt Kelly lächelnd zu. »Ich habe dich und Lucas schon seit einer Ewigkeit nicht mehr gesehen.«

Bei diesem Satz verlässt mich endgültig der Mut. Dann hat sie also zugesagt, bevor sie diesen neuen Lucas überhaupt gesehen hat. Der neue, große, *maskuline* Lucas wird wahrscheinlich jeden Augenblick erscheinen, und ich bin mir sicher, dass sie *freudig überrascht* sein wird, wenn sie ihm plötzlich gegenübersteht. Als mir das klar wird, nimmt mein Hass auf meine Mom noch zu.

Jetzt klopft es wieder an der Tür und eilig wende ich mich von den ersten beiden Gästen ab. Madeleine macht auf und ich stehe wie angewurzelt da, als Lucas, dicht gefolgt von seinen Eltern und Dr. McCormick, unser Haus betritt. Ich registriere kaum, dass Mom auch unseren Boss zum Spieleabend eingeladen hat, weil Lucas Jeans und einen kobaltblauen Pulli trägt, in dem er wirkt wie Superman. Was zur Hölle, Lucas, was zur Hölle hast du dir dabei gedacht?

»Wow«, entfährt es Kelly. Sie wird rot und sieht mich hilfesuchend an, bevor ihr klar wird, dass ich sie bestimmt nicht dabei unterstützen werde, einen Typen anzuschmachten, der mein größter Widersacher ist. Mit einem leisen »Ach, egal« kehrt sie mir den Rücken zu.

Während sich die anderen noch gegenseitig begrüßen, flüchte ich mich in die Küche, um mir einen Drink zu mixen. Ich bemerke erst, dass ich mir eine Whiskey-Cola mache, als sich Lucas blicken lässt und mir das Glas abnimmt.

»Seit wann magst du Jack Daniels?«

»Seit wann ziehst du Pullover an?«

Stille.

Die Retourkutsche war zugegebenermaßen ziemlich schwach, aber er wendet sich bereits dem nächsten Thema zu.

»Was machen Kelly und Patrick hier?«

»Meine Mutter hat sie eingeladen. Unseretwegen.«

»Und warum? Ein weiterer Wettstreit?«

»Sie denkt, dass Kelly dich umgarnen wird.«

Er lacht und mein Herz schwillt erleichtert um das Dreifache an. Jetzt endlich finde ich den Mut, ihm ins Gesicht zu sehen. Sein braunes Haar ist leicht gewellt und sieht auf beinah lächerliche Art fantastisch aus. Seine Wangenknochen sind noch markanter als zuvor, als er mein Glas an seine Lippen hebt und daraus trinkt, bevor er es mir zurückgibt. Ich weiß nicht, ob ich ihm die Whiskey-Cola ins Gesicht schütten oder meinen Mund auf seine Lippen pressen soll, zum Glück jedoch bemerke ich noch rechtzeitig, dass Kelly in der Tür zur Küche steht, und lasse beides sein. Ich weiß, dass sie mit Lucas plaudern und verführerisch mit ihren dichten, schwarzen Wimpern klappern will, und bei der Vorstellung, wie sie ihn lächelnd ansieht, wird mir schlecht.

»Das heißt, dass Patrick deinetwegen hier ist?«, lenkt Lucas meine Aufmerksamkeit auf sich.

Verlegen spiele ich mit meinem Glas. »So sieht's zumindest aus. Ich denke, meine Mutter hofft, dass er mich wie einen von seinen Streunern adoptieren wird.«

»Dafür bist du doch viel zu wild. Der Ärmste hätte keine Chance gegen dich.«

Ich widerspreche ihm nicht.

Meine Mutter klatscht begeistert in die Hände, erklärt dann den Spieleabend für eröffnet, und als ich, gefolgt von Lucas, aus der Küche komme, wird mir klar, dass sie noch einmal umgeräumt hat, während ich mit Umziehen beschäftigt war. So viel zu meinem ausgeklügelten Feng Shui.

»Lucas, du sitzt hier, und Daisy, du sitzt da.«

Sie setzt uns so weit wie möglich auseinander und alle lachen außer mir und Lucas.

»Sie haben doch wohl hoffentlich sämtliche spitzen Gegenstände vorsorglich versteckt?«, hakt Patrick lachend nach.

»Wie wäre es mit einer Barriere zwischen ihnen?«, fügt Lucas' Dad hinzu.

»Vielleicht ein Zaun?« Die blöde Kelly sieht sich Beifall heischend um, als hätte sie die dummen Witze ihrer Vorgänger tatsächlich noch getoppt. Ich würde ihr gerne sagen, dass sie sich die Mühe hätte sparen sollen.

»Keine Angst«, wendet sich Lucas mit einem nonchalanten Lächeln an mich. »Wir haben uns darauf geeinigt, dass wir uns benehmen werden, stimmt´s, Daisy?«

Das ist es, was er sagt, aber mein Hirn versteht: *Wir haben uns darauf geeinigt, jede Menge Sex zu haben, stimmt´s, Daisy?*

Ich räuspere mich leicht und nicke schwach.

Er sitzt mir gegenüber, lächelt sein perfektes Grübchen-Lächeln und trägt diesen grauenhaften, wunderschönen, kobaltblauen Pulli, den ich ihm vom Körper reißen will.

»Genau. Am besten fangen wir also langsam an.«

Die nächste Stunde verbringe ich in der Hölle. Ich sitze zwischen Lucas' Mom und Patrick, und auch wenn ich Mrs Thatcher liebe, schaffe ich es nicht, mit ihr zu reden, weil mich Patrick völlig in Beschlag nimmt, während Kelly zwischen Lucas und einem unserer zugestaubten Bücherregale klemmt. Dort war kein Sitzplatz vorgesehen, aber sie hat extra einen der Stühle in den schmalen Spalt gezwängt. Sie hat es dort nicht sonderlich bequem, doch das macht ihr nichts aus. Sie hält sich möglichst dicht an Lucas, und mir wird bewusst, wie tief der Ausschnitt ihres Kleides ist. Jedes Mal, wenn sie sich vorbeugt, um mit ihm zu sprechen, streifen ihre Möpse seinen Arm. Am liebsten würde ich erklären, es gebe heute Abend noch ein Casting für das Krippenspiel der Kirche, damit sie gezwungen ist zu gehen.

Die anderen verfolgen haargenau, was ich und Lucas tun. Es ist, als würde die neue Folge einer alten Fernsehserie gedreht, von der niemand weiß, ob es sich noch lohnt, sie anzusehen. Aus lauter Trotz benehme ich mich möglichst gut. Ich stehe auf, denn jetzt bin ich mit der Scharade dran. Patrick ist mein Partner und soll meinen Filmtitel erraten, aber seine Rateversuche sind hoffnungslos.

»Ähm ... ähh ... *Der Pate?* Nein. Jetzt weiß ich's. *Findet Nemo.*«

Lucas formt mit seinem Mund die Worte *Star Wars* und ich lasse mein imaginäres Lichtschwert fallen und werde schreckensstarr. Gedanklich bin ich im Untersuchungsraum vor ihm auf den Knien und habe seinen herrlichen Geschmack im Mund. Was er eindeutig weiß. Denn er legt seinen Kopf ein wenig schräg und hat ein triumphierendes Lächeln im Gesicht.

Die Glocke läutet und schon wieder haben wir verloren.

»Nächstes Mal klappt´s sicher besser, Daisy«, macht mir Patrick fröhlich Mut.

»Ihr seid mit zehn Punkten im Rückstand«, meint Madeleine, fügt aber, als sie mein Gesicht sieht, schnell hinzu: »Wobei noch immer alles möglich ist.«

Kelly und Lucas sind in Führung und Dr. McCormick sagt, sie seien ein wirklich tolles Team. Ich habe keine Lust mehr auf die dämliche Scharade und mit einem vielleicht eine Spur zu lauten Knurren kehre ich zurück an meinen Platz.

»Man muss auch verlieren können, Daisy«, ruft mir meine Mom für alle hörbar in Erinnerung und während ich erröte, setzt die bis vor Kurzem durchaus nette Mrs Thatcher lachend noch eins drauf.

»Das erinnert mich daran, wie Lucas im Kindergarten die Führung ihrer Gruppe übernehmen durfte und nicht sie. Da war sie außer sich vor Zorn.«

Als Nächstes sind meine Mom und Dr. McCormick dran und ich sehe in Richtung Treppe, während ich mich frage, ob es allzu peinlich wäre, mich vor Ende des verdammten Spiels zurückzuziehen. Bevor ich aber dazu komme, sind schon wieder Lucas und die Schnepfe Kelly an der Reihe und ich habe ein seltsames Gefühl im Bauch, das neu und äußerst schmerzhaft ist. Ich konzentriere mich auf dieses Ziehen, während Kelly *Alice im Wunderland* darstellt und Lucas in Rekordzeit richtig rät. Juchzend wirft die Tussi sich in seine Arme und ich springe auf, als hätte sie mir eine Ohrfeige verpasst.

Verwundert drehen sich alle nach mir um und warten darauf, wie es weitergeht.

»Ent… Entschuldigung«, murmele ich. »Ich fühle mich nicht gut.«

Vielleicht habe ich mir tatsächlich etwas eingefangen, denn plötzlich ist mir wirklich schlecht. Eilig laufe ich nach oben in mein Bad, beuge mich über die Toilettenschüssel und erkenne, dass ich mir eindeutig keinen Virus eingefangen habe, sondern was viel Schlimmeres.

»Daisy?« Lucas klopft an meine Zimmertür und ich betätige die Spülung und mache ihm auf. »Brauchst du vielleicht einen Arzt?«

Grinsend steht er auf der Schwelle und hält eine Packung Cracker und eine Flasche Wasser in der Hand.

Als würde das mein Problem lösen.

»Alles in Ordnung?«

»Es geht mir großartig«, sage ich und trete einen Schritt zurück. Die Tür lasse ich auf und gebe ihm auf diese Weise zu verstehen, dass er durchaus nicht unwillkommen ist.

Dies ist das erste Mal in achtundzwanzig Jahren, dass Lucas in mein Zimmer kommt. Behutsam tritt er ein und macht die Tür hinter sich zu. Er wirkt wie ein Riese, der ein Puppenhaus betritt, und plötzlich kommen mir meine Sachen erschreckend klein und kindisch vor. Er blickt auf die Trophäen und die Urkunden, die an den Wänden hängen und in seiner eigenen Sammlung fehlen, und lächelt, als er die Medaillen von den Schülerwettbewerben der Highschool sieht. Meine Regale sind mit alten Collegebüchern vollgestopft, und auf dem Poster über meinem Bett ist keine Boygroup und kein Darsteller aus Twilight abgebildet, sondern das menschliche Herz.

Ich sitze auf dem Rand meines Betts und sehe zu, wie Lucas meine

Sachen inspiziert, bevor sein Blick auf meinen Körper und das schmale Bett fällt.

Mit vor Panik rauer Stimme warne ich: »Bestimmt taucht jeden Augenblick Madeleine hier oben auf.«

Er verzieht den Mund zu einem Lächeln, denn wahrscheinlich riecht er meine Angst.

»Deine Mutter ist mit allen rausgegangen, um mit ihrem Garten anzugeben. Also haben wir jede Menge Zeit.«

»Und wie hast du's geschafft, dich wegzuschleichen?«

»Ich habe angeboten, nachzusehen, wie es dir geht. Du hast ein bisschen krank gewirkt, als du eben verschwunden bist.«

Die Vorstellung scheint ihn zu amüsieren.

»Ich bin wirklich krank.«

Entschlossen tritt er näher an mein Bett.

»Tatsächlich? Und was hast du für Symptome?«

»Schwäche. Ein Engegefühl in meiner Brust. Einen flauen Magen und das übermächtige Bedürfnis, Kelly wehzutun.«

»Genau wie ich befürchtet habe«, stellt er fest und lässt die Cracker und die Wasserflasche auf den Nachttisch fallen.

Dramatisch werfe ich mich auf mein Bett zurück. »Wahrscheinlich werde ich die Nacht nicht überleben, oder?«

Die Matratze senkt sich, als sich Lucas zu mir setzt. Für einen Augenblick sitzen wir schüchtern auf meinem alten Kinderbett, doch schon nach Kurzem werfen wir die Achtung vor den elterlichen Anstandsregeln über Bord.

»Noch ein paar Tests, dann wissen wir´s.« Er legt die Hand auf meinen Bauch, zieht einen kleinen Kreis und zupft am Stoff meines Kleids. »Was ist damit? Tut das weh?«

Nickend schließe ich die Augen und sage leise: »Ja.«

Er gleitet mit den Fingern über meinen Brustkorb, bis er meinen schnellen Herzschlag spürt.

»Und hier?«

»So schlimm tat mir noch nie was weh«, erkläre ich mit unsicherer Stimme.

Er beugt sich vor und presst den Mund auf meinen nackten Hals. »Und *hier?*«

»Ich bin mir nicht ganz sicher. Versuch es vielleicht noch mal.«

Ich kann sein Lächeln spüren, als er eine Hand zwischen meine Beine schiebt, den Seidenstoff des Kleids ergreift und über meine Knie und die Oberschenkel zieht, bis er den Rand meines Höschens sehen kann.

Die kühle Luft, die das verbotene Stückchen Haut umweht, lässt mich erschaudern, während er auf mich heruntersieht.

»Spreiz die Beine«, weist er mich mit derart sanfter Stimme an, dass ich einfach gehorchen muss. Mein Kleid rutscht noch ein wenig höher und als er mein Höschen über meine Schenkel zieht, muss ich die Beine anheben, damit er es mir ausziehen kann. Ich sollte es ihm nicht so einfach machen, doch mein Körper ist wie eine Marionette, die sich sofort bewegt, wenn er die Schnüre zieht.

Dann bin ich von der Taille abwärts nackt und er steht wieder auf.

Ich stütze mich auf meinen Ellenbogen ab, verfolge, wie er durch das Zimmer stapft, und wüsste gerne, was er denkt. Was geht ihm durch den Kopf, während er sich lässig gegen die Kommode lehnt und seinen kühlen Blick an mir herunterwandern lässt? Er trägt noch immer seine Jeans, was heißt, dass er im Vorteil ist. Ich bin eindeutig *underdressed*, und zupfe trotzdem nicht am Saum meines Kleids.

»Zeig's mir«, verlangt Lucas, während er den Blick auf meinen weit gespreizten Oberschenkeln ruhen lässt. Er hat die Arme vor der Brust verschränkt und seine Lippen bilden einen schmalen Strich. In seinen Augen aber flackert ein so heißes Feuer, dass mir immer wärmer wird.

»Zeig mir, was du während unserer Highschoolzeit getan hast, wenn du nachts allein im Bett lagst und hättest schlafen sollen.«

»Gib mir das alte Mathebuch, dann siehst du es«, biete ich feixend an.

»Falsch.«

Mein Blick fällt auf das Fenster. Konnte er mich hier etwa vor all den Jahren sehen? Oh nein. Ganz sicher nicht. Der Winkel ist verkehrt und durch die dichten Vorhänge erkennt man nichts. Trotzdem wirkt er geradezu erschreckend selbstbewusst, während ich um Fassung ringe, und mit rauer Stimme frage ich: »Ist das eine deiner kranken Fantasien?«

»Eine Fantasie ist etwas, was man sich *vorstellt*. Aber das hier, Daisy Bell, du, wenn du dich berührst, das will ich *sehen*.«

»Dein Ego kennt anscheinend keine Grenzen«, schelte ich, bleibe aber weiterhin nackt und mit weit gespreizten Beinen sitzen.

»Leg deine Hand zwischen die Beine.«

Ich quittiere den Befehl mit dem Hochziehen einer Braue, denn er irrt sich, wenn er meint, dass er mit einem Mal das Sagen hat.

Dann aber stößt er sich von der Kommode ab und wendet sich zum Gehen. Sofort hebe ich einen Arm vom Bett und tue, was er will.

»So«, erkläre ich nicht ganz so lässig wie erhofft.

»Die Daisy, die ich kenne, ist nicht so schüchtern. Sie würde keinen Wettbewerb auslassen.«

Das ist ein jämmerlich durchschaubarer Versuch der Manipulation, der mir verrät, wie ungeduldig und verzweifelt er inzwischen ist.

»Ist das eine Herausforderung?«, frage ich.

»Auf jeden Fall.«

Ich lasse meine Finger langsam über meinen Schenkel gleiten. »Und für wen?«

Inzwischen bin ich fast am Ziel und mir gefällt, wie er die Zähne aufeinanderbeißt.

»Und jetzt zieh mit dem Finger die Konturen deiner Pussy nach.«

Mein Blick fällt auf die Tür, aufs Fenster und danach wieder auf ihn. Ich wünschte mir, er sähe nicht, wie erregt ich bin. Der Beweis klebt heiß an meinem Finger und ich tue, was er sagt, weil ich es will und weil es sich tatsächlich gut anfühlt. Er gibt die Befehle, aber ich lasse die Hüften kreisen, beiße mir verstohlen auf die Lippe und schließe die Augen.

»Sieh mich an.«

Ich öffne meine Augen wieder.

»Es ist zu leicht für dich, wenn du die Augen schließt, denn dann kannst du so tun, als ob du ganz alleine wärst. Aber ich will, dass dir bewusst ist, dass ich sehe, was du tust.«

In dem Moment erkenne ich, dass sein Pullover täuscht. Kein Gap-Model hat einem Mädchen je gesagt, dass es sich selbst befingern soll. Er sollte Leder tragen. Und vielleicht noch eine Maske.

»Daisy?«

»Ja?«

»Und jetzt schieb deinen Finger in dich rein und sag mir, wie es sich anfühlt.«

Obwohl mir siedend heiß wird, ist mein Mittelfinger bereits in Bewegung, schiebt sich über meine Lippen und dringt sachte in mich ein.

Lucas' lautes Stöhnen spornt mich an und lächelnd schiebe ich den Finger noch ein bisschen tiefer in die warme Feuchtigkeit hinein.

Ich höre kaum, wie er mich noch mal anweist, ihm zu sagen, was für ein Gefühl das ist.

»Eng.«

Bei diesem Wort ist es um ihn geschehen. Entschlossen tritt er auf mich zu und ich ziehe den Finger kurz zurück, bevor er abermals in meinem Inneren versinkt.

»Warm. Nass.«

Drei Worte und er stürzt sich auf mich, zieht mich an den Rand des Bettes, kniet sich zwischen meine Beine und nimmt meinen Finger in den Mund. Er leckt ihn sauber, lässt dann von ihm ab, und ich dämpfe mit meiner feuchten Hand die Schreie, die mir aus der Kehle dringen, als er sein Gesicht an meine heiße Mitte presst. Ihn dort zu sehen und seinen Atem dort zu spüren ist das Heißeste, was mir in meinem ganzen Leben jemals widerfahren ist. Er schiebt meine Beine mit den Händen auseinander, beißt mir in die Innenseiten meiner Oberschenkel, kostet mit der Zungenspitze meine Mitte und ich spüre deutlich, dass ihm das noch längst nicht reicht.

Er küsst die winzige Erhebung zwischen meinen Schenkeln, lässt die Zunge sanft um diese Stelle kreisen und ich presse meine Hand fest auf meinen Mund und bäume mich begehrlich unter der Berührung auf. Lucas Thatcher hat noch nie mit mir geschlafen, aber das, was er in diesem Augenblick mit seinem Mund macht, kommt dem ziemlich nah.

In meinem Inneren bricht ein Gewitter los. Ich will noch mehr, ich will, dass er mir alles gibt.

Er bahnt sich küssend einen Weg zwischen meine Schamlippen. Ich liege mit gespreizten Beinen da und um nicht abzuheben oder abzustürzen, klammere ich mich hilflos an der weichen Daunendecke fest.

Entschlossen schiebt er meine Beine noch ein bisschen weiter auseinander, kreist mit seiner Zunge abermals um meine Clit und ich kneife die Augen zu.

»Ahh, das ist zu viel!«

Er hat jedoch anscheinend längst noch nicht genug, denn er setzt die Liebkosung fort.

»Ich – ah! Lucas! Bitte!«

Als er zusätzlich mit einem Finger in mich eindringt, ist es vorbei. Er schiebt seinen Finger tief in mich hinein, zieht ihn sanft wieder heraus und arbeitet dabei weiter mit seinem Mund.

Ich flehe ihn mit rauer Stimme an, nicht aufzuhören. Ich würde ihm alles versprechen: mein erstgeborenes Kind, die Praxis sowie alles Geld, das ich besitze, dafür, dass er nicht damit aufhört, mich in Brand zu setzen.

Als ich meine Hände tief in seinem Haar vergrabe und er mit der Zungenspitze über meinen G-Punkt kreist, erkenne ich, dass ich ihn gar nicht wirklich hasse. Eigentlich hasse ich ihn überhaupt nicht. Im Gegenteil!

Noch immer zieht er seinen Finger nicht zurück und ich kreise mit den Hüften und dränge mich begehrlich gegen seinen Mund.

Ich komme machtvoller als je zuvor und presse meine Lippen aufeinander, um nicht lautstark in die Welt hinauszuschreien, was für ein unglaublicher Liebhaber er ist.

ALLE MAL HERHÖREN. NIEMAND WEISS SO GUT WIE LUCAS, WIE MAN FRAUEN GLÜCKLICH MACHT.

Zum Glück bringe ich nicht mehr als ein raues »Wasser« heraus und deute auf die Flasche, die auf meinem Nachttisch steht.

Lachend hält er sie mir hin, schlendert ins Bad, klatscht sich dort Wasser ins Gesicht und als er zurückkommt, bin ich noch immer völlig high. Wie schön das Leben plötzlich ist ... *und fliegen diese Comic-Vögel wirklich überall in meinem Zimmer rum?*

Nach seiner Rückkehr zupft er vorsichtig mein Kleid zurecht und während er geduldig daraufwartet, dass ich wieder zu mir komme, hebe ich zufrieden summend die Flasche an den Mund.

Dann küsst mich Lucas zärtlich auf die Wange, jemand reißt die Tür zu meinem Zimmer auf und meine Mutter ruft mit lauter Stimme: »Daisy? Fühlst du dich jetzt wieder OHMEINGOTT –«

Natürlich hat sie wieder mal nicht angeklopft. GIBT`S AUSSER MEINER MUTTER SONST NOCH JEMANDEN, DER EINFACH OHNE ANZUKLOPFEN IN EIN FREMDES ZIMMER STÜRZT?

Sie lässt den Keramikbecher fallen, der kochend heiße Tee spritzt gegen ihre Beine und sie zuckt zusammen, starrt uns dabei aber weiter an. Den Anblick, den wir beide bieten, kann sie ganz unmöglich falsch verstehen. Lucas beugt sich zärtlich über meinen vom Orgasmus noch erhitzten Körper und in meinen Augen liegt ein Ausdruck, mit dem ich mich gerade lieber noch nicht auseinandersetzen will.

»DAISY BELL!«

Sie klingt empört, doch plötzlich fängt sie an zu lachen und hört einfach nicht mehr damit auf.

»Mrs Bell«, sagt Lucas. »Warten Sie.«

Er macht sich von mir los, marschiert ins Bad, kommt kurz darauf mit einem Handtuch wieder und wischt erst einmal den Tee vom Boden auf.

Madeleine und Mrs Thatcher stehen hinter meiner Mutter in der Tür, und als ich sie bemerke, springe ich vom Bett, um mir mein Höschen anzuziehen. Ich bin derart in Eile, dass ich fast das Gleichgewicht verliere, aber Lucas fängt mich auf, und als ich wie auf der Tanzfläche in seinen Armen liege, sehen wir beide sicher reizend aus.

»Es ist nicht, wie ihr denkt«, stoße ich hektisch aus.

Er zieht mich hoch und vergewissert sich, dass mir nicht schwindlig ist, bevor er einen Schritt nach hinten macht. Das ist eine fürsorgliche Geste, die auch allen anderen aufgefallen ist.

»Dann bin ich mal gespannt, wie du uns das erklären willst«, stellt meine bisher beste Freundin boshaft lächelnd fest.

Ihre Mutter hebt zum Zeichen ihrer Unschuld beide Arme hoch und wendet sich mit einem deutlich fröhlicheren Lächeln im Gesicht der Treppe zu. »Ich habe nichts gesehen. Das heißt, dass mir auch niemand was erklären muss.«

»He, Patrick. Könntest du uns bitte einen Besen bringen?«, brüllt meine Mom.

»Sofort!«

Ich schäme mich zu Tode, aber das scheint niemanden zu stören, denn in der nächsten Viertelstunde tauchen auch noch alle anderen Gäste oben auf. Dr. McCormick will sich vergewissern, dass die Beine meiner Mutter nicht verbrüht sind, Patrick fegt mit Lucas die Keramikscherben auf und Kelly kommt aus Sorge um mein Wohlergehen herauf und setzt sich völlig ahnungslos auf haargenau die Stelle meines Betts, auf der vor wenigen Minuten noch mein blankes Hinterteil gelegen hat.

»Was für ein warmes Bett«, zirpt sie und macht es sich bequem. »Spielen wir jetzt hier oben weiter?«

Wie naiv kann jemand sein? Ich sehe Kelly an und breche aus dem Nichts heraus in hilfloses Gelächter aus. Das anzustecken scheint, denn plötzlich fangen auch Madeleine, dann meine Mom und schließlich alle anderen zu lachen an. Obwohl ich mich noch immer schäme, ist mir klar, wie lächerlich das alles ist. Es ist, als wären sie hereingekommen und hätten Tom und Jerry bei nicht jugendfreien Handlungen erwischt.

»Ah-ha-ha, ah-ha, haa«, lacht Kelly mit und sieht uns fragend an. »Worüber lachen wir noch mal?«

21

Wahrscheinlich hätte ich niemals so weit mit Lucas gehen sollen. Aus demselben Grund wie dem, aus dem man keine Babypython adoptiert, weil sie so niedlich ist *(und schließlich höchstens ein paar Meter wächst)*, fängt man am besten auch niemals etwas mit seinem Erzfeind an, nur weil man notgeil ist. Nach mir die Sintflut, das sagt sich leicht, solange diese Sintflut einen nicht in dem eigenen Schlafzimmer erreicht, einem das Höschen runterreißt und man ihr hilflos ausgeliefert ist.

Bevor ich angefangen habe, das Geschäftliche mit dem Vergnügen zu vermischen, lief es für mich durchaus gut. Da hatte ich ein ausgeglichenes Gefühlsleben und eine Mutter, die mir ins Gesicht sehen konnte, ohne in hilfloses Kichern auszubrechen, einen Plan zur Praxisübernahme und konnte jederzeit unter Leute gehen.

Inzwischen habe ich ein Höschen weniger, da ich meinen Slip vom Spieleabend in den Müll geworfen habe, und das Haus habe ich nur einmal kurz verlassen, weil ich dringend Kalorien – sprich einen Burger – brauchte. Doch das blöde Fastfood-Restaurant hatte um 5.45 Uhr am Montagmorgen noch nicht geöffnet. Weil offensichtlich niemand außer mir um diese Uhrzeit schon was Leckeres essen will.

Weshalb nur habe ich den Weg verlassen, den ich seit achtundzwanzig Jahren mit Erfolg beschritten habe? Warum bin ich nicht weiter auf Distanz geblieben, habe Lucas weiter möglichst wehgetan und weiter alles drangesetzt, dass McCormick mir die Praxis überlässt?

Es ist Lucas' Schuld.

Weil er sich während seines Studiums total verändert hat.

Weil er mit muskulösem, durchtrainiertem Körper und in gut sitzenden Hosen, die seinen fantastischen Arsch hervorragend zur Geltung bringen, heimgekommen ist und während seiner Mittagspausen Dinkelbrötchen und Quinoa isst. DINKEL und QUINOA. Während unserer Schulzeit wusste er nicht mal, dass es solche Getreidearten gibt.

Mir hätte klar sein müssen, dass er was im Schilde führt, und jetzt ergibt alles einen Sinn. Er hat es wirklich ernst gemeint, als er gesagt hat, dass ich mich in ihn verlieben und dann mit gebrochenem Herzen von hier fortgehen soll, damit er Dr. McCormicks Praxis übernehmen kann. Er bildet sich tatsächlich ein, dass er den jahrelangen Krieg mithilfe eines rührseligen Wortes mit fünf Buchstaben gewinnen kann.

Aber ein kobaltblauer Pulli sowie eine Handvoll zufällig erreichter Höhepunkte lassen mich ganz sicher nicht vergessen, wer er ist. Was wir beide sind.

Wir waren immer Feinde und das werden wir auch weiterhin sein.

»Der Spieleabend war echt lustig«, stellt er fest, als wir am Montagmorgen in der Praxisküche stehen. »Das sollten wir so bald wie möglich wiederholen.«

»Und welchen Teil genau?«, erkundige ich mich in möglichst beiläufigem Ton.

»Den Teil, an dem du deine Beine für mich breit gemacht hast.« Lächelnd hält er mir die Kaffeesahne hin.

Ich stelle meinen Becher krachend auf den Tisch und schiebe Lucas so, dass er vom Flur aus nicht zu sehen ist. »Bist du verrückt geworden? Wenn dich jemand hört, setzt Dr. McCormick uns wahrscheinlich beide an die Luft.«

»Bisher ist außer uns noch niemand da.«

Tatsächlich sind wir beide viel zu früh zum Dienst erschienen. Was mir zeigt, dass offenbar auch er nicht besonders gut geschlafen hat.

»Wahrscheinlich hat der Doc hier Mikrofone oder sonst was installiert.«

»Hör auf zu reden«, weist mich Lucas an und lenkt den Blick auf meinen Mund.

Ohne dass es mir bewusst gewesen wäre, habe ich mich so dicht vor ihm aufgebaut, dass meine Hüfte seinen Unterleib berührt. Gegen meinen Willen umklammere ich den Kragen seines Hemds und als er mir die Hände um die Taille legt, ist es um mich geschehen.

Ein Kuss tut doch bestimmt nicht weh. Und auch ein zweiter ist wahrscheinlich noch okay.

Lucas' Lippen sind wie eine Packung Schokoladenplätzchen. Eigentlich weiß man genau, dass man nicht alle essen soll, aber man schafft es einfach nicht aufzuhören, wenn man einmal angefangen hat.

»Diese Küsse sind ganz sicher nicht für dich bestimmt«, warne ich ihn.

»Ist mir egal.«

Und damit übernimmt er die Regie. Er hebt mich hoch und setzt mich auf den Tresen. Mein Rücken kracht gegen den Schrank und unter dem Gewicht meines Hinterns platzen ein paar Päckchen Zucker auf, doch er schiebt meinen Kopf in den Nacken, damit er an meiner Unterlippe knabbern kann.

»Ich kann nicht«, stoße ich zwischen zwei Küssen aus. »Babypython.«

»Was?« Er gleitet mit den Lippen über meinen Hals.

»Schokoladenplätzchen.«

Plötzlich wird die Hintertür geöffnet und die kleinen Glöckchen, die am Türknauf hängen, klingeln, während Gina leise summend den Flur betritt. Lucas und ich fahren auseinander und versuchen möglichst eilig, die gewohnte Ordnung in der Küche wiederherzustellen.

Ich fege noch den Zucker auf dem Boden auf, als Gina um die Ecke biegt.

»Morgen, ihr zwei Frühaufsteher«, grüßt sie nickend, während sie weiter nach vorn in den Empfangsraum geht.

Ich werde starr vor Schreck und warte darauf, dass sie noch mal kehrtmacht, um ihr Missfallen darüber auszudrücken, dass wir beide schon vor Sonnenaufgang wie die Wilden in der Praxisküche knutschen, aber nichts passiert, und ich laufe mit einem breiten Grinsen durch die Gegend, bis sich meine Mutter blicken lässt und alles ruiniert.

Was sie sagt, klingt durchaus vernünftig. In der nächsten Woche wird sie unser Haus ausräuchern lassen, weil dort irgendwelche schrecklichen Termiten – oder vielleicht Kakerlaken – eingefallen sind. Was von beidem, weiß ich nicht mehr so genau. Sie schwört, sie habe mir bereits von dem Termin erzählt, auch wenn ich mich beim besten Willen nicht an das Gespräch erinnern kann.

»Als ich dir das Haar gewaschen habe? Willst du etwa sagen, dass du das tatsächlich nicht mehr weißt?«

Ich nehme an, ich hatte in den letzten Tagen zu viel anderes im Kopf.

»Dann wird also eins von diesen riesengroßen Zirkuszelten über unser Haus gestülpt? Und wo sollen wir dann wohnen?«, frage ich.

Worauf sie mir die Schulter tätschelt und mir eine Reisetasche in die Hand drückt.

»Ich fürchte, dass du dir was suchen musst, mein Schatz. Ich habe bereits eine Unterkunft für die nächste Woche, aber du musst gucken, wo du bleibst. Das kriegst du sicher hin!«

Mit meinen achtundzwanzig Jahren bin ich urplötzlich obdachlos. Und verwaist.

»Und wo wohnst *du*?«

Sie gibt mir einen Wangenkuss und wendet sich zum Gehen. Wie eilig sie es plötzlich hat ... »Oh, bei einem Freund. Ruf an, falls du was brauchst. Tschüsschen!«

»Tschüsschen? Das hast du bisher noch nie gesagt. Bist du meine Mutter?«

Als sie weg ist, nehme ich die mir überlassene Tasche mit in mein Büro und öffne sie, um den Inhalt zu überprüfen. Zuoberst liegt ein Blatt Papier. *Ich habe nur das Nötigste für dich gepackt, aber ich hoffe, es ist alles dabei, was du brauchst. Alles Liebe, Mom.*

Sie hat mir meine Zahnbürste und Arbeitskleidung eingepackt, war aber auch so frei, in der Kommode mit meinen Dessous zu wühlen, und hat die halbe Tasche mit der Art BHs und Höschen vollgepackt, die ich mir nach dem Valentinstag im Schlussverkauf zu gönnen pflege, ohne sie tatsächlich jemals anzuziehen. Dachte sie vielleicht, ich wollte heute noch auf Hochzeitsreise gehen?

Als ich Lucas' Stimme aus dem Nebenzimmer höre, weiß ich, was sie denkt. Sie denkt, dass er mir Unterschlupf gewähren wird. Die elende Kupplerin! Es würde mich nicht überraschen, wenn in unserem Haus in Wahrheit gar kein Ungeziefer ist und sie nur so tut, als hätte sie den Kammerjäger einbestellt. Ich meine, schließlich hat sie nicht einmal mein Handyladekabel, dafür aber jede Menge Spitzenhöschen für mich eingepackt. Und auch an meinen praktisch durchsichtigen Büstenhalter hat sie vorsorglich gedacht.

Ich mache die von ihr gepackte Reisetasche wieder zu, stelle sie unter den Tisch und rufe meine beste Freundin an.

»HAHA. Oh nein. Tut mir echt leid.« Das ist ihre Antwort auf mein Flehen, mir eine Woche Obdach zu gewähren.

»Ich bitte dich, Madeleine. Du bist meine beste Freundin und kannst mich doch nicht einfach im Regen stehen lassen, wenn ich ohne Bleibe bin.«

»Hör zu, normalerweise kannst du immer bei mir wohnen, aber im Moment ist meine Wohnung einfach nicht geeignet für Besuch. Hier stehen jede Menge Kisten ... Und wenn ich mal einen Typen mitbringen will ... du weißt doch, wie das ist. Vielleicht nächste Woche?«

»Dir ist klar, dass ich dann unter eine Brücke ziehen muss?«

»Wo bleibt dein Sinn fürs Abenteuer?«

»Mein Gott, du bist eine von ihnen! DU STECKST MIT IHNEN UNTER EINER DECKE, STIMMT´S?«

»Ich weiß nicht, wovon du sprichst. Hör zu, mein Boss will was von mir. Ich rufe dich nachher zurück. Oh, und lass mich wissen, unter welcher Brücke ich dich finde, falls ich dich einmal besuchen will.«

»Haha. Bis dann.«

Bereits nach Kurzem hat sich meine derzeitige Wohnsituation in der

Praxis rumgesprochen. Dr. McCormick weiß es von meiner Mom, Mariah weiß es von dem Doc und bis zur Mittagspause weiß auch Lucas über meine Obdachlosigkeit Bescheid.

»Angeblich bietet das Lone Star Motel um diese Jahreszeit besonders gute Raten an«, erklärt er und lehnt sich an den Rahmen meiner Tür.

»Witzig, dass du das erwähnst. Genau dort habe ich mich schon einquartiert.«

»Igitt. Das war ein Scherz, Daisy. Natürlich kannst du gern zu mir ziehen, wenn du willst.«

Ich beiße von der zweiten Hälfte meines Truthahnsandwiches ab. »Nicht nötig, Dr. Thatcher. Ich will ja nicht angeben, aber ich habe schon die Suite mit Aussicht auf den Garten reserviert.«

Wobei die *Aussicht auf den Garten* eine leichte Übertreibung ist. Tatsächlich habe ich aus meinem Zimmer einen freien Blick auf den Parkplatz und den halb verfallenen, bis zum Rand mit trübem, bläulich-grünem Brackwasser gefüllten Pool. Wahrscheinlich wollen sie dort Bakterien züchten oder so.

In wende mich vom Fenster ab und sehe mich im Zimmer um. Das Blumenmuster auf der Bettdecke ist stark verblichen, von der Decke bröckelt Putz, der Linoleumboden ist uralt und rissig und auf einem handgeschriebenen Zettel hat ein anderer Gast freundlich einen Warnhinweis notiert. *Passen Sie abends auf die Grillen auf. Sie greifen an.* Auch wenn ich mir nicht sicher bin, kommt es mir so vor, als wären Grilleninnereien auf dem Rand des Blatts verschmiert.

Was keine große Sache ist. Es ist noch früher Abend, und auch wenn ich mich aus Angst vor Wanzen nicht auf irgendwelche stoffbezogenen Oberflächen setzen werde, habe ich die Möglichkeit, mich an die Wand zu lehnen, bis mich die Erschöpfung dazu bringt, im Stehen einzuschlafen. Oder, ja, genau, ich kann mich auf den Rand der emaillierten Badewanne setzen ... in der allerdings um den Abfluss herum ein riesengroßer Blutfleck prangt. Alles klar, ich gebe auf und packe meine Sachen.

Lucas Thatcher, du bekommst bald eine neue Mitbewohnerin.

22

Lucas wirkt nicht überrascht, als er mich auf der Schwelle stehen sieht. Er hat eine mit Eis gefüllte Flasche in der Hand, in der nur noch das Wasser fehlt, trägt ein T-Shirt über einer kurzen Laufhose und ich erschaudere ob der Möglichkeiten, die die knappe Hose anzudeuten scheint.

Er tritt einen Schritt zurück und lässt mich ein, als wäre es nicht vollkommener Wahnsinn, dass er mich hier bei sich wohnen lassen will.

»Ich war gerade auf dem Weg ins Fitnessstudio.«

»Willst du gar nicht wissen, weshalb ich nicht im Motel geblieben bin?«

»Das weiß ich schon. Das Ding ist einfach widerlich. Es wird wahrscheinlich in den nächsten Wochen dichtgemacht.«

»Das wäre sicher nicht verkehrt. Jetzt weiß ich auch, woher es seinen Namen hat. Der eine Stern bezieht sich offenbar auf die Bewertungen im Internet.«

Er lebt in einem riesengroßen Loft mit Holzdielen und freiliegenden Deckenbalken. Wohnzimmer und Küche gehen direkt ineinander über. Das Licht des Sonnenuntergangs fällt durch die riesengroßen Fenster auf die rückwärtige Wand und das behagliche Ambiente bringt mich völlig aus dem Gleichgewicht.

Noch während ich die Wohnung inspiziere, nimmt mir Lucas meine Tasche ab, platziert sie auf der Kücheninsel und füllt seine Wasserflasche auf.

Ich bleibe weiter reglos auf der Fußmatte im Eingang stehen.

»Hast du gehört, Lucas, dass es im ersten Weltkrieg an Heiligabend einen Waffenstillstand gab?«

»An dem die Soldaten beider Seiten aus den Gräben geklettert sind, um Weihnachtslieder anzustimmen und Fußball zu spielen, bis das Gemetzel weiterging?«

Ich nicke zustimmend. »Genau so was ist das hier auch. Wenn ich wieder nach Hause ziehe, geht der Krieg weiter.«

Er lacht auf und nimmt dann eine kleine Sporttasche von einem Haken bei der Tür. »Aber wir haben jetzt nicht Weihnachten.«

»Ich will damit nur sagen, dass du es dir außerhalb deines Grabens besser nicht allzu gemütlich machst.«

»Okay. Was wirst du machen, bis ich wieder da bin?«

»Oh, wahrscheinlich bleibe ich einfach hier stehen und überlege, was in meinem Leben falsch gelaufen ist, dass ich jetzt hier gelandet bin.«

Er sieht aus, als wolle er sich vorbeugen und meine Wange küssen, aber dann lässt er es sein. »Fühl dich einfach wie zu Hause, falls du es jemals von dieser Matte schaffst.«

Wie zu Hause? Hier in seinem Loft? Das ist vollkommen lächerlich.

Es ist nicht so, dass ich nicht hier sein will.

Seit Jahren habe ich davon geträumt, den Fuß in einen Raum zu setzen, in dem Lucas lebt, aber in diesen Träumen trage ich normalerweise eine Sturmhaube und habe eine Flasche Tränengas in der Hand.

Er geht ins Fitnessstudio und ich bin allein in seiner Wohnung und kann tun und lassen, was ich will. In der Küche liegt ein Stapel Briefe auf der Arbeitsplatte. Vielleicht sollte ich sie durchsehen und die Rechnungen entsorgen, damit er als nicht kreditwürdig eingestuft wird. Und auf dem Couchtisch liegt ein angefangener Roman. Ich könnte entweder das Lesezeichen ein paar Seiten weiter schieben oder Spoiler an die Ränder schreiben, damit er immer schon vorher weiß, wie's weitergeht. Mir stehen sein Laptop und auch seine DVDs zur Verfügung. Ich könnte ganz problemlos irgendwas mit diesen Dingen anstellen, doch am Ende bleibe ich auf der verdammten Matte stehen, bis er wieder nach Hause kommt.

Er öffnet seine Wohnungstür und knallt sie ohne Absicht gegen meinen Hinterkopf.

»Oh, Scheiße, Daisy. Tut mir leid.«

»Schon gut. Alles okay. Und vielen Dank, aber ich habe keinen Hunger.«

Ich weigere mich, die Packung mit den Tiefkühlerbsen gegen meinen Hinterkopf zu pressen, worauf er sie wieder ins Gefrierfach wirft.

»Ich dachte, du machst Witze, als du mir erklärt hast, dass du auf der Matte stehen bleiben wirst.«

»Du bist doch eben erst gegangen.«

»Ich war fast eine Stunde lang weg.«

»Nun ja. Ich wollte gerade weitergehen, ich wusste nur noch nicht genau, wohin.«

Er baut sich vor mir auf, packt mich bei den Schultern und zerrt mich entschlossen von der Matte auf den Boden, der bestimmt aus glühender Lava oder einer anderen gefährlichen Materie ist.

»Die Wohnung riecht nach dir«, stelle ich fest. »Hast du etwa nach deinem Einzug überall dein Aftershave versprüht?«

»Ich rieche nichts.«

»Das glaube ich.«

Lachend dreht sich Lucas zu mir um. »Ich mache uns jetzt erst mal was zu essen. Willst du an der Küchentheke sitzen oder auf der Couch?«

Er muss mir diese Frage stellen, denn wenn er von mir ablässt, bleibe ich wahrscheinlich weiter wie zu einer Salzsäule erstarrt im Eingang stehen.

»Couch?«

Er führt mich hin und setzt mich in der Mitte seines Sofas ab.

»Ich habe überlegt, ob ich die Batterien aus deinen Rauchmeldern entfernen soll«, gebe ich zu und blicke zu ihm auf, als er ein Kissen hinter meinen Rücken schiebt. Er führt sich auf wie mein Krankenpfleger –

und kommt offensichtlich gerade vom Sport. Ich sollte es hassen, aber das gelingt mir einfach nicht.

»Ich hatte nichts Geringeres von dir erwartet«, stellt er fest.

Er will sich wieder aufrichten, aber ich packe ihn beim T-Shirt und spreche den lüsternen Gedanken aus, der mir durch den Kopf geht. »Am besten nutzen wir es aus, dass wir alleine sind.«

Lächelnd harrt er in gebeugter Haltung aus und engt mich dadurch ziemlich ein.

»Ich wollte erst mal Abendessen machen.«

»Das im Gegensatz zu mir problemlos noch ein bisschen warten kann.«

Noch immer macht er sich nicht von mir los. »Du kennst doch sicher auch den Spruch, dass Vorfreude die schönste Freude ist.«

»Das ist totaler Schwachsinn.«

»In dem Experiment wärst du bestimmt das Kind, das sofort den Marshmallow verputzt, statt abzuwarten, bis es einen zweiten kriegt.«

»Kann sein«, räume ich ein und lasse von ihm ab. »Aber wir sind erwachsen und wir können sofort die ganze Tüte essen, wenn wir wollen.«

Er geht in die Küche und bereitet Hähnchenschnitzel für uns vor.

Er brät Hähnchenschnitzel? Was ist er nur für ein Mensch, dass er in diesem Augenblick ans Essen denken kann?

»Du fängst an, mir Angst zu machen, Daisy.«

Was durchaus verständlich ist. Ich sitze, die Hände auf den Oberschenkeln, kerzengerade auf dem Sofa, starre reglos geradeaus und sehe sicher ziemlich irre aus. Entschlossen reiße ich mich aus meiner Erstarrung, lehne mich zurück, schlage die Beine lässig übereinander und atme tief durch.

Geschafft.

Jetzt bin ich ein normaler Gast.

»Natürlich ist mir klar, dass du die Marshmallows nur als Metapher für Sex verwendet hast, aber hast du vielleicht trotzdem welche da? Als Vorspeise?«

Ohne auf die Frage einzugehen, fragt er mich seinerseits: »Wie war dein Tag?«

»Gut. Okay. Ich hatte zahlreiche Patienten. Ich bin nämlich Ärztin. Wusstest du das schon?«

»Nein«, spielt Lucas mit. »Wie ist die Arbeit so?«

»Ich arbeite mit diesem Kerl zusammen, der ein bisschen schwierig ist. Das finden alle in der Praxis.«

»Ach.«

»Im Grunde ist er nicht nur etwas schwierig, sondern eher das Grauen auf zwei Beinen.«

»Und wie kommst du damit klar?«

Ich wende mich ihm zu, wir sehen uns reglos an und während er die Hähnchenschnitzel wendet, stelle ich mir vor, er würde mich über die Arbeitsfläche beugen und mein Kleid zur Taille hochschieben, damit er mich rücklings nehmen kann.

»Ich nötige ihn sexuell. Normalerweise hält er dann den Mund.«

»Willst du lieber grüne Bohnen oder Spargel?«

»Was geht schneller?«

»Grüne Bohnen.«

»Dann will ich die.«

Ein paar Minuten später ist das Essen fertig. Er hat diese Mahlzeit in Rekordzeit zubereitet, was man daran merkt, dass das Hähnchen innen noch ganz rosa ist.

»Lucas«, sage ich und zeige auf das Hähnchenschnitzel, das auf meinem Teller liegt. »Das Fleisch ist nicht ganz durch.«

Etwas benommen blickt er auf. »Ich nehme an, dass ich etwas in Eile war.«

Ich lächele verstohlen, als er aufsteht, unsere Teller nimmt, sie auf die Arbeitsplatte stellt, die Hände in die Hüften stemmt und kopfschüttelnd auf die beinah noch rohen Hähnchenschnitzel sieht.

»Das Essen war echt lecker«, ziehe ich ihn auf und meine Augen fangen an zu leuchten, denn noch während ich dies sage, zieht er sich das T-Shirt aus.

»Und jetzt kommt das Dessert? Das ist immer das Beste, findest du nicht auch?«

»Nicht so eilig. Erst mal muss ich duschen.«

»Nur weil du im Fitnessstudio warst? Weil du etwas heiß und verschwitzt bist und diesen männlichen Geruch verströmst?«

Er ist vollkommen ahnungslos. Er ist Jon Schnee aus *Game of Thrones*.

»Lucas«, sage ich und trete auf ihn zu. »Ich habe dich höflich dazu aufgefordert, Sex mit mir zu haben, und es wäre ziemlich unhöflich, mir diesen Wunsch nicht zu erfüllen.«

»Dreh dich um«, verlangt er feixend und ich kehre ihm den Rücken zu.

Er legt mir seine warmen Hände um den Hals, küsst zärtlich meinen Nacken, aber statt den Reißverschluss meines Kleids zu öffnen, damit diese ganz besondere Party endlich anfängt, lässt er wieder von mir ab und gibt mit einem Lächeln in der Stimme zu: »Es macht mir Spaß, wenn ich dich auf die Folter spannen kann. Vor allem sollte man vorm ersten Sex auf jeden Fall zusammen essen gehen.«

Mit einem resignierten Lachen drehe ich mich zu ihm um. »Also bitte, Lucas. Spielst du jetzt mit einem Mal den Gentleman und willst ein echtes Date mit mir?«

»Auf jeden Fall.«

Ich überlege kurz, ob ich mich einfach ausziehen und ihn zwingen soll, die Sache endlich anzugehen, aber selbst ich habe gewisse Grenzen und ich will ein Mindestmaß an Würde wahren.

»Meinetwegen. Du hast Glück – ich bin ein günstiges Date. Bestell uns einfach eine Pizza, ja? In der Zwischenzeit gehe ich erst einmal duschen.«

Eine halbe Stunde später sitze ich mit nassen Haaren und im Schlafanzug mit Lucas auf der Couch. Ein züchtigeres Nachtgewand als dieses knappe Höschen und ein Tanktop, das die Brüste kaum verhüllt, hat meine Mutter mir nicht eingepackt. Auch Lucas hat geduscht und trägt jetzt nur noch eine Hose aus gemütlichem Flanell. Die Kochsendung im

Fernsehen ist sterbenslangweilig, doch keiner von uns beiden schaltet um.

Ich sehe Lucas von der Seite an. Sein Blick brennt sich in meine Haut, denn offenbar macht ihn mein Anblick durchaus heiß, auch wenn das keine Rolle spielt. Die Chance ist vertan, denn alles, was er heute Abend tut, signalisiert mir, dass wir keinen Sex haben werden.

Es klingelt an der Tür.

»Das wird die Pizza sein«, erkläre ich und springe auf.

»Das übernehme ich.« Er läuft zur Kücheninsel, um sein Portemonnaie zu holen, doch ich bin schon an der Tür und als ich öffne, steht dort Micky Childress und hält einen großen Pizzakarton in der Hand. Als er mich in der spärlichen Bekleidung sieht, reißt er die Augen auf.

»Daisy Bell?! Bei Lucas Thatcher?!«

Micky ist der kleine Bruder eines unserer Klassenkameraden von der Highschool, und auch wenn ich ihn seit Jahren nicht mehr gesehen habe, weiß er offenbar noch deutlich, wer wir sind.

»Hält er dich hier gefangen?«, fragt er mich halb im Scherz und hält Lucas den Pizzakarton hin. »Ich kann die Polizei rufen, wenn du willst.«

Lucas klatscht ihm einen Schein gegen die Brust und schiebt ihn wieder in den Flur. »Danke, Mick. Das wäre alles.«

»Du musst nur zweimal blinzeln, Daisy, und ich schicke dir das SEK!«

Mit einem lauten Knall fällt Lucas' Wohnungstür ins Schloss.

»Netter Junge«, sage ich und reiße Lucas den Pizzakarton aus der Hand.

»Er wollte dich nur retten, weil du *das da* trägst.«

»Das nennt man Schlafanzug.«

»Eine sehr euphemistische Beschreibung für einen Schlafanzug, der wahrscheinlich auch dem Zwergpudel meiner Mutter passt.«

Entschlossen klappe ich den Pizzakarton auf und plötzlich ist alles gut. Die Pizza ist noch ofenwarm, wir nehmen jeder eine Scheibe einfach in die Hand, lehnen uns einander gegenüber an die Kochinsel und essen.

»Dann fühlst du dich sexuell also zu Pudeln hingezogen?«

Er unterdrückt ein Lächeln und schüttelt den Kopf.

»Oder eher zu mir?«

»Iss deine Pizza.«

Als ich lache, hat er endgültig die Nase voll, nimmt mir die Pizzascheibe aus der Hand und füttert mich, damit er nichts mehr hören muss. Aber das ist für mich in Ordnung. Ich beiße einen großen Happen ab und kaue genüsslich, bis mein Blick auf seinen Oberkörper fällt.

Was eindeutig ein Fehler ist, wenn ich die Oberhand behalten will.

Die Übungen, die er im Fitnessstudio macht, haben ihre Wirkung nicht verfehlt. Er ist in Bestform und beim Anblick seiner breiten Schultern und des muskulösen Oberkörpers stellt mein Gehirn die Arbeit ein. Ich habe mich noch nie für Muskeln interessiert, bis ich Lucas' Sixpack sehe, der direkt zum Bund der tief sitzenden Hose führt.

»Das zählt als Abendessen, richtig?«, frage ich, worauf der Blick aus seinen dunklen Augen eine eindeutige Antwort gibt.

Verdammt.

Innerhalb von Sekunden bricht in seiner Küche ein hoffnungsloses Chaos aus. Die angebissenen Pizzascheiben und der Karton landen auf dem Boden, als Lucas mich hochhebt und das Granit der Arbeitsplatte an den Rückseiten meiner Oberschenkel klebt.

Dann presst er mir die Lippen auf den Mund und ich schlinge meine Hand um seine nackte Schulter und ziehe ihn zu mir heran. Als er zwischen meinen Schenkeln steht, schiebt er die Hand in meine knappen Seidenshorts, vorbei an meinem Hinterteil in Richtung Taille, zerrt mich an den Rand der Arbeitsplatte und jetzt sind wir wieder dort, wo wir bereits am Morgen waren. Begierig zieht er mir das Tanktop aus, drückt seinen Mund auf meine nackte Brust und alles geht so schnell, als hätte er sein Vorgehen schon vor Wochen einstudiert.

Um nicht hinter ihm zurückzufallen, schiebe ich die Hand in seinen Hosenbund und lege sie um seinen harten Schwanz.

Für Betten, Kerzen, Striptease braucht man Zeit, das heißt, sie sind nur was für Leute, die sich langweilen. Aber wir haben keine Langeweile, sondern *Hunger*. Wir sind wie von Sinnen und während ich meine Hand an seinem Schwanz auf und ab wandern lasse, nimmt er einen meiner Nippel in den Mund. Ich schreie leise auf, als er mich zärtlich beißt, und pumpe immer schneller, als es plötzlich an der Wohnungstür klopft.

»He, Lucas! Ich musste zum Wagen gehen, um das Wechselgeld –«

Micky Childress ist noch mal zurückgekommen, und Lucas ruft ihm höflich zu, dass er das Wechselgeld behalten und verschwinden soll.

»He! Danke!«

Während ich lache, nutzt Lucas die Gelegenheit, mir Shorts und Höschen auszuziehen. Er zerrt daran herum und plötzlich reißt der Stoff oder vielleicht brennt auch die letzte meiner Sicherungen durch, denn für ein paar Sekunden sitze ich mit nacktem Hintern auf dem kalten Stein und Lucas unterzieht mich einer eingehenden Musterung. Meine Haut fängt an zu kribbeln und dann strecke ich die Arme nach ihm aus und er hüllt mich in seine wunderbare Wärme ein.

Er fragt, ob wir woanders hingehen sollen – zurück auf seine Couch, ins Bett oder vielleicht auch einfach auf den Boden –, aber es ist klar, dass seine Kücheninsel die ideale Höhe hat. Sie reicht ihm bis zur Hüfte und als ich die Beine spreize, weiß er, dass er mich sofort und zwar an Ort und Stelle nehmen soll. Auf geht's.

Ich erwarte, dass sich Lucas auszieht und an meine Nacktheit anpasst, aber er zerrt seine Hose gerade weit genug herunter, dass er seinen Schwanz mit meiner Hand darum entblößt. Meine Augen werden groß wie Untertassen, denn okay, ich habe ihn auch vorher schon gesehen – und sogar gekostet –, doch aus dieser Perspektive wird das Ganze plötzlich so real, dass ich mich frage, wie es jemals dazu kommen konnte, dass wir uns so nahe sind.

»Dir ist bewusst, was wir gleich tun werden?«, erkundige ich mich.

»Ich habe eine ziemlich gute Vorstellung davon.«

»Mein Brustkorb ist erschreckend eng und mir ist schwindelig.«

»Ich hätte mir wahrscheinlich vorher schriftlich geben lassen sollen, dass du einverstanden bist.«

»Das ist eine ausgezeichnete Idee. Hast du mal einen Stift für mich?«

»Daisy.«

»Gott, oh Gott. Es ist verrückt! Ich werde Sex mit Lucas Thatcher haben!«

»So sieht's aus.« Er lacht und zieht mich sanft an seine Brust. Es ist eine intime, kleine Geste, die mir sagen soll, dass ich bei ihm gut aufgehoben bin.

»Das können wir nicht machen«, sage ich und schmiege mich bei diesen Worten noch ein bisschen enger an ihn an.

»Wenn du noch warten möchtest, können wir auch –«

»NEIN! MEIN GOTT, HAST DU MIR GAR NICHT ZUGEHÖRT?«

Ich presse meine Lippen fest auf seinen Mund und küsse ihn mit aller Leidenschaft. Er stöhnt und zieht mich vor, bis meine Hüften kaum noch die Granitplatte berühren. Genau wie ich es vorgesehen hatte, schmiegen sich unsere Unterleiber lustvoll und zugleich harmonisch aneinander. Mein Herz fängt an zu rasen, während gleichzeitig ein Schauer über meinen Rücken läuft. Ich will, dass Lucas sich beeilt, doch er legt einfach sanft die flache Hand auf meinen Bauch, bis er nach endlosen Sekunden seinen Daumen zwischen meine Schenkel gleiten lässt und federleichte Kreise rund um meinen Venushügel zieht. Sie fühlen sich wie ein Trommelwirbel an und ich bekomme eine Gänsehaut, dann aber zieht er plötzlich seine Hand zurück und sieht begehrlich auf die Stelle, die er eben noch gestreichelt hat. Ich kneife meine Augen zu und spanne meine Zehen an, denn endlich dringt er, wenn auch nur ein winzig kleines Stückchen, in mich ein. Mir fällt die Kinnlade herunter, als er sich ein Stückchen weiterschiebt, und als er endlich seine Muskelkraft benutzt, um sich in mich hineinzurammen, bin ich zum Bersten angespannt.

»Beweg dich nicht oder ich zerspringe.«

»Keine Sorge. Es ist alles gut.«

»Du bringst mich um.«

Er zieht sich sanft aus mir heraus und ich kann spüren, dass er innerlich erbebt. Keins der Gefühle, die er je gezeigt hat, war derart faszinierend wie die Freude, die ihn überwältigt, in mir zu sein.

»Noch mal«, bettele ich.

Er dringt noch einmal kraftvoll in mich ein und zieht sich langsam und verführerisch aus mir heraus. Ich schlinge ihm die Arme um den Hals und schmiege mich an seinen nackten Oberkörper. Die harte Brust ist das genaue Gegenstück zu meinen femininen Rundungen, und ein Gefühl der Wärme breitet sich in mir aus. Dann packt er meine Hüften, stößt ein ums andere Mal in mich hinein und wenn ich sprechen könnte, kämen die Worte wahrscheinlich im Rhythmus seiner schnellen Stöße aus meinem Mund. JA, GENAU, LUCAS, DU GOTT.

Wieder findet seine Hand den Weg zu meinem Unterleib und wieder zieht er mit der rauen Fingerkuppe spielerische Kreise über das sensible Zentrum meiner Weiblichkeit.

»Ich bin so kurz davor«, erkläre ich und er setzt seine Liebkosung fort. Genau im rechten Tempo mit genau dem richtigen Druck, und jedes Mal, wenn er das Bündel Nerven streift, wogt heiße Freude in mir auf.

Er hebt mich von der Kücheninsel, presst mich wenig sanft gegen die Tür der Speisekammer und dringt tatsächlich noch tiefer in mich ein. Ich erreiche eine völlig neue Ebene der Lust, und da ich schon seit mehreren Minuten nicht mehr atme, weiß ich nicht, ob ich noch lebe, denn genau so müsste sich der Himmel anfühlen.

Ich werde von Gefühlen bombardiert und fürchte, ohnmächtig zu werden, weil ich völlig überwältigt bin. Ich stehe lichterloh in Flammen und als er abermals mit seinem Daumen über meinen Venushügel gleitet, verglühe ich endgültig. Lucas kommt nach mir und wir stützen uns so gut wie möglich, während wir gemeinsam einen ungeahnten, einmaligen Höhenflug erleben.

Danach bleiben wir an der Tür der Vorratskammer gelehnt, weil Lucas mir jetzt keinen Halt mehr geben kann und ich zu schwach bin, um allein zu stehen. Eins meiner Beine liegt um seine Hüfte und das andere baumelt kraftlos in der Luft.

Mir liegen jede Menge Wörter auf der Zunge. Ich will Lucas gratulieren, ihn um Verzeihung bitten und ihm meine unsterbliche Liebe offenbaren. Liebe wofür? Ich weiß es nicht.

Doch dann stellt er mich wieder auf die Füße und wir sehen einander an. Wir haben uns schon seit einer ganzen Weile nicht mehr angesehen und plötzlich breche ich in Gelächter aus. Wahrscheinlich ist es eine Folge des Vergnügens, das er mir bereitet hat. Das Lucas' trägem, selbstzufriedenem Lächeln nach anscheinend durchaus gegenseitig war.

Später putze ich mir im Bad die Zähne und erkenne, dass mein Bauchweh meiner Angst vor Veränderung und zugleich meiner Aufregung entspringt. Genau dasselbe Bauchweh hatte ich bereits am Morgen, bevor Lucas mich mit einem Trick dazu gebracht hat, in der Praxisküche mit ihm rumzumachen, als wir beide noch alleine waren.

Als ich in den Spiegel blicke, kann ich nicht erkennen, wer mir aus dem Glas entgegensieht. Ich wische kurz die Flecken von der Scheibe und dann sehe ich, dass diese junge Frau ich selber bin und dass der Ausdruck der Befriedigung in meinem Blick dem Sex mit meinem Feind zu verdanken ist.

Ich spucke Zahnpasta ins Becken und schiebe die Zahnbürste zurück in meinen Mund. Ich würde alles tun, um Lucas noch ein wenig aus dem Weg zu gehen, also setze ich die Pflege meiner Zähne noch ein wenig fort.

Wahrscheinlich flippe ich auch deshalb derart aus, weil ich nicht einfach abhauen kann. Normalerweise würde ich so schnell es geht von hier verschwinden, heimfahren und mir dort die Bettdecke meines Kinderbetts bis über beide Ohren ziehen. Stattdessen sitze ich in Lucas' Wohnung fest. In seinem Bad, in dem ich eins von *seinen* weichen Handtüchern benutzen muss.

Er kommt herein, fängt meinen Blick im Spiegel auf, und das Gefühl der Übelkeit verstärkt sich.

»Wo soll ich deine Tasche hinstellen?«

Die Frage besteht nur aus sechs Wörtern, doch die unterschwellige Bedeutung könnte Bände füllen.

»Ins Gästezimmer?«, schlage ich ihm achselzuckend vor. »Denkst du, dass sie dorthin gehört?«

»Ja, wahrscheinlich ... ja«, stimmt er mir zögernd zu.

»Außer, du denkst –«

»Nein – ich meine, du hast schließlich gerade sehr viel durchgemacht.« Er nickt und wendet sich zum Gehen. »Im Flurschrank ist ein Extrakissen, falls du eins brauchst.«

»Danke«, sage ich, den Mund voll Zahnpasta.

Wie zwei Ballerinas schleichen wir auf Zehenspitzen umeinander herum.

Und was noch schlimmer ist: Im Gästezimmer hat mir Lucas ein Glas Wasser hingestellt und einen – von mir heiß geliebten – Psychothriller auf das Bett gelegt. Während ich also erwogen habe, heimlich durch das Badezimmerfenster zu verschwinden, hat er sich Gedanken über meinen Wasserhaushalt und den passenden Lesestoff für mich gemacht.

Ach, Lucas, denke ich und stoße einen leisen Seufzer aus. *Was bist du für ein manipulativer, aber wunderbarer und vor allem liebenswerter Schuft.*

23

Am nächsten Tag sind wir zwei Schauspieler und führen das Stück *Zusammenleben erwachsener Menschen* auf. Als ich aus dem Gästezimmer komme, backt er gerade Pfannkuchen, und während er den Teig in eine Pfanne gießt, genieße ich den Anblick seiner muskulösen, nackten Brust. Er ist der wahr gewordene Traum, den jede Frau einmal im Leben hat.

Wir kommen zeitig in die Praxis und teilen die Patienten ohne Streitigkeiten unter uns auf. Dr. McCormick ist beeindruckt und als er uns lobt, sehe ich keinen Sinn darin, ihm zu erklären, dass der Waffenstillstand einzig und allein Folge unseres momentanen Zusammenlebens ist.

Nach der Arbeit schlendern wir über die Straße zu seiner Wohnung und sprechen die Möglichkeiten für das Abendessen durch. Während ich auf Nudeln hoffe, hat er Lachs geplant, ist allerdings bereit, auf meinen Vorschlag einzugehen. Gemeinsam trotten wir nach oben und er schließt die Wohnungstür auf.

Ich tausche meine Arbeits- gegen Freizeitkleidung, wir entkorken eine Flasche mittelteuren Weins und setzen das Nudelwasser auf. Dann nehmen wir an den beiden Sofaenden Platz und blättern die von Lucas abonnierten Monatszeitschriften für Mediziner durch. Er hat die besten Blätter abonniert und als ich das erwähne, bemerkt er nur: »Für Weiterbildung ist kein Preis zu hoch.«

»Ganz sicher nicht.«

»Vor allem ist der Preis egal, denn schließlich setze ich die Sachen immer von der Steuer ab.«

Da sitzen wir und sprechen über Steuern, statt uns abermals in einer wilden, hassbedingten Sexorgie in seiner Küche oder sonst wo zu ergehen.

»Was für ein cleverer Geschäftsmann du doch bist«, stelle ich ohne auch nur einen Hauch Sarkasmus in der Stimme fest. »Gibst du mir bitte mal den Wein?«

Statt dass er mir die Flasche einfach reicht, schenkt er erst mir und dann sich selber nach. Inzwischen ist die Flasche leer und immer noch führen wir das Stück *Erwachsene, die zusammen wohnen* auf.

»Wenn du willst, kann ich die Nudelsoße machen«, schlage ich ihm vor und stehe auf.

»Das wäre wunderbar.«

Während ich die Zutaten aus seinem Kühlschrank und der Speisekammer hole, erklingt plötzlich cooler Jazz im Hintergrund. Zwar sind wir beide keine ausgemachten Fans der Musik, aber sie passt hervorragend zu dieser Fantasie.

Dann tritt er überraschend hinter mich und bietet seine Hilfe beim Zubereiten der Soße an. Nach wenigen Sekunden allerdings legt er mir seine Arme um den Bauch und dreht mich zu sich.

»Warum legst du nicht eine kurze Arbeitspause ein?«

»Oh je, dann brennt bestimmt die Soße an!«, ahme ich eine Hausfrau aus den Fünfzigern des zwanzigsten Jahrhunderts nach und leise lachend schiebt er meinen Kopf zurück und küsst mich sanft auf die sensible Stelle unterhalb meines Kinns.

»Es wird sich für dich lohnen«, flüstert er mir mit rauer Stimme zu.

Ich schlage gegen seine Brust und tue so, als würde ich mich wehren, aber es ist klar, dass unser Stück im Eiltempo in Richtung Porno geht.

Ich mache einen Satz, schlinge ihm beide Beine um die Taille und schüttele den Kopf, als er mich wieder auf die Kücheninsel setzen will.

»Um Himmels willen, Lucas, diesmal nehmen wir die Couch. Von dem Granit habe ich jede Menge blauer Flecken.«

Ich will auf dem Rücken liegen und ihn auf mir spüren. Gehorsam trägt er mich zum Sofa, lässt sich mit mir fallen, wirft die Zeitschriften zu Boden, stößt mit einem Fuß gegen sein Handy und die sanfte Jazzmusik bricht ab.

Nach dem schnellen Schmuddelsex vor dem Abendessen verzichten wir auf eine Fortsetzung des Stücks. Statt Weingläser zu schwenken und uns über Steuern oder internationalen Handel auszulassen, essen wir verkochte Nudeln mit leicht angebrannter Soße, zappen uns durch die verschiedenen TV-Kanäle und versuchen, uns auf ein Programm zu einigen, das keinen von uns beiden nervt.

»Was guckst du denn, wenn du alleine bist?«, erkundige ich mich.

»Hauptsächlich Nachrichten oder den Sportkanal.«

»Wow, ich bin geschockt. Geh mal auf HGTV – ich glaube, dass da gerade *Fixer Upper* läuft.«

»Wie oft kann man sich anhören, wie Joanna sagt: ›Hier brauchen wir auf alle Fälle Flügeltüren‹, oder: ›Hier ziehen wir einen neuen Deckenbalken ein‹, bis man vor Langeweile stirbt?«

Bevor ich mich empören kann, weil Lucas meine heißgeliebte Jo derart beleidigt, schrillt mein Handy und mit einem bösen Blick in seine Richtung stehe ich vom Sofa auf.

»H. G. T. V. Schalt es ein.«

Bis ich im Gästezimmer bin, hat sich die Mailbox eingeschaltet. Ich schließe meine Tür und höre mir die eingegangene Nachricht an.

»Daisy! Hier ist Damian. Wie geht es dir? Ich habe schon seit einer Ewigkeit nichts mehr von dir gehört. Es überrascht mich nicht, dass nur noch deine Mailbox angeht, seit du eine große Ärztin bist, aber vielleicht rufst du ja trotzdem mal zurück. Ich habe einen Vorschlag, der dich sicher interessieren wird.«

Ich kenne Damian seit dem ersten Collegetag und hatte kurz etwas mit ihm, im Grunde aber wussten wir schon damals, dass wir eigentlich nur gute Freunde waren. Vor allem hat ihm unsere flüchtige Beziehung klar gemacht, dass er nicht wirklich bi ist, sondern einfach schwul. Da ich keine Ahnung hatte, ob ich deswegen beleidigt oder amüsiert sein sollte, habe ich ihm einfach zu dieser Erkenntnis gratuliert und unsere Freundschaft fortgesetzt.

Da ich grundsätzlich viel zu neugierig bin, um erst später bei ihm anzurufen, schnappe ich mir meine Jacke und marschiere Richtung Wohnungstür.

»Ich gehe noch kurz an die frische Luft«, wende ich mich an Lucas, der inzwischen so vertieft in eine alte Folge *Law and Order* ist, dass er kaum mehr als ein geknurrtes »Meinetwegen, tschüss« über die Lippen bringt.

Während ich die Treppe runterhüpfe und die Nummer meines alten Freundes wähle, fällt mir ein, dass Damian vor ein paar Jahren in der Marketingabteilung eines Zusammenschlusses von Notarztpraxen angefangen hat. Ich frage mich, ob es ihm dort gefällt.

»Damian? Ich bin's, Daisy«, melde ich mich lächelnd, als er an sein Handy geht. »Wir haben wirklich ewig schon nicht mehr gesprochen.«

»Daisy«, ruft er aufgeregt. »Du wirst dich freuen, dass du so schnell zurückgerufen hast.«

»Warum? Stehst du wieder auf Frauen?«

»Oh nein, Daisy. Der Dampfer ist endgültig abgefahren. Es geht um etwas anderes.«

Wir plaudern kurz, und dann erklärt er mir, dass er seit unserem letzten Telefongespräch zu einem Unternehmen namens MediQuik gewechselt hat, das überall im Land moderne Arztpraxen betreibt, und dass er jetzt Leiter der Geschäftsentwicklung in der ganzen Osthälfte von Texas ist.

»Die Sache ist die – wir werden in den nächsten Monaten und Jahren 75 neue Arztpraxen eröffnen, unter anderem in deinem Heimatort. Bei meinem letzten Anruf hattest du erwähnt, du gingest nach Hamilton zurück.«

»Oh, ich fühle mich geschmeichelt, weil du an mich denkst«, erklärte ich ihm höflich, weil ich mir schon denken kann, in welche Richtung unsere Unterhaltung sich entwickeln wird. »Aber ich habe bereits einen Job.«

»Das hatte ich mir schon gedacht, aber am besten hörst du trotzdem weiter zu. Ich hätte gern, dass du die Leitung übernimmst.« Um die Wirkung seiner Worte zu verstärken, legt er eine kurze Pause ein.

Ich schweige ebenfalls, weil ich vollkommen überrumpelt bin.

»Natürlich wäre es dein eigener Laden, aber die Terminvergaben, das Schreiben der Rechnungen, die Werbung oder sonst was blieben dir erspart. Die Patienten und vor allem die Ärzte lieben unseren Service und rennen mir in der Hoffnung, dass sie Teil von MediQuik werden können, regelrecht die Bude ein.«

»Ich weiß nicht. Sicher, das klingt toll, aber im Grunde wollte ich schon immer unabhängig sein«, kläre ich ihn mit gleichgültiger Stimme auf. »Aber nochmals, es ist wirklich schmeichelhaft, dass du an mich gedacht hast.«

Damian schweigt bedeutungsvoll, doch schließlich räuspert er sich kurz und meint: »Nun ja – ich melde mich nicht nur, weil ich dir schmeicheln will oder weil du aus meiner Sicht für diesen Job geeignet bist. Vor allem will ich dir mit meinem Anruf einen ganz persönlichen Gefallen tun.«

»Einen persönlichen Gefallen?«

»Hör zu, ich will nicht unsensibel klingen, aber ... es ist einfach so, dass die alteingesessenen, unmodernen Praxen keine Chance haben gegen MediQuik. Ich kann dir gerne die Erhebungen des letzten Jahres schicken, nach denen die alten Praxen im direkten Wettbewerb zu uns im Schnitt nach einem bis anderthalb Jahren in die Knie gehen.«

Ich verstehe. Dieser Anruf ist weit mehr als ein Geschäftsvorschlag. Er ist eine Tsunamiwarnung, und wenn ich mir nicht ein Surfbrett schnappe und auf der hereinbrechenden Welle reite, werde ich von ihr hinweggespült.

»Okay, und du bist sicher, dass mein kleines Hamilton ein guter Ort für eine eurer Praxen ist?«

»Nächsten Monat wird der Grundstein für die Praxis gelegt. Hamilton ist längst nicht mehr so klein, wie es mal war. Wir gehen davon aus, dass sich dort mit einer Praxis ein Riesenumsatz machen lässt, und ich würde mich freuen, wenn du die Chefin wärst.«

Ich versuche, das Angebot objektiv zu betrachten. Auf den ersten Blick bietet mir Damian alles, was ich jemals wollte.

Eine eigene Praxis.

Eine Möglichkeit, in Hamilton zu leben und zu arbeiten.

Die Chance, Lucas loszuwerden, ohne dass ich ihn aus McCormicks Praxis drängen muss.

In meiner Fantasie ist McCormick zwar betroffen, aber gleichzeitig verständnisvoll, wenn er meine Kündigung bekommt, weil ich mir den Job in meiner eigenen, neuen Praxis einfach nicht entgehen lassen kann, und übergibt die Praxis dann an Lucas – allerdings nicht für lange, wenn stimmt, was Damian sagt.

»Das muss ich alles erst einmal verdauen«, wende ich mich erneut an meinen alten Freund. »Ist es okay, wenn ich dich zurückrufe?«

»Natürlich, lass dir Zeit. Ich habe meinem Boss von dir erzählt und er hat zugestimmt, dass du die Erste bist, die ein Angebot von uns bekommt. Wir rekrutieren lieber aufgeweckte, junge Ärztinnen und Ärzte aus den jeweiligen Gegenden statt jemanden, der sich dort erst noch einen Namen machen muss.«

Oh Gott. Mir wird bewusst, dass außer mir auch noch ein anderer aufgeweckter, junger Arzt in Hamilton zu Hause ist. Was, wenn ich bei Dr. McCormick bleibe und Lucas an meiner Stelle diesen Job bekommt?

»In Ordnung, nochmals danke, Damian.«

»Nichts zu danken. Ich schicke dir den Vertrag einfach per E-Mail zu. Natürlich ist er noch nicht bindend, und falls du noch Fragen hast, ruf einfach an.«

Auf dem Weg zurück in Lucas' Wohnung ist mir schwindlig, denn Damians Angebot hat mich kalt erwischt. Meine eigene Praxis? Meine eigenen Patienten? Ich war so besessen von dem Wunsch, die Praxis unseres alten Docs zu übernehmen, dass ich nie auf die Idee gekommen wäre, dass es hier in Hamilton vielleicht mal eine zweite Praxis geben wird.

Ich hatte einen Plan, doch der hat bisher nicht so richtig funktioniert. Trotz all des Nagellacks und all der Lattes, die ich unseren Angestellten ausgegeben habe, lieben sie mich immer noch nicht mehr als Lucas, und auch Dr. McCormick zieht mich ihm anders als erwartet nicht wirklich vor. Dazu kommt das Problem, dass ich, statt Lucas zu vergraulen, inzwischen bei ihm eingezogen und ihm sexuell komplett verfallen bin.

Vielleicht kam Damians Anruf also gerade noch zur rechten Zeit. Vielleicht hat mir genau ein solches Angebot bisher gefehlt.

Von einer eigenen Praxis habe ich bereits seit Anfang meines Studiums geträumt. Genau aus diesem Grund bin ich nach Hamilton zurückgekommen, bevor mich Lucas völlig überrumpelt hat. Ich habe meine Träume an ihn angepasst und mich daran gewöhnt, die Arbeitslast mit ihm zu teilen, aber vielleicht brauche ich das bald nicht mehr. Vielleicht ist es noch nicht zu spät, um alles zu bekommen, was ich jemals haben wollte.

»Na, das war aber ein geheimnisvolles Telefongespräch«, stellt Lucas fest, nachdem die Wohnungstür hinter mir ins Schloss gefallen ist.

Ich sehe auf und stelle fest, dass er noch immer auf dem Sofa sitzt, dass aber auf dem Couchtisch eine offene Rotweinflasche neben zwei noch leeren Gläsern steht.

»Das war nur meine Mom«, erkläre ich und schaue eilig fort. »Sie wollte sichergehen, dass ich auch eine warme Jacke habe, weil es deutlich kälter werden soll.«

Er taxiert mich, als wollte er herausfinden, ob das stimmt. Es hätte deutlich mehr zu mir gepasst, zu schnauzen, dass er sich um seine eigenen Sachen kümmern soll, und ich fahre zusammen, als er einfach nickt. Er glaubt mir und das sollte er nicht tun.

Ich hätte Damians Anruf einfach ignorieren sollen, aber dafür ist es jetzt zu spät.

24

Ich sitze hinter meinem Schreibtisch in der Praxis. Es ist früher Nachmittag, der nächste Patient kommt erst in einer halben Stunde, und ich habe einen kleinen Hocker unter meinem Türgriff festgeklemmt, damit niemand überraschend mein Büro betreten kann. Ich fühle mich wie eine Schwerverbrecherin. Und vielleicht bin ich das ja auch.

Damian hat mir umgehend eine Mail mit dem Vertrag geschickt, den ich nur noch elektronisch unterschreiben muss. Ich sehe mir die Zahlen an und sie bestätigen, was er am Vorabend am Telefon behauptet hat.

In Städten von der Größe Hamiltons verdoppeln sich die Einnahmen der durchschnittlichen Praxen der Gruppe MediQuik vierteljährlich, während den bestehenden Praxen 40 bis 60 Prozent ihres bisherigen Patientenstamms verloren gehen. Untersuchungen zufolge tauschen selbst die treuesten Patienten die Vertrautheit ihrer bisherigen Hausarztpraxen früher oder später gegen die Leistungen einer modernen Praxis wie sofortige Termine und moderne Kaffeeautomaten in den Wartezimmern, die auf Knopfdruck Kaffee Latte mit Vanille- oder Haselnussaroma bieten, ein.

Dr. McCormick hat uns bisher nur die grobe Finanzlage seiner Praxis mitgeteilt, aber das reicht bereits aus, um zu vermuten, dass sie einen solchen Schlag nicht lange überleben würde. Ganz besonders nicht, wenn *zwei* Ärzte versuchen müssen, alle Rechnungen zu zahlen und von dem zu leben, was danach noch übrig bleibt.

Ich habe den Vertrag gründlich studiert und auch schon unterschrieben. Er ist fast zu gut, um wahr zu sein. Noch vor ein paar Wochen hätte ich ihn umgehend zurückgeschickt. Genau so eine Position habe ich immer angestrebt. Dafür habe ich elf Jahre an der Uni und als Assistenzärztin im Krankenhaus verbracht. Jedes Mal, wenn ich die ganze Nacht über den Büchern saß, jedes Mal, wenn ich nicht ausgehen konnte, weil ich Doppelschichten hatte oder Überstunden leisten musste, jedes Mal, wenn ein Patient mich angeschrien oder sich auf meinen Kittel übergeben hat oder wenn wieder einmal jemand dachte, dass ich keine Ärztin, sondern Krankenschwester wäre, habe ich mir gesagt, das sei es wert, denn eines Tages würde ich mir meinen größten Traum erfüllen und eine eigene Praxis führen.

Und jetzt sitze ich wie erstarrt an meinem Schreibtisch, starre auf den unterschriebenen Vertrag und bringe es nicht über mich, ihn abzuschicken. Weil die Ärztin, die hier sitzt, nicht mehr dieselbe ist wie die, die immer Klassenbeste war, die praktisch über Leichen ging und die ihr Ziel nie aus dem Blick verloren hat.

Es geht im Grunde einzig ums Geschäft. Warum denke ich also darüber nach, ob ich Lucas damit verletze?

Natürlich kenne ich die Antwort und sie lässt sich mit einem lächerlichen Wort zusammenfassen, das aus gerade mal fünf Buchstaben besteht.

Es klopft an meiner Tür.

»Dr. Bell?« Mariah.

Eilig schiebe ich den Hocker fort und öffne ihr.

Sie strahlt mich an. »Wir wollten gerade Kaffee holen gehen. Können wir Ihnen einen mitbringen?«

»Oh, nein, danke. Mit dem ganzen Kaffee, den ich heute schon getrunken habe, könnte man wahrscheinlich Tote wecken. Aber es ist nett, dass Sie an mich gedacht haben.«

Nickend wendet sich Mariah ab, als Lucas plötzlich aus der Küche kommt.

»Na, was machst du gerade?«, fragt er nonchalant. Sein Ton verrät mir nicht, ob er nur nett sein oder mich verhören will. Ich habe mich den ganzen Tag bemüht, so zu tun, als wäre alles so wie sonst, aber ich weiß, dass es mir nicht gelungen ist.

»Tabellen«, stoße ich mit erstickter Stimme aus.

Er verdreht die Augen und wendet sich ab und mir wird klar, dass er versucht hat, rauszufinden, was nicht stimmt. Ich werde panisch und dann platzt es einfach so aus mir heraus.

»Man hat mir gestern Abend eine andere Stelle angeboten. Oder eher eine eigene Praxis.«

Langsam dreht sich Lucas wieder um und zieht interessiert die Brauen hoch. »Ich wusste, dass du irgendwas vor mir versteckst. Und wo soll diese Praxis sein?«

»In Hamilton.«

Er wirkt überrascht und gleichzeitig erleichtert, aber vielleicht täusche ich mich auch.

»Bei MediQuik«, fahre ich fort. »Sie wollen hier eine Praxis bauen.«

Auch ohne dass ich ihm genaue Zahlen nenne, zeigt sein Nicken, dass ihm klar ist, was das bedeutet.

Ein paar Sekunden lang stehen wir uns schweigend gegenüber. Schließlich richtet er seinen Blick auf meinen Schreibtisch und ich weiß, was er dort sieht. Auf dem Bildschirm meines Laptops prangt noch immer der Vertrag. Mit meiner Unterschrift.

»Du musstest offenbar nicht lange überlegen.«

»Nein. Aber ich habe den Vertrag –«

Ich weiß, es sieht nicht gut aus. Doch meine Unterschrift bedeutet nicht, dass ich tatsächlich wechseln will. Das sind zwei Paar Schuhe. Oder etwa nicht?

»Schick ihn ruhig ab.« Er lacht verbittert auf. »Es ist beinah zu schön, um wahr zu sein, nicht wahr? Auf diese Art bekommst du deine eigene Praxis und wirst mich endlich los.«

»So ist es nicht.«

»Ach nein? Und warum rufen dann fast täglich irgendwelche Krankenhäuser aus dem ganzen Land bei mir an, bei denen ich mich beworben haben soll? Übrigens, danke dafür. Aber wenn du wolltest, dass ich Hamilton verlasse, hättest du das einfach sagen sollen.«

»Lucas –«

Er geht rückwärts aus dem Raum und sieht mich entschlossen an. »So ist es besser, Daisy. Wirklich. Wenigstens ist mir jetzt klar, wie du die ganze Sache siehst. Dir geht es immer nur um dich, und vielleicht ist es langsam an der Zeit für mich, das Gleiche zu tun.«

»Oh, Lucas!« Sicher hat Mariah die gesamte Unterhaltung mitbekommen, doch sie tut, als hätte sie nicht einen Ton gehört. »Wir wollen Kaffee holen gehen. Möchten Sie auch etwas?«

Er nutzt die Unterbrechung, um sich in den Flur zurückzuziehen. Ich höre nicht, was er ihr antwortet, und für den Rest des Tags geht er mir aus dem Weg. Zwischen den Terminen mit verschiedenen Patienten will ich mit ihm reden, aber er gibt sich die ganze Zeit beschäftigt und weicht mir nach Kräften aus.

Also stelle ich mich vor die Tür seines Büros, um ihn dort abzufangen, als Dr. McCormick mich entdeckt und lächelnd fragt: »Du wartest doch wohl nicht auf Lucas? Er hat heute früher Schluss gemacht. Wegen irgendwas Privatem, das er regeln muss.«

Wegen irgendwas Privatem? Was zum Teufel soll das sein?

Ich gehe in mein Büro, in dem ein Schlüssel neben einer kurzen Nachricht auf dem Schreibtisch liegt. *Nimm den Schlüssel für die Wohnung. Ich bleibe erstmal woanders.*

Jetzt fühle ich mich noch erbärmlicher. Obwohl mich Lucas nun wahrscheinlich hasst, lässt er mich weiter bei sich wohnen, damit ich mir keine Brücke zum Schlafen suchen muss.

Ich gebe mich geschlagen und rufe meine Mutter an, während ich zu seiner Wohnung laufe.

Meine Mutter klingt geradezu erschreckend fröhlich.

»Können wir vielleicht früher wieder heimziehen?«, flehe ich. »Zum Beispiel heute Abend?«

»Tut mir leid, Daisy, das ginge nur, wenn du bereit wärst, ein paar

Tage giftige Dämpfe einzuatmen«, lehnt sie ab. »Ist bei dir alles in Ordnung? Fühlst du dich wohl in Lucas' Wohnung?«

Natürlich weiß sie, wo ich abgestiegen bin. Wir sind schließlich in Hamilton – da sprechen sich die Dinge rum.

»Nein, nicht wirklich. Ich will wieder heim.«

»Diesmal nicht, Daisy.«

»Was?«

»Ich sage, diesmal nicht. Du bist zu alt, um dich in deinem Kinderzimmer vor deinen Problemen zu verstecken und darauf zu warten, dass sie sich von selbst lösen. Wenn zwischen euch etwas nicht stimmt, musst du es mit ihm klären.«

»Ich weiß nicht, wovon du sprichst.«

»Ich denke schon.«

Der Freund, bei dem sie gerade wohnt, ist offenbar ein alter Hippie, und ihr Selbsthilfegebrabbel ergibt für mich einfach keinen Sinn. Als ich ihr das sage, lacht sie fröhlich, und ich lege auf, bevor sie meine Therapie fortsetzen kann.

Obwohl ich keine Ahnung habe, was ich sagen werde, hoffe ich, dass Lucas da ist, als ich in die Wohnung komme. Es ist einfach falsch, was er vorhin behauptet hat. Ich habe achtundzwanzig Jahre lang versucht, ihn zu vernichten, und wenn ich jetzt plötzlich die Gelegenheit dazu bekomme, sollte ich sie auch ergreifen. Endlich habe ich gesiegt. Und niemand würde mir das übelnehmen oder wäre auch nur ansatzweise überrascht.

»Lucas?«

Stille.

Eine Stille, die mich so quält wie das Schweigen einer Mutter, die mich anschreien sollte, mir dann aber einfach durch ihr resigniertes Seufzen zu verstehen gibt, wie grenzenlos enttäuscht sie ist. Ich will Lucas sagen, dass nicht stimmt, was er behauptet hat. Dass ich nicht mal für einen Augenblick erwogen habe, diesen Job tatsächlich anzunehmen. Dass ich ihn zwar jahrelang gehasst habe, aber nicht will, dass es so endet.

Es muss laut ausgesprochen werden, damit ich es selber glauben kann.

Ich gebe seine Nummer, die ich während meines ganzen Lebens höchstens viermal angerufen habe, in mein Handy ein, aber er hebt nicht ab. Unglücklich laufe ich in seiner Wohnung auf und ab und suche einen Hinweis darauf, wo er vielleicht ist. Seine Sporttasche hängt nicht neben der Tür und seine Tennisschuhe stehen nicht mehr dort, wo er sie gestern hat fallen lassen. Bestimmt ist er im Fitnessstudio, aber ich habe keine Ahnung, wo das ist. Soll ich jetzt vielleicht alle Studios der Stadt abklappern und dort seinen Namen rufen, bis mich jemand auffordert, zu gehen?

Das ist ein durchaus guter Plan, aber ich setze ihn nicht um. Ich will hierbleiben, bis er nach Hause kommt, ihn dazu bringen, mir zuzuhören und zu verstehen, dass während all der Jahre unserer Kämpfe irgendwie ein halbwegs anständiger Mensch aus mir geworden ist. Ich reinige das Flusensieb des Trockners, helfe älteren Leuten, wenn sie eine Straße überqueren wollen, und ramme niemandem ein Messer in den Rücken, auch wenn es für ihn bestimmt ein Leben lang so ausgesehen hat.

Wo bist du, Lucas?

Ich ziehe mich um, mache mir eine Kleinigkeit zu essen und stapfe dann weiter in der Wohnung auf und ab. Ich gehe in das Gästezimmer, setze mich aufs Bett und bedauere, dass ich in den letzten beiden Nächten hier geschlafen habe statt bei ihm. Ich dachte, dass das übertrieben und vielleicht etwas verzweifelt gewirkt hätte, nach dem Motto: *Tut mir leid. Ich brauche kurzfristig ein Dach über dem Kopf und ein Bett, in dem ich schlafen kann. Wie wäre es mit deinem?* Plötzlich wirken diese Überlegungen trivial und dumm. Auch das werde ich Lucas sagen, wenn er endlich wiederkommt.

Und eine Stunde später ist er da.

Ich sitze auf der Couch, starre auf mein Handy und versuche, per Gedankenübertragung seinen Rückruf zu erzwingen, als er durch die Tür tritt, seine Tasche aufhängt und die Schuhe von den Füßen streift. Ich stehe auf und warte darauf, dass er mich entdeckt. Anscheinend aber bin ich plötzlich unsichtbar, denn er geht einfach in die Küche, hält ein Glas unter den Wasserhahn und hebt es an seinen Mund.

»Ich werde den Job nicht annehmen«, erkläre ich ihm in der Hoffnung, dass der Bann durch diesen Satz gebrochen wird. Dass Lucas mich verstehen wird und wir dann mir nichts, dir nichts zur gewohnten Tagesordnung übergehen werden und er wieder auf der Kochinsel über mich herfallen wird.

Aber er schüttelt nur den Kopf und dreht sich dann endlich zu mir um. Mit seinen hängenden Schultern und der unglücklichen Miene sieht er wie geschlagen aus.

Noch einmal sage ich den Zauberspruch, denn offenbar hat er beim ersten Mal nicht richtig funktioniert.

»Ich wollte diesen Job nie annehmen!«

»Aber du hast den Vertrag schon unterschrieben, Daisy.«

»Lucas, hör mir zu!«

Er geht an mir vorbei, um in seinem Zimmer zu verschwinden, aber eilig baue ich mich vor ihm auf und versperre ihm den Weg. Als er droht, mich einfach umzunieten, lege ich ihm meine Hände an die Brust.

»Ich habe genug von diesem Krieg, Lucas!«, erkläre ich und schwenke eine kleine weiße Fahne, die aus einem Zahnstocher und einem Stück Papierhandtuch besteht. »Es ist vorbei. Ich gebe mich geschlagen. Du hast mich besiegt. Okay?«

Er lacht und mir wird klar, dass ich was anderes hätte sagen sollen.

»Es gibt keinen Krieg, Daisy. Zumindest hat es ihn für mich nie gegeben.« Entschlossen schiebt er meine Arme fort und geht an mir vorbei.

»Wovon redest du?«, rufe ich ihm verzweifelt hinterher. »Und was ist damit, dass du dich mit Doc McCormick auf dem Golfplatz triffst, und mit dem Obst, das du in meinem Namen in die Praxis hast kommen lassen? Oh, und wenn ich mich nicht irre, haben wir uns auch schon vorher beinah zwei Jahrzehnte lang bekämpft.«

»Mir ist heute etwas klar geworden, Daisy. Etwas, das ich achtundzwanzig Jahre lang nicht habe sehen wollen.«

»Und was? Los, sag es mir. Du kannst jetzt nicht vor mir weglaufen – vor uns weglaufen!«

»Es gibt kein *uns*, Daisy! Dir geht es immer nur um dich! Du denkst, wir hätten achtundzwanzig Jahre Krieg geführt? War es das für dich? Kämpfen um des Kämpfens willen?«

»Ich ... weiß es nicht.«

»Du warst so geblendet von dem Kampf, den du in deinem Kopf die ganze Zeit geführt hast, dass du nicht siehst, worum es die ganze Zeit in Wahrheit ging.«

»Dann sag mir doch, worum es ging, Lucas! Ich stehe hier und bitte dich, mit mir zu reden, also tu jetzt nicht so, als hättest du mich nie bekämpft und immer das gewollt, was sich jetzt zwischen uns entwickelt hat. Was war mit deinen Collegedates? Und mit dem Mädchen, das du an Weihnachten sogar zu deinen Eltern mitbringen wolltest?«

»Willst du mich verarschen?«

So, wie er mich anblitzt, schalte ich erst recht auf stur.

»Warum hatte ich wohl niemals eine feste Freundin? Häh? Warum wohl habe ich mit jedem Mädchen Schluss gemacht, bevor ich heimgekommen bin? DEINETWEGEN! Weil du immer schon die Einzige für mich gewesen bist. Alle anderen Beziehungen waren der fruchtlose Versuch, über dich hinwegzukommen und nach vorn zu sehen.«

Seine Worte treffen mich wie lauter kleine, spitze Dolche, und ich versuche verzweifelt, sie abzuwehren.

»Also bitte. Tu doch bloß nicht so, als ob du immer der nette Kerl gewesen wärst. Nur weil du den Stand auf dem verdammten Markt gerettet und mich bei dir aufgenommen hast und ... ach, egal. Mir reicht's. Hast du gehört? Der blöde Krieg ist vorbei! Ich will nicht mehr!«

Er hört mir nicht mehr zu. Er stapft an mir vorbei, wirft die Tür des Schlafzimmers hinter sich zu, und eine Zeit lang stehe ich davor und brülle durch das dicke Holz, dass er gefälligst mit mir reden soll. Als er jedoch nach einer Weile mit einer kleinen Reisetasche in der Hand wieder zum Vorschein kommt, ist klar, dass er mir nicht mehr zuhören will. Er sieht erschöpft und leer aus.

»Du kannst heute Nacht noch bleiben, aber morgen musst du dir was anderes suchen«, stellt er fest, aber im Grunde spricht er mit der Wohnung statt mit mir. *He, Loft. Richte doch bitte Daisy von mir aus, dass ich nicht in der Stimmung bin zu streiten und dass sie verschwinden soll.*

»Nein. Bleib hier. Ich werde gehen. Du solltest nicht aus deiner eigenen Wohnung verschwinden müssen.«

Aber er schüttelt nur den Kopf, öffnet die Wohnungstür und geht.

Ich habe Halsschmerzen vom vielen Schreien und mir wird klar, dass Lucas seine Stimme nie erhoben hat. Ich habe immer angenommen, dass unser ständiger Konflikt mit einem lauten Knall und nicht mit Stille enden würde, einer Stille, die mich völlig fertigmacht.

Ich habe meine Niederlage eingeräumt, und er hat mich verlassen und mit seinem Fortgang achtundzwanzig Jahre einfach ausgelöscht. Am allerschlimmsten ist, dass es am Ende nicht mal mehr zu einem echten Streit gekommen ist. Es war der einseitige, relativ verzweifelte Versuch, ihn zur Vernunft zu bringen. Der grandios gescheitert ist.

Ich stehe reglos da, und als ich endlich zu mir komme und erkenne, dass ich Lucas hätte zwingen sollen zu bleiben, steht sein Truck schon nicht mehr vor der Tür.

Ich habe keine Ahnung, wohin er verschwunden ist.

Ich wähle die Nummer seines Handys, aber wie vorhin geht er nicht ran.

Was jetzt?

Ich habe meine Daumen derart hektisch umeinanderkreisen lassen, dass sie beinah abgefallen wären, und meine Haare sind vom vielen Raufen sicher vollkommen zerzaust. Ich mache einen Umweg um den Spiegel und betrachte stattdessen erneut das Gästezimmer und den Stapel Kisten, der in einer Ecke steht. Als ich Lucas am Vortag auf die Kisten angesprochen habe, meinte er, dass seine Mom das Haus entrümpeln wolle und er seine alten Sachen zu sich holen oder entsorgen solle. Das kam mir etwas hart vor, aber als ich den großen Stapel in der Ecke jetzt noch einmal betrachte, kommt es mir so vor, als ob sich im Laufe der Jahre ganz schön etwas angesammelt hätte. Ich stemme mich vom Bett und sehe mir die erste Kiste an. Dabei verschränke ich die Hände hinter meinem Rücken, denn wenn ich die Kiste nicht berühre, dringe ich auch nicht in Lucas' Privatsphäre ein. Der Deckel ist glücklicherweise aufgeklappt, und ich entdecke zahlreiche Trophäen und Medaillen, die den Dingern, die die Wände meines Zimmers schmücken, überraschend ähnlich sind.

In der zweiten Kiste liegen seine T-Shirts von den Querfeldeinläufen, abgetragene Sportschuhe sowie ein paar der Nummernleibchen, die er bei den Wettläufen getragen hat, und plötzlich wird mir klar: Ich habe diese Läufe immer schon gehasst und diese Sportart einzig Lucas' wegen ausgewählt. Lächelnd baue ich mich vor der dritten Kiste auf, die sich mit all den selbst gedrehten Filmen als wahre Goldmine entpuppt. Voller Wehmut lasse ich mich auf die Knie sinken, um die Titel zu entziffern, ohne etwas zu berühren. Jede DVD ist sorgfältig beschriftet und auf einigen steht *Ostern 1989* oder *Weihnachten 1997*, was heißt, dass sicherlich Madeleine als Baby die Hauptrolle in diesen Filmen spielt. Während ich noch überlege, ob ich mir nicht einen dieser Filme ansehen könnte, fällt mein Blick auf einen zweiten Stapel Videos.

Lucas und Daisy – Debattierwettkampf 2006

L&D – Wissenschaftsprojekt 1999

1994 – Lucas und Daisy Schulaufführung

Lucas & Daisy Abschlussfeier Kindergarten

Es gibt Dutzende von DVDs, auf denen unsere beiden Namen stehen. Und wenn mein Name darauf prangt, steht's mir auch zu, mir diese Filme anzuschauen, oder etwa nicht? Ich schnappe mir den ersten Film und schiebe ihn nach kurzem Zögern in den DVD-Spieler im Wohnzimmer. Die Aufnahme ist nicht besonders gut, weil Mrs Thatcher filmtechnisch die Politik des *Mehr ist Mehr* verfolgt. Sie zoomt so oft heran, geht wieder auf Distanz und wechselt derart oft die Richtung, dass mir schwindlig ist, als ich uns beide endlich sehen kann. Bei einem unserer letzten Querfeldeinläufe im Abschlussjahr. Wir sind bereits im Ziel und Lucas nimmt die Goldmedaille der Jungs entgegen und hält sie mit einem breiten Grinsen in die Kamera, während ich ein wenig abseits stehe und so angestrengt mit seiner Schwester spreche, als ginge es um Leben und Tod. Als meine Mom und Mrs Thatcher mich und Lucas dazu bringen wollen, gemeinsam für ein Foto zu posieren, fragt meine Miene: *Muss das sein?* Was Lucas offenbar genauso sieht.

Mit vom Laufen roten Wangen schüttelt er den Kopf und lässt die Medaille wieder auf die Brust fallen, die im Gegensatz zu heute noch eher schmächtig ist. »Mom. *Hör auf.*«

Er ist damals gerade achtzehn und gibt unseren Müttern deutlich zu verstehen, dass er sauer auf sie ist. Schnaubend trabt er aus dem Bild und statt ihm lachen jetzt meine Mom und Mrs Thatcher fröhlich in die Kamera.

»Die beiden sind einfach zum Schießen, findest du nicht auch?«

»Du hast recht. Die Einzigen, die immer noch nicht wissen, dass Lucas Daisy liebt, sind Lucas und Daisy«, sagt meine Mom und Mrs Thatcher stimmt ihr zu.

Moment.

Was hat sie da –

Ich spule noch einmal zurück und sehe mir die Stelle sechsmal an. Dann springe ich vom Sofa, reiße die verräterische DVD aus dem Gerät, bedenke sie mit einem nachdenklichen Blick und schiebe sie nach kurzem Zögern in den Schutzumschlag zurück.

Ich lausche angestrengt nach Schritten aus dem Flur, da ich noch immer hoffe, dass er wiederkommt. Doch es bleibt alles still und ich bin immer noch allein in seinem Loft und warte darauf, dass er heimkommt, damit ich mich weiter mit ihm streiten kann. Darin sind wir beide immer ziemlich gut gewesen.

Ich schiebe eine zweite DVD in das Gerät und drücke auf den Abspielknopf. Sie zeigt uns zwei beim Debattierwettkampf 2002 als altkluge Mittelstufler in nicht wirklich gut sitzenden Kleidern auf der Bühne unserer Schule, doch nach zwei Sekunden bricht die Aufnahme plötzlich ab, denn offenbar hat irgendwer sie später überspielt.

»Welcher rote Knopf ist noch mal für die Aufnahme? Oh! Okay, ich nehme an, jetzt habe ich's. Schau in die Kamera, sag deinen Namen und wie alt du bist.«

Es ist Mrs Thatchers Stimme und ihr Gegenüber ist noch nicht zu sehen. Ich weiß erst, mit wem sie spricht, als sie nach rechts auf Lucas schwenkt, der, eine Schere und Papier in seinen Händen, auf dem Boden sitzt.

»Ich bin beschäftigt, Mom.«

»Ich dachte, dass du Lucas heißt, aber ›Beschäftigt‹ klingt natürlich auch nicht schlecht«, gibt Mrs Thatcher auf die Art zurück, wie nur Mütter reagieren. »Und wie alt bist du?«

Lucas verdreht die Augen und starrt in die Kamera. Es trifft mich wie ein Faustschlag, ihn so jung zu sehen. Mit grauenhaftem Topfschnitt, fester Spange, lang und dürr, wie es nur Jungen dieses Alters sind. Aber in der Mittelstufe waren alle Jungs ein bisschen linkisch und er war schon damals heiß umschwärmt.

»Dreizehn.«

»Und was machst du da?«

»Ich bastele was.« Entschlossen wendet er sich wieder seiner Arbeit zu, doch seine Mutter gibt nicht auf.

Sie hält die Kamera weiterhin auf ihn gerichtet und fragt: »Wird das ein Geschenk?«

»Hmm.«

»Für wen?«

Bei dieser Frage richtet er sich kerzengerade auf. »Für niemanden.«

»Kleine, weiße Blümchen?«, fragt seine Mutter und ich kann den Anflug des Lächelns sehen, das er vor der Kamera versteckt.

»Mmhmm.«

Mein Herz zieht sich zusammen und traurig lasse ich mich direkt vor dem Bildschirm auf die Fersen fallen.

»Sie sehen wie Margeriten aus.«

»Mmhmm.«

»Sie wird davon bestimmt total begeistert sein.«

Jetzt blickt er wieder zu ihr auf. »Der Ball ist nächste Woche und ich dachte, dass sie vielleicht mit mir hingeht, wenn sie einen selbst gemachten Blumenstrauß bekommt. Aber einer von den Jungs meinte, man sollte nichts zu Besonderes machen, falls man einen Korb bekommt.«

»Und was denkst du?«

»Ich denke, dass sie was Besonderes will.«

Im Hintergrund ertönen Schritte auf der Treppe und dann höre ich Madeleine.

»He, Mom, können Daisy und ich uns noch ein Eis holen?«

»Es gibt gleich Abendessen. Also wartet bitte noch ein bisschen und holt euch dann eins zum Nachtisch, ja?«

»Okay. Was machst du da, Lucas?«

»Stör ihn nicht, Madeleine. Geh wieder nach oben oder in den Garten.«

Statt ihrer Mutter zu gehorchen, kommt Madeleine ins Wohnzimmer, hockt sich vor Lucas hin, und ehe er sie daran hindern kann, ergreift sie eine seiner Margeriten, hält sie in die Luft und sieht ihn fragend an. »Sind die etwa für – das ist doch wohl nicht dein Ernst!«

»Madeleine!«, herrscht ihre Mom sie an und lässt die Videokamera fallen. Das Zimmer dreht sich auf die Seite und danach wird alles schwarz.

Mir wird bewusst, dass ich mich an den Tag erinnern kann. Ich erkenne Lucas' Cargo-Shorts und auch das babyblaue T-Shirt, das er trägt. Madeleine und ich waren draußen und haben darauf gewartet, dass es Abendessen gibt, das wir schnell herunterschlingen können, um dann endlich Eis holen zu gehen.

Madeleine kam damals, dicht gefolgt von Lucas, aus dem Haus gerannt. Sie wollte mir etwas erzählen, aber er kam ihr zuvor. Er meinte, da mich sonst wahrscheinlich niemand zu dem Ball einladen würde, wäre er bereit, mit mir zu gehen.

Zum Dank für dieses großzügige Angebot habe ich Lucas eine reingehauen und mir dadurch jede Menge Ärger eingehandelt, durfte aber trotzdem auf den Ball. Zusammen mit Matt Del Rey, während der arme Lucas sich nicht hat blicken lassen. Und all die Jahre habe ich gedacht, er hätte damals Hausarrest gehabt, weil er gemein zu mir gewesen war, und ihn mir vorgestellt, wie er mit einer Packung Tiefkühlerbsen auf dem blauen Auge traurig auf dem Sofa lag.

Die Wahrheit aber ...

... ist so schlimm, dass ich sie kaum ertragen kann.

Ich stelle fest, dass es ein Leck in Lucas' Zimmerdecke gibt, doch dann wird mir bewusst, dass die Feuchtigkeit auf meinen Wangen von meinen Tränen herrührt.

Es ist zu spät. Er hat mich die ganze Zeit geliebt und ich habe seine Bewerbung nach Hawaii geschickt.

Ich rufe wieder bei ihm an. Und noch einmal. Ich wähle so oft seine Nummer, dass die Telefongesellschaft denken muss, dass ich ihn stalken will, und meine Karte sperren wird.

Nach einer Weile wird mir klar, dass er sein Handy sicher ausgeschaltet hat, weil niemand, der noch ganz bei Trost ist, derart viele Anrufe auf Dauer ignorieren kann. Also rufe ich Madeleine und seine Eltern an, aber auch sie haben keine Ahnung, wo er steckt. Ich bin versucht, im Lone Star Motel nachzusehen, aber es ist schon dunkel und zu Fuß wäre ich ewig unterwegs.

Allmählich wird mir klar, dass ich ihn heute Nacht nicht mehr erreichen werde, als das Piepsen meines Laptops zeigt, dass eine Email für mich eingegangen ist.

Von: lucasthatcher@stanford.edu
An: daisybell@duke.edu
Betreff: E-Mail #352

Im Laufe der Jahre habe ich 351 Mails an dich geschrieben. In meiner ersten Woche auf dem College ging es mir erbärmlich ohne dich, aber da ich zu feige war, es dir zu sagen, habe ich die erste Mail an dich getippt und im Entwürfe-Ordner abgelegt. Elf Jahre später umfasst dieser Ordner die 351 Mails, die ich geschrieben habe, ohne dass du je etwas davon erfahren hast. Manchmal habe ich die Mails als Tagebuchersatz gesehen, aber in Wahrheit brauchte ich ganz einfach das Gefühl, dir nah genug zu sein, um dir mit einem kurzen Mausklick mitteilen zu können, wie ich mich fühle. Dies ist die erste Mail, die ich dir schicke, und wahrscheinlich wird es auch die letzte sein.

Lass mich dir jetzt endlich sagen, was ich dir schon damals hätte sagen sollen.

Damals habe ich dich achtzehn Jahre lang geliebt.

Und jetzt liebe ich dich seit achtundzwanzig Jahren.

Das klingt nach einer großen Leistung, aber dich zu lieben, ist mir immer leichtgefallen. Trotz all der Schmerzen und trotz all der Streitereien war mir immer klar, was wir einander bedeuten. Niemand streitet sich um Dinge, die nicht wichtig sind, und wenn du mich tatsächlich hättest leiden lassen wollen, hättest du mich einfach stehen gelassen und mich ignoriert.

Inzwischen ist mir klar, wie hoffnungslos naiv ich all die Jahre war. Wir waren nie auf einer Wellenlänge. Denkst du ernsthaft, dass ich mit dir streiten will, weil ich dich hasse oder weil ich gegen dich gewinnen will? Wobei ich nicht mal weiß, was es da zu »gewinnen« geben kann. *Den Job? Der Held der Heimatstadt zu sein?* Im Grunde war mir niemals wirklich klar, weswegen du dich ständig mit mir kabbeln musstest, aber mir ging's nie um Krieg und nie darum, als Sieger dazustehen. Mir ging es nur darum, dass ich mit dir zusammen war, egal wie.

Es tut mir leid, dass es so weit gekommen ist. Ich hätte schon vor Jahren etwas sagen und vor allem nie wieder nach Hause zurückkehren sollen. Statt dir die allererste Mail zu schreiben, hätte ich mein Schneckenhaus in dem Studentenheim verlassen und ein anderes Mädchen kennenlernen sollen. Irgendeins. Aber da war es schon zu spät. Keins der

Mädchen, mit denen ich ausgegangen bin, hat mich jemals auch nur annähernd so herausgefordert, wie du es seit Jahren tust. Wie hätten sie das auch tun sollen? Mein Herz gehörte schließlich einer anderen, der auch mein ganzer *Kampfgeist* galt.

Ich weiß, du hast mich nie darum gebeten, so viel zu opfern, nur um dich zu lieben. Das hast du durch die Unterschrift unter dem Jobangebot unter Beweis gestellt. Aber wenn du dich im Glanze deines Sieges sonnst, schau bitte auch einmal zurück auf die Türen, die du hinter dir geschlossen hast, und frag dich:

War es das wert?

Lucas

• • •

Mir wird bewusst, dass dies vielleicht der erste echte Streit ist, den es zwischen mir und Lucas gibt. Lucas' Schmerz und Zorn springen mich vom Bildschirm meines Laptops an und schneiden mir ins Herz. Zum ersten Mal kommt es mir so vor, als ob er völlig ehrlich zu mir ist.

Mein altes Ich flackert in meinem Innern auf. Am liebsten würde ich ihm eine reinhauen dafür, dass er jahrelang gewartet hat, sich mir zu offenbaren, und ihm erklären, dass auch er nicht völlig unschuldig an diesem ganzen Durcheinander ist. *Ich bin bereit, die Last der Dinge, die du mir geschrieben hast, zu tragen, aber daran, dass du achtundzwanzig Jahre lang geschwiegen hast, bist du alleine schuld, du blöder Kerl.*

Urplötzlich wird mir klar, dass meine Neigung, ihn zu attackieren, zu kritisieren und zu beleidigen, im Grunde ein Notwehrmechanismus war. Dahinter habe ich Gefühle vor mir versteckt, die ich mir nicht eingestehen konnte, weil sie allzu schmerzlich waren. Doch jetzt bin ich an einem Punkt, an dem es noch mehr schmerzt, die Wahrheit zu verschweigen.

Statt also einen Kampf fortzusetzen, den ich nicht mehr kämpfen will, drücke ich eilig auf den Antwortknopf und kann nur beten, dass es nicht zu spät ist.

Von: daisybell@duke.edu
An: lucasthatcher@stanford.edu
Betreff: Du liegst falsch, aber aus dem richtigen Grund

Bitte komm nach Hause, weil ich dringend mit dir reden muss. Du denkst, du weißt, was Sache ist, aber das ist nicht wahr. Ich hätte diesen Job nie angenommen. Ja, ich habe kurz darüber nachgedacht – hättest du mich andernfalls noch respektiert? Du weißt, dass eine eigene Praxis immer schon mein Traum gewesen ist. Für dieses Ziel habe ich seit Jahren geschuftet, und als ich es auf einem silbernen Tablett serviert bekam, musste ich wenigstens kurz überlegen dürfen, ob es das ist, was ich will.

Kannst du dir vorstellen, dass ein Mensch, den du schon immer kennst, sich ändern kann? Das hoffe ich, denn wie es aussieht, ändere nicht nur ich mich gerade, sondern du dich auch. Siehst du das nicht? Das war nicht die 352. Nachricht von irgendetwas, sondern die erste.

Bitte lass es nicht die letzte sein.

In Liebe,

Daisy

• • •

Ich bringe die gesamte Nacht vor meinem Laptop zu und rufe alle fünf Minuten meine E-Mails auf. Ich starre auf den Posteingang und warte darauf, dass mir Lucas noch mal schreibt, aber es überrascht mich nicht, dass keine Antwort von ihm kommt.

Als ich am nächsten Tag mit rot verquollenen Augen und hängenden Schultern in die Praxis komme, höre ich von Doc McCormick, dass sich Lucas für den Rest der Woche freigenommen hat. Statt zu verrauchen, hat sein Zorn anscheinend im Laufe der Nacht noch zugenommen, und ich kann es ihm nicht verübeln.

Inzwischen ist mir klar, dass er nicht einfach schmollt. Ich habe nachts vor meinem Laptop über mein Verhalten nachgedacht und kann verstehen, dass er wütend auf mich ist und einfach gegangen ist. Kein Wunder, dass er derart resigniert gewirkt und mich nicht angeschrien hat. Nach achtundzwanzig Jahren des immer selben Spiels ist er wahrscheinlich abgrundtief erschöpft. Er hat sich immer wieder in die Schusslinie begeben und ich bin auf seinen Gefühlen herumgetrampelt wie das Wildschwein im letzten Winter auf den Blumenbeeten meiner Mom. Egoistisch. Ahnungslos. Naiv. Zu denken, dass ich diesen Job womöglich angenommen hätte, ist die Hauptlektion des ganzen unseligen Spiels. Vielleicht habe ich Lucas im Laufe der Jahre wiederholt zu irgendwelchen feindseligen Handlungen gezwungen, doch in Wahrheit war nicht er der Schuft. Ich war es.

Ich habe keine Ahnung, wo er ist und wie lange er mich ignorieren wird, aber ich gebe jetzt nicht einfach auf.

Ich muss mich einfach etwas mehr anstrengen, wenn ich ihn erreichen will. Und das werde ich tun, denn schließlich hat er sich seinerseits achtundzwanzig Jahre lang um mich bemüht.

25

Von: daisybell@duke.edu
An: lucasthatcher@stanford.edu
Betreff: Hallo

Die Arbeit ohne dich ist doof. Es hat mich unter meinem Gips gejuckt und jetzt klemmt eins von deinen Essstäbchen dort fest. Bitte ruf mich an, ich brauche einen Arzt.

...

Von: daisybell@duke.edu
An: lucasthatcher@stanford.edu
Betreff: E-Mails

Es tut mir leid. Ich dachte, wenn ich witzig bin, muss ich nicht ehrlich sein. Hast du noch die anderen 351 Mails? Ich würde sie gern lesen. Selbst wenn du nichts mehr mit mir zu tun haben willst, schick mir doch bitte wenigstens noch diese Mails. Oder muss ich selber erst genauso häufig an dich schreiben, bevor eine Antwort von dir kommt? Das könnte eine Weile dauern, weil ich nur noch mit dem Ende des verdammten Stäbchens tippen kann.

...

Von: daisybell@duke.edu
An: lucasthatcher@stanford.edu
Betreff: Re: E-Mail

ESTUTMIRLEIDESTUTMIRLEIDESTUTMIRLEIDESTUTMIRLEIDESTUTMIR-LEIDESTUTMIRLEIDESTUTMIRLEIDESTUTMIRLEID

PS: Liest du meine E-Mails überhaupt?

• • •

Von: definitivnichtdaisybell@duke.edu
An: lucasthatcher@stanford.edu
Betreff: Hi

Hi, hier ist, hmm, *Macy*. Ich bin ein sexy Single, der in deiner Gegend lebt, und habe mich gefragt …

Okay, ich bin es doch. Können wir BITTE reden? Ich habe mir extra diese E-Mail-Adresse zugelegt, denn vielleicht hast du ja die andere gesperrt. Was bist du für ein sturer Hund. Wer lässt TAGELANG nichts von sich hören, wenn jemand ihn mit E-Mails und mit Telefonanrufen bombardiert? Willst du mich bestrafen? Ja, okay, das hätte ich verdient, aber ich will unseren Streit beenden, und wenn wir nicht miteinander reden, geht das nicht.

Außerdem hat sich die Stäbchenwunde offensichtlich in der Zwischenzeit entzündet, und wenn ich nicht bald was von dir höre, werde ich erst nach der Amputation meines Arms und der Genesung vor dir auf den Knien rutschen können.

Daisy

• • •

Von: daisybell@duke.edu

An: lucasthatcher@stanford.edu
Betreff: Re: E-Mails

Ich gebe ganz bestimmt nicht auf.
Daisy

• • •

Ich weiß, ich werde drastischere Maßnahmen ergreifen müssen, wenn ich ihn zurückgewinnen will. E-Mails und Telefonanrufe reichen eindeutig nicht aus. Ich muss mir etwas einfallen lassen, deshalb wähle ich Madeleines Nummer.

»Ich brauche deine Hilfe. Du musst dafür sorgen, dass dein Bruder Samstagabend wo hinkommt.«

»Wirklich? Fehlt es dir, dass du ihn quälen kannst? Willst du ihm endlich wieder einmal einen bösen Streich spielen? Aber da mache ich nicht –«

»Nein, Madeleine, glaub mir, die Zeiten sind vorbei. Bitte bring ihn dahin, wo ich ihn haben muss.«

Der alte Film hat mir gezeigt, dass Lucas mich vor fünfzehn Jahren bitten wollte, mit ihm auf den Mittelstufenball zu gehen. Natürlich wäre es poetischer, die Sache auf der gleichen Feier durchzuziehen, aber die findet erst im Winter statt und da ich nicht mehr ewig warten kann, habe ich sie einfach auf den Sadie-Hawkins-Ball der Mittelschule am Samstagabend vorverlegt. Ich habe mich dort freiwillig als Aufpasserin angeboten, und als die Organisatoren sich wunderten, weil ich keine Kinder oder wenigstens Geschwister auf der Schule habe, habe ich gesagt, dass sich die Schulschwester doch sicher nicht allein um all die größeren und kleineren Blessuren kümmern könne, zu denen es aufgrund des wilden Rumgehüpfes auf der Tanzfläche wahrscheinlich kommen werde. Am Ende haben sie das Angebot angenommen.

Das Kleid, das ich vor all den Jahren zu dem Ball getragen habe, findet sich im Handumdrehen. Meine Mutter hat es zur Erinnerung an meinen großen Abend die ganze Zeit in einer Plastikhülle aufbewahrt. Leider bin ich in den Folgejahren noch ein ganzes Stück gewachsen, weshalb dieses Kleid inzwischen nur noch knapp mein Hinterteil bedeckt. Und der Reißverschluss an meinem Rücken kichert laut, als er schon nach den ersten Zentimetern auf das Hindernis in Form der Rundungen, die ich erst während meiner Collegezeit entwickelt habe, trifft. Ich muss improvisieren und ziehe unter dem verdammten Kleid noch Jeans sowie ein langärmliges T-Shirt an. Ich sehe darin wie ein dickes Würstchen aus, aber er wird meine Bemühungen zu schätzen wissen. *Hoffe ich.*

Als Nächstes suche ich ein Foto von dem Ball, drehe mir die Haare zu denselben lächerlichen Korkenzieherlocken auf und verschmiere roten Lippenstift auf meinem Mund. Ich besorge Lucas eine Ansteckblume und mir ein Ansteckstäußchen, das hervorragend zu meinem grünen Gisparm passt, kaufe eine Einwegkamera und stopfe sie in meine alte, viel zu kleine Handtasche. Ich spiele schließlich ein historisches Ereignis nach und achte dabei sogar auf das winzigste Detail.

Ich bin von der Idee begeistert, bis ich in die Schule komme und die Eltern mich verwundert anstarren, weil sie offenbar der Meinung sind, ich wäre eine Schülerin, die sich aufgrund der zahllosen Hormone, die es heutzutage selbst in Milchprodukten gibt, zu schnell entwickelt hat. Als ihnen klar wird, dass ich schon erwachen bin, weicht die Verwunderung der Angst, ich könnte aus der Psychiatrie geflohen sein. Ich gehe lächelnd durch den Saal und bleibe nirgends lange genug stehen, dass jemand mit mir sprechen oder mich am Weitergehen hindern und die Männer in den weißen Westen rufen kann. Madeleine versichert mir, sie und ihr Bruder seien auf dem Weg, und als ich das Vibrieren meines Handys spüre, weiß ich, ohne einen Blick auf das Display zu werfen, dass mein großer Augenblick gekommen ist.

Das Timing ist perfekt. Als ich zu der kleinen Bühne gehe, sehe ich das freie Mikrofon und laufe schnurstracks darauf zu. Die zarte Mittelschülerin, die von der anderen Bühnenseite kommt, hat offenbar dasselbe Ziel. Sie ist dem Mikro näher, hat Karteikarten in der Hand und einen ausnehmend entschlossenen Gesichtsausdruck. Genau so war ich selbst vor vierzehn Jahren.

Ich sehe über meiner Schulter, dass Madeleine einen zerzausten Lucas in die Aula zerrt. Es ist nicht zu übersehen, dass er nicht hier sein will und keine Ahnung hat, was er hier soll, aber er darf nicht wieder gehen.

Das kleine Mädchen hat das Mikrofon erreicht und setzt zu seiner Rede an. »Guten Abend, meine Damen und Herren.«

Nun mach schon, Mädchen, bring es hinter dich und überlass das Mikro endlich mir.

»Vielen Dank, dass Sie so zahlreich zu unserem inzwischen neunten Sadie-Hawkins-Ball erschienen sind«, fährt sie mit Nachdruck fort, wobei sie jede Silbe sorgfältig betont. »Jetzt ist der Augenblick gekommen, den diesjährigen Ballkönig und seine Königin zu küren!«

Sie wartet auf Applaus, der nicht kommt.

Die meisten coolen Teenies hören ihr gar nicht zu, und die Gesichter derer, die ihr bisher lauschen, zeigen an, dass sie auch diese Zuhörer wahrscheinlich bald verlieren wird.

Genau so, wie ich Lucas jeden Augenblick verlieren werde, wenn nicht gleich etwas passiert. Er schüttelt missmutig den Kopf und versucht, sich der Umklammerung seiner Schwester zu entziehen. Er will verschwinden, will wieder dorthin zurück, wo ich ihn nach dem letzten Streit nicht finden konnte und von wo aus er mich bisher nicht zurückgerufen hat.

»Aber erst noch etwas zur Geschichte dieses Balls«, fährt meine junge Konkurrentin fort. »Wie Sie wahrscheinlich wissen, ist der Sadie-Hawkins-Ball ein volkstümliches Ereignis, das zum ersten Mal in einem Comic Anfang der 1930er Jahre Erwähnung fand und –«

Ich entreiße ihr das Mikro und halte es so hoch, dass sie es nicht erreichen kann.

»LUCAS!«, brülle ich und das gellende Pfeifen der Verstärker übertönt die überraschten Ausrufe des Publikums.

»He! Das können Sie nicht machen!«, tadelt mich die Mini-Zeremonienmeisterin. »Ich bin die Schülersprecherin *und* leite den Festausschuss!«

Da sie mir gerade bis zum Ellenbogen reicht, kann ich so tun, als hätte ich sie nicht gehört. Wenn sie eines Tages aus der Pubertät heraus ist, wird sie nachvollziehen können, weshalb ich ihr das Feld nicht einfach überlassen konnte.

»Lucas!«, brülle ich erneut.

Er dreht sich um und sieht mich auf der Bühne stehen.

»Bleib hier!«

Vor lauter Schock steht er wie angewurzelt da. Madeleine lockert den Griff um seinen Arm, reckt ihr Handy in die Luft und ich kann nur hoffen, dass der Akku seinen Geist aufgibt, bevor sie Snapchat laden kann.

Lucas sieht schlimm aus. Er trägt abgewetzte Jeans und ein verwaschenes T-Shirt, hat sich schon seit einer halben Ewigkeit nicht mehr rasiert und seine Haare stehen wirr in alle Richtungen um seinen Kopf. Er hat in den letzten Tagen eindeutig die Hölle durchgemacht. Bestimmt hat er versucht, sich einzureden, dass er über mich hinweg ist, und ich bete, dass ihm das nicht tatsächlich gelungen ist.

»Du musst mir zuhören. Die Sache mit MediQuick war ein Missverständnis.«

Ich kann selber hören, wie schwach das klingt. Wahrscheinlich war er nicht gerade begeistert zu erfahren, dass er vielleicht bald ohne Job dastehen wird, doch tief in meinem Innern ist mir klar, dass es im Grunde niemals um die Arbeit ging. Es ging die ganze Zeit um *mich*. Er ist so fertig, weil er denkt, er hätte sein gesamtes bisheriges Leben damit zugebracht, jemanden zu lieben, der ihm mühelos ein Messer in den Rücken rammt, sobald er die Gelegenheit dazu bekommt.

Kopfschüttelnd wendet er sich ab und plötzlich weiß ich, was ich sagen muss. Wieder brülle ich so laut ins Mikro, dass das Pfeifen des Verstärkers meinen Zuhörern die Ohren klingeln lässt.

»LUCAS THATCHER! ICH LIEBE DICH!«

Im Saal herrscht Totenstille, aber schließlich bricht ein lauter Pfiff den Bann und eine Handvoll Kids brechen in leises Kichern aus. Aber wenigstens hat Lucas sich jetzt wieder zu mir umgedreht und sieht mich abwartend ab.

»Ich liebe dich, auch wenn das vollkommen verrückt erscheint, weil ich bis vor vier Tagen dachte, dass ich dich hasse. Aber wenn man darüber nachdenkt, gibt es zwischen Hass und Liebe keinen großen Unterschied, oder? Wenn man jemanden liebt, bemüht man sich, ein besserer Mensch für ihn zu werden, und genau darum ging's schließlich auch bei unserem jahrelangen Wettkampf, richtig?«

Ein paar der Mittelschüler fangen an, mich auszubuhen. »Holt euch ein Zimmer, Oma!«

Ich fahre trotz der Pfiffe fort.

»Ich komme mir echt dämlich vor, weil ich eine so lange Leitung hatte, aber jetzt habe ich's endlich kapiert. Du liebst mich schon die ganze Zeit und offenbar wussten das alle außer mir. Ich konnte es nicht sehen, weil ich dafür zu egozentrisch war. Ich war zu sehr verstrickt in das bescheuerte Verlangen, jeden Wettkampf mit dir zu gewinnen, aber trotzdem hast du niemals die Geduld mit mir verloren. Du hast die blöden Spielchen mitgespielt, weil es das war, was ich brauchte, aber mit dem Herzen warst du nie dabei. Du hast niemals versucht, mich plattzumachen, denn du hast mich die ganze Zeit geliebt.«

»Runter von der Bühne, Spinnerin!«, verlangt einer der Jungs.

»Ich habe eine Ewigkeit gebraucht, um das zu begreifen, was wirklich peinlich ist, aber jetzt ist mir klar, was all die Jahre zwischen uns war, und ich lasse es nicht zu, dass du uns jetzt den Rücken kehrst. Deshalb stehe ich hier in meinem Kleid aus der Highschool. Ich habe ein Ansteckstäußchen und für dich habe ich eine Blume mitgebracht! Ich will die Zeit zurückdrehen und wiedergutmachen, was damals falsch gelaufen ist!«

Hinter mir betritt der Schulleiter die Bühne, versucht, mir das Mikro zu entreißen, und wahrscheinlich wird es nur noch wenige Sekunden dauern, bis man mich in Handschellen aus der Schule führt.

»He! Hören Sie auf! Ich muss nur noch –«

»Sie müssen von der Bühne gehen, Ma'am.«

»Lucas!«, schreie ich, bevor der Schulleiter die Oberhand gewinnt. »Falls du's noch nicht begriffen hast, du bist für mich der König dieses Balls!«

»Aber er wurde gar nicht offiziell gewählt!«, kreischt die kleine Schülersprecherin und zerrt verzweifelt an der Schnur des Mikrofons.

Für einen Mann seines Alters ist der Schulleiter verblüffend schnell. Nach wenigen Sekunden hat er mich vom Podium gezerrt, dreht mir mithilfe einer Lehrerin die Arme auf den Rücken und bindet sie dort mit Kabelbinder fest.

»Tut mir leid, Daisy.«

Ich blicke über meine Schulter und entdecke eine alte Freundin aus der Nachbarschaft. Tiffany Gaw, die inzwischen an der Mittelschule unterrichtet und dem Schulleiter bei meiner Festnahme geholfen hat.

»Oh, hallo, Tiffany. Wie geht's?«

»Nicht schlecht. Und wenn ich mich mit dir vergleiche, sogar ziemlich gut«, fügt sie scherzhaft hinzu, und als sie sich bei mir dafür entschuldigt, sage ich, dass sie sich keine Sorgen machen solle, sie habe schließlich recht.

»Ähhh, Entschuldigung.« Jetzt ist auch unsere kleine Schülersprecherin zurück und schnaubt erbost. »Ich bin gekommen, weil ich Anzeige erstatten will.«

Der Schulleiter schüttelt den Kopf. »Ich fürchte, dass das nicht so einfach ist. Schließlich ist es nicht verboten, sich vor einem Haufen junger Leute zum Idioten zu machen.«

»Daisy!«, ruft Madeleine melodramatisch, während sie sich durch die Menge kämpft. »Bitte, guter Mann, wenn Sie sie ins Gefängnis bringen, wird sie das niemals überstehen! Falls sie dich einsperren, ruf mich an, Daisy, okay? Oh, hallo, Tiffany.«

»Hallo, Madeleine.«

»Dann lassen Sie sie also auf die Wache bringen? In den Knast?«, erkundigt sich Madeleine beim Schulleiter.

Er sieht mich fragend an. »Versprechen Sie mir, dass Sie nicht noch einmal auf die Bühne rennen und die Feier weiter stören, wenn ich Sie gehen lasse?«

Hektisch blicke ich mich um und stelle fest, dass Lucas etwas abseits des Gedränges steht. Er muss ein Lächeln unterdrücken, und als er mich ansieht, liegt in seinem Blick kein Hass, sondern nur noch Belustigung.

Das reicht mir und ich wende mich erneut an den Rektor.

»Jawohl, Sir, ich verspreche Ihnen, dass ich fertig bin.«

»Also gut, aber ich muss den Schülern und den Eltern zeigen, dass ich so etwas nicht durchgehen lasse. Deshalb bringe ich Sie noch in Handschellen vor die Tür und mache Sie dann draußen los.«

»In Ordnung, das klingt fair.«

»Das ist ungerecht«, murmelt die Schülersprecherin, bevor sie wieder nach dem Mikro greift, um mit ihrer unterbrochenen Rede fortzufahren.

Wahrscheinlich hatte ich schon bessere Ideen, als auf einem Ball der Mittelschule die Bühne zu kapern und mich dort vor Dutzenden von Kids und deren Eltern zu blamieren. Es wird sich wie ein Lauffeuer herumsprechen, dass ich anscheinend einen an der Waffel habe und deshalb als Ärztin sicherlich nicht zu empfehlen bin. Bestimmt wird Dr. McCormick am Montag auf der Arbeit mit mir reden wollen, aber wenn ich ihm die Gründe für den Auftritt nenne, wird er sicher feuchte Augen kriegen – weil er einerseits ein Riesensoftie ist und andererseits wie praktisch alle, die uns kennen, heimlich drauf gehofft zu haben scheint, dass irgendwann etwas aus mir und Lucas wird.

Ach, richtig, Lucas.

Der irgendwie die Liebe meines Lebens ist.

Ich lache, weil das irgendwie noch immer seltsam für mich klingt.

Ich sehe über meine Schulter, und im nächsten Augenblick holt er uns ein. Er lächelt immer noch verstohlen und am liebsten würde ich ihm meine Arme um den Hals werfen und meinen Kopf an seiner Brust vergraben, aber ich bin immer noch in Handschellen. Wie eine Schwerverbrecherin.

»Also, Miss«, erklärt der Schulleiter. »Wenn ich Sie heute Abend noch mal in der Nähe unserer Schule sehe, lasse ich Sie wirklich festnehmen. Ist das klar?«

»Ja, Sir, klar wie Kloßbrühe«, versichere ich ihm. »Ich habe meine Lektion gelernt.«

Lucas sieht mit hochgezogener Braue zu und genießt das alles eine Spur zu sehr. Aus dem Augenwinkel sehe ich, wie Madeleine sich unauffällig zurückzieht, während der Schulleiter den Kabelbinder durchtrennt. Ich lasse meine Schultern kreisen und reibe meine Handgelenke, als ob er mich schon vor Jahren gefesselt hätte und nicht erst vor einem Augenblick.

»Ich dachte schon, dass er mich auf die Wache schleift«, stelle ich fest und sehe Lucas ängstlich von der Seite an. Ich will nicht, dass er sich vom Acker macht, nachdem ich freigelassen worden bin.

»Du bist verrückt«, erklärt er mir, aber in seiner Stimme liegt Bewunderung. Wahrscheinlich hat er immer schon in diesem Ton mit mir gesprochen, doch jetzt endlich nehme ich ihn wahr. Denn endlich höre ich ihm richtig zu.

»Du hast mir gefehlt«, gebe ich zu.

»Ach ja?«

»Natürlich. Schließlich habe ich inzwischen deinen Kühlschrank leer gegessen und du musst ihn wieder auffüllen.«

»Reizend.« Lachend legt er eine Hand in meinen Nacken und zieht mich an seine Brust.

Ich schließe meine Augen und inhaliere seinen Duft.

»Es tut mir wirklich leid«, murmele ich in sein Shirt. »Zwar habe ich all diesen Kliniken Bewerbungen von dir geschickt, aber im Grunde wollte ich nie wirklich, dass du gehst.«

»Ich weiß.«

»Wo hast du in den letzten Tagen überhaupt gesteckt?«

»In Madeleines Bude. Ich habe übers Internet nach Jobs gesucht.«

Ich ziehe meinen Kopf zurück und schaue zu ihm auf. »Was?! Also bitte, Lucas, red doch keinen Quatsch. Du musst bei McCormick bleiben.«

»Sieht aus, als wäre das nicht wirklich eine Möglichkeit. Das hast du selbst gesagt.«

»Ich habe bei MediQuick abgesagt. Ich will, dass wir zusammen McCormicks Praxis übernehmen wie geplant.«

»Das ist eine nette Geste, aber ... spielt das jetzt wirklich noch eine Rolle?«

»Ja, natürlich, und ich habe auch schon einen super Plan, wie sich die Praxis gegen MediQuik behaupten kann.«

»Ach ja?«

»Schritt eins ist kinderleicht: Wir arbeiten zusammen.«

»Können Schweine etwa plötzlich fliegen?«

»Hör mir einfach zu. Wir haben schon ziemlich viel erreicht in all den Jahren, in denen wir Konkurrenten waren. Stell dir doch nur mal vor, wie's wäre, wenn wir auf derselben Seite wären.«

»Was genau stellst du dir vor?«

»Oh, jede Menge. Ich habe in den letzten Tagen viel nachgedacht. Über Möglichkeiten, diese neue Praxis zu zerstören, anzuzünden –«

»Ist irgendwas davon legal?«

»Ach, richtig. Nun, da bessern wir vielleicht noch etwas nach.«

Nickend macht er einen Schritt zurück, weil er ein bisschen Raum zum Atmen braucht. Es ist, als stünde er noch immer unter Schock und wäre nicht bereit, sich sofort wieder kopfüber in etwas reinzustürzen, was ihm so viel Schmerz bereitet hat. Nach all den Jahren ist er darauf programmiert, mir zu misstrauen, und ich kann ihn schwerlich zwingen, seine Vorbehalte über Bord zu werfen – obwohl ich mir sehnlich wünsche, dass er mir vertraut.

Wir winken seiner Schwester kurz zum Abschied zu – sie will noch bleiben, um mit Tiffany zu klönen – und gehen Richtung Parkplatz, wo sein Wagen steht. Noch immer hält er einen kleinen Abstand zu mir ein und obwohl ich gerne seine Hand ergreifen würde, lasse ich es sein.

Er ist still und nachdenklich und ich befürchte, dass er zu dem Schluss kommt, dass er mir noch immer nicht verzeihen kann. Vielleicht bereitet er ja in Gedanken eine kurze Abschiedsrede vor.

Bevor er die Gelegenheit bekommt, die Überlegungen in seinem Sturschädel in solche Bahnen zu lenken, ergreife ich das Wort.

»Ich wusste schon, dass ich dich liebe, bevor du gegangen bist.«

Er blickt weiter geradeaus, aber ich sehe, dass er seine Lippen fest zusammenpresst. Also hat er mich gehört.

»Ich weiß nicht, ob das eine Rolle für dich spielt, aber ich dachte, dass du es zumindest wissen solltest. Schon bevor du mich verlassen hast und auch schon vor dem Riesenstreit in deiner Wohnung ist mir aufgegangen, was ich für dich empfinde. Ich saß hinter meinem Schreibtisch in der Praxis, habe auf den unterschriebenen Vertrag gestarrt und mich gefragt, warum ich ihn Damian nicht schicken kann. Von einer eigenen Praxis habe ich seit Anfang meines Studiums geträumt, und trotzdem war ich wie erstarrt, weil mir plötzlich bewusst wurde, dass das, was ich für dich empfinde, alles andere überwiegt.«

Er nickt zum Zeichen, dass er mich verstanden hat. »Und dann hat in dem Augenblick Mariah bei dir angeklopft ...«

»Und dann hat in dem Augenblick Mariah bei mir angeklopft«, stimme ich zu. »Ich werde keine Einzelheiten des Vertrages nennen oder dir erklären, warum ich nicht sofort gesagt habe, dass ich den Job nicht will, weil das aus meiner Sicht jetzt nicht mehr wichtig ist. Ich will nur, dass du weißt, dass ich dich schon geliebt habe, bevor du weggegangen bist.«

Er dreht den Kopf und unterzieht mich einer stummen Musterung.

»Natürlich hätte ich das schon viel früher merken müssen, aber ich bin eben auch nicht frei von Fehlern. Eher im Gegenteil. Ich bin entsetzlich stur und kann anscheinend ziemlich egozentrisch sein. Aber daran werde ich arbeiten.«

Einer seiner Mundwinkel verschiebt sich leicht nach oben. Es ist kein ganzes Lächeln, aber plötzlich schüttelt er den Kopf, streckt einen seiner Arme nach mir aus, zieht mich an seine Seite und schließt so die Lücke zwischen uns.

Noch immer ist er furchtbar still. Ich muss ihn endlich wieder sprechen hören. Vor allem muss ich hören, wie er drei ganz bestimmte Wörter zu mir sagt.

Drei Wörter, die mir nie zuvor so wichtig waren.

»Sag es ruhig. Weißt du, eigentlich warte ich darauf, dass du es aussprichst.«

»Was möchtest du denn hören?«

Er öffnet die Beifahrertür des Trucks, aber ich steige nicht gleich ein.

»Na, du weißt schon. Nachdem ich meine Gefühlswelt vor dir ausgebreitet habe, wäre es nur fair, wenn du jetzt auch über deine Gefühle sprechen würdest.«

»Oh. Du denkst, ich würde dich noch immer lieben?«

Mir wird bang um Herz.

»Lucas! Ich wurde gerade auf dem Ball der Mittelschule festgenommen. Da wäre es ja wohl das Mindeste, dass du das tust.«

Feixend tritt er auf mich zu. »Das war alles Teil meines Plans, Daisy. Erinnerst du dich noch?«

Er macht den nächsten Schritt und ich halte den Atem an, als seine Hüfte meine streift. Dann neigt er seinen Kopf, legt eine Hand an meinen Hals und schiebt ein paar Strähnen meiner Haare zur Seite. Sein warmer Atem trifft auf meine nackte Haut und ich erschaudere. Zum Zeichen meiner Zustimmung schiebe ich meinen Kopf zurück, und als er mich weiter auf die Folter spannen will, lege ich eine Hand um seinen Arm und überlege, ob ich das Kommando übernehmen soll. Doch plötzlich presst er seinen Mund auf die sensible Stelle unterhalb meines Ohrs und flüstert rau: »Ich bin zurück nach Hamilton gekommen, um dafür zu sorgen, dass du dich in mich verliebst.«

Ich kneife meine Augen zu und denke kurz an Lauryn Hill, denn Lucas *is killing me softly*. Mit seinen Worten. Wie in dem berühmten Song.

»Ich kann einfach nicht glauben, dass du darauf tatsächlich hereingefallen bist.«

Warnend kneife ich ihm in den Arm und leise lachend hebt er seinen Kopf und macht sich von mir los.

»Natürlich liebe ich dich, Daisy.« Er fährt sich mit der Hand durchs Haar, wendet sich ab und sieht mich wieder an. »Ich meine, also bitte, schließlich liebe ich dich, seit ich weiß, was Liebe ist.«

»Und was ist mit all den Malen, wenn du mich geärgert hast?«

Sofort wird seine Miene wieder ernst. »Meist erfinden sich die Leute noch einmal völlig neu, wenn sie ihre Heimatstadt verlassen und aufs College gehen. Aber du weißt alles über mich, du kennst meine guten und auch meine schlechten Seiten, kennst mich besser als ich mich wahrscheinlich selbst. Also ja, ich wusste manchmal nicht, wie ich's dir zeigen soll, aber du kannst mir glauben, wenn ich sage, dass es für mich niemals eine andere gegeben hat.«

Mit einem Mal flattert ein ganzer Schwarm von Schmetterlingen in meinem Bauch.

Auf der Fahrt zum Haus meiner Mom spreche ich sämtliche Ereignisse aus unserer Kindheit an, weil ich sie endlich mal mit seinen Augen sehen will.

»Und was war bei dem Schwimmkurs? Als du zu Greg Oliver gesagt hast, ich würde riechen wie ein alter Ziegenbock?«

Er zuckt mit den Achseln. »Tja, ich mochte dich und wollte nicht, dass dich auch noch ein anderer mag. Ich meine, ich war sieben Jahre alt.«

»Und im Debattierclub, als du dich geweigert hast, im selben Team zu sein?«

»Hättest du etwa in meinem Team sein wollen? Schließlich haben uns solche Sachen keinen Spaß gemacht, wenn es keine Konkurrenz zwischen uns gab.«

Diesem Muster sind wir praktisch unser Leben lang gefolgt, weshalb es mich nicht wirklich überrascht, dass er genau wie ich die Hoffnung hatte, durch sein Studium käme er über die leidliche Geschichte zwischen uns hinweg. Damals dachte ich, ich könnte ihm entkommen, wenn ich Hamilton verlassen, und anscheinend dachte er das andersherum auch. Aber zum Glück haben wir uns beide geirrt.

»Was willst du denn im Haus deiner Mom?«, erkundigt er sich und biegt in die Straße unserer Kindheit ein.

»Den Rest von meinem Zeug. Das blöde Zelt haben sie gestern wieder abgebaut.«

Er nickt verständnisvoll. »Dann ziehst du also dauerhaft in mein Gästezimmer ein?«

Ich grinse breit. »Vielleicht probiere ich zur Abwechslung mal *dein* Bett aus.«

Ich brauche ihn nicht anzusehen, um zu wissen, dass er lächelt, als er vor unserer Einfahrt hält, in der bereits zwei andere Wagen stehen. Der Kleinwagen meiner Mom sowie ein alter, schwarzer SUV.

Wir beide wissen, wem der SUV gehört.

»Ist das nicht McCormicks Wagen?«

Kopfschüttelnd steige ich aus. »Das kann nicht sein.«

Auf dem Weg zur Tür kann ich durchs Fenster sehen, das im Wohnzimmer die Glotze eingeschaltet ist. Ich habe einen Haustürschlüssel, aber der liegt noch in Lucas' Wohnung, und bevor ich die Gelegenheit bekomme, anzuklopfen, sehe ich, dass Dr. McCormick mit zwei Gläsern Wein aus unserer Küche kommt. Er marschiert direkt zu *meiner* Couch und wirft sich neben *meine* Mom. Sie nimmt ihm eins der Gläser ab und gibt ihm einen Kuss, als wäre dieser Vorgang das Natürlichste der Welt.

Was. Zur. Hölle.

»Worauf wartest du?«, fragt Lucas hinter mir. »Klopf einfach an.«

Aber dann vertiefen sie den Kuss und –«

»Oh mein Gott.« Ich wirbele herum und renne los. »LAUF! LAUF!«

»Was ist denn los? Was ist passiert?«

»Dr. McCormick sitzt auf unserem Sofa und küsst meine Mom!«

»Ohne Scheiß? Wow, wie es aussieht, wolltest du die Praxis wirklich unbedingt für dich allein. Ich wäre nie auf die Idee gekommen, meine Mom dazu zu bringen, McCormick zu verführen.«

»Ich auch nicht! Oh mein Gott. Ich kriege dieses Bild wahrscheinlich nie mehr aus dem Kopf.«

Ich schwinge mich in seinen Truck, knalle die Tür hinter mir zu und wage nicht, mich noch mal umzudrehen, aus Angst, die beiden hätten uns vielleicht gesehen und dächten jetzt, wir spionierten ihnen hinterher.

Lucas lacht, als er sich wieder hinters Steuer setzt. »Du weißt, dass das total normal ist, oder? Deine Mom ist jetzt schon ewig Single und Dr. McCormick ist ein wirklich netter Kerl.«

Natürlich hat er recht. Meine Mom hat es verdient, glücklich zu sein, und objektiv betrachtet sind die zwei ein durchaus hübsches Paar, aber …

»Sie haben *geknutscht*, Lucas – gib mir einen Moment, um mich an den Gedanken zu gewöhnen.«

»Denkst du, dass du jetzt bei der Arbeit Daddy zu ihm sagen musst?«

»Oh mein Gott. HÖR AUF!«

Er lässt den Motor an. »Dann holen wir deine Sachen also heute Abend nicht mehr ab?«

»Auf keinen Fall.«

»Aber du ziehst trotzdem bei mir ein?«

»Natürlich! Ich kann mir nicht vorstellen, dass ich je wieder auf diesem Sofa sitzen kann.«

»Okay, dann lass uns jetzt nach Hause fahren. Ich habe sicher noch ein altes Shirt, das ich dir leihen kann.«

26

Für den Rest des Wochenendes kommen wir nur aus Lucas' Schlafzimmer, um hin und wieder frische Luft zu schnappen oder was zu essen, und am Montagmorgen entströmt seinem Bettzeug ein nicht unbedingt verführerischer Moschusduft und der Küchenboden ist mit leeren Sandwichpackungen und Eierwaffeltüten übersät. Wir sind die reinsten Tiere und geben hemmungslos den wilden Trieben nach, die wir mühsam über Jahre unterdrückt haben.

»Räum du die Küche auf und ich stopfe das Bettzeug in die Waschmaschine«, bittet Lucas mich.

»In Ordnung, und vergiss nicht, dass wir auf dem Weg zur Arbeit einen Kaffee für den Doc holen müssen«, rufe ich ihm aus der Dusche zu. »Falls sich bereits herumgesprochen hat, dass ich kurzfristig festgenommen worden bin.«

»Und was, wenn er dich feuert?«

»Nun, ich habe MediQuik bereits den Krieg erklärt. Also bleibe ich dann einfach hier im Bett, schmiede weitere teuflische Pläne und warte darauf, dass du nach Hause kommst.«

»Das würde dir doch sicher schon nach ein paar Tagen furchtbar langweilig werden.«

Ich drehe die Dusche ab und öffne die Kabinentür. »Er wird mich schon nicht feuern.«

Lucas steht am Waschbecken, putzt sich die Zähne und fängt an zu sabbern, als er mich tropfnass aus der Kabine steigen sieht. Er dreht sich zu mir und mustert mich von Kopf bis Fuß, bevor ich mir das Handtuch um die Brüste wickeln kann.

»Denk am besten gar nicht erst dran«, erkläre ich streng. »Sonst kommen wir zu spät.«

»Und was hat das Zusammenleben für einen Sinn, wenn wir keinen Sex vor der Arbeit haben?«

Aus seinem Mund klingt diese Frage durchaus legitim.

»Wir hatten heute früh schon Sex, Lucas. Abgesehen von den dreihundert Malen, seit wir am Samstagabend heimgekommen sind.«

»Wir müssen schließlich die verlorenen Jahre nachholen«, klärt er mich grinsend auf und ein Gefühl der Wärme breitet sich in meinem Innern aus. Ich weiß, es würde ihm nicht schwerfallen, mich dazu zu bringen, eine zweite Runde morgendlichen Sex mit ihm zu haben, also flüchte ich mich in sein Schlafzimmer und schließe mich dort ein.

Bevor ich mich zusammenreißen kann, klopft Lucas an die Tür. »He, du musst mich reinlassen. Ich muss mich auch anziehen.«

»Ich weiß nicht, ob ich dir vertrauen kann.«

»Wir sind zwei erwachsene Menschen, Daisy. Also werfe ich dich sicher nicht einfach aufs Bett, um über dich herzufallen.«

Mein Blick fällt auf die abgezogene Matratze. Der Gedanke, mich dort abermals mit ihm zu wälzen, ist derart verführerisch, dass ich erst öffne, als ich fertig angezogen bin.

»Ich könnte dir den Rock problemlos bis zum Hintern raufschieben«, warnt Lucas mich. Ich schlage ihm auf die Hand und gehe in die Küche, um zu sehen, ob es noch irgendwas zu essen gibt. Tatsächlich habe ich in der vergangenen Woche seine Vorräte geplündert und da wir übers Wochenende auch noch alle Reste aufgegessen haben, sind die Schränke leer. Das heißt, wir müssen nach der Arbeit in den Supermarkt. So läuft es jetzt bei uns. Wir gehen zusammen in den Supermarkt, als wären wir ein ... Paar. Unsere Mütter werden es bestimmt nicht glauben, wenn sie uns zusammen an der Kasse stehen sehen.

Auf dem Weg zur Arbeit überlege ich mir, wie ich Doc McCormick die

Geschehnisse von Sonnabend erklären soll. Er wird wahrscheinlich jede Menge Fragen an mich haben, denn auch wenn mir das nicht unbedingt gefällt, gelten für Ärzte höhere Standards als für andere Menschen. Wer geht schon gern zu einem Arzt, der psychisch nicht ganz auf der Höhe ist? Vielleicht sollte ich auf vorübergehende Unzurechnungsfähigkeit plädieren, hervorgerufen durch den drohenden Verlust der Liebe meines Lebens. Das wird McCormick doch bestimmt verstehen. Vor allem hoffe ich, dass ihn der frische Kaffee, den ich in den Händen halte, milde stimmen wird.

Ich habe alles ganz genau geplant, und als wir in die Praxis kommen, wartet er bereits auf mich.

»Guten Morgen«, grüße ich und blicke auf das Durcheinander, das auf seinem Schreibtisch herrscht. Die Aktenberge sind noch höher als bei Gina am Empfang, und auch wenn Dr. McCormick schwört, er hätte die gesamte Organisation im Kopf, sieht es für mich nicht zwingend danach aus.

»Kommt rein, ihr zwei. Es gibt da etwas, über das ich mit euch reden muss.«

Die Aussprache. Ich wusste, dass sie kommen würde, und habe ihm extra doppelt so viel Zucker wie gewöhnlich in den Haselnusskaffee gekippt.

»Richtig. Hier – der ist für Sie.«

Er nippt an dem ihm angebotenen Becher, bietet uns die beiden Stühle vor dem Schreibtisch an und taucht hinter den hohen Aktenbergen ab. Dann aber schiebt er einige Sachen zur Seite und wir können sehen, wie er etwas erschöpft und sicher fürchterlich enttäuscht hinter dem Schreibtisch sitzt.

»Sie sollten wissen, dass ich Samstagabend nicht die Absicht hatte, Ihre Praxis in Verruf zu bringen«, setze ich entschlossen an. »Ich hatte keine andere Wahl. Mein Vorgehen wirkte sicher ziemlich kindisch, war aber von größter Wichtigkeit.«

Der Doc sieht mich verwundert an, doch dann geht ihm ein Licht auf und er lacht. »Oh, du meinst deinen Auftritt auf dem Schulball?«

Ich muss schlucken. Weil er mir jetzt sicher kündigen und Anzeige beim Ärzteverband gegen mich erstatten wird. Wie wird wohl Lucas darauf reagieren? Wie lange wird es zwischen uns wohl gut gehen, wenn ich keine Arbeit habe oder mir woanders eine Stelle suchen muss?

»Ja. Wie gesagt, ich hätte keinen solchen Wirbel machen sollen –«

»Deshalb habe ich euch zwei nicht einbestellt«, fällt Doc McCormick mir ins Wort. »Obwohl es mich doch ziemlich überrascht hat, dass du ihn so leicht herumbekommen hast. Nach all den Kämpfen, die ihr euch früher und auch jetzt wieder geliefert habt, habe ich angenommen, dass nur noch ein Wunder helfen kann.«

Ich widerspreche nicht. Ich bin ein wenig zu betroffen, um zu wissen, wie ich darauf reagieren soll, doch Lucas drückt mir aufmunternd die Hand.

»Ich wollte mit euch sprechen, denn in vierzehn Tagen ist für mich hier Schluss.«

»Sie machen Ihre Praxis dicht?«, stoße ich panisch aus. Bestimmt hat er von MediQuik gehört und gibt jetzt auf.

Der Doc runzelt die Stirn. »Nein. Ich gehe in Pension.«

»Aber warum so früh? Denken Sie, wir kämen gegen MediQuik nicht an?«

Abermals drückt Lucas mir die Hand und fordert mich mit ruhiger Stimme auf: »Lass den Mann doch bitte erst mal ausreden.«

»Wie ihr wisst, wollte ich ursprünglich noch etwas länger bleiben«, fährt der Doktor fort. »Ich wollte euch noch bei der Eingewöhnung helfen, aber ich habe eine wunderbare Frau gefunden, die mir wichtiger ist als alles andere. Ich will nicht länger arbeiten, denn wir haben Pläne. Große Pläne.«

»Dass wir uns recht verstehen: Es geht um meine Mutter, stimmt's?«

Er reißt die Augen auf. »Dann hat sie dir also von uns erzählt?«

»Sie sind nicht der Einzige, der einen Blick für solche Dinge hat«, erkläre ich ihm ausweichend. Ich werde ihm bestimmt nicht beichten, dass ich Sonnabend mit angesehen habe, wie er praktisch über meine

Mutter hergefallen ist. »Aber ich freue mich, wenn sie mit Ihnen glücklich ist.«

Jetzt fängt er an zu strahlen. Er schwebt auf Wolke sieben, und ich kann verstehen, dass er nicht mehr hier in seiner Praxis eingesperrt sein will. Er war sein halbes Leben lang alleine und jetzt ist er glücklich. Er und meine Mom. Wer hätte das gedacht?

»Wir haben vor, uns einen Caravan zu kaufen und damit durchs ganze Land zu reisen. Deine Mutter kann es kaum erwarten, bis wir endlich in Alaska sind!«

»Und die Praxis?«, mischt sich Lucas in die Unterhaltung ein.

»Die übergebe ich euch beiden.«

Einfach so?

»Sie können sie uns nicht so einfach übergeben«, protestiere ich.

Er massiert sich nachdenklich das Kinn, als hätte ich ihn erst darauf gebracht, dass das nicht geht. »Richtig. Stimmt. Ich finde das zwar unnötig, aber wenn ihr darauf besteht, mir meinen Laden abzukaufen, kriegt ihr wenigstens einen Familienrabatt.«

Anscheinend hat er doch schon gründlich über alles nachgedacht, denn als wir über die Details der Übergabe sprechen, offenbart er uns, dass er bereits bei einem Anwalt war, und überreicht uns einen fertigen Vertrag.

Natürlich werden einige Patienten murren, weil ihr heiß geliebter Arzt in Rente geht, aber wenn sie von uns hören, dass McCormick sich einen lang verdienten, ausgedehnten Urlaub in Gesellschaft meiner heißen Mutter gönnen will, werden sie ihm bestimmt verzeihen.

Er gibt uns den Vertrag zur Durchsicht mit, doch als wir kurz darauf sein Sprechzimmer verlassen, ist uns klar, dass er uns eine eigene Praxis angeboten hat. Die uns zusammen gehören soll. Wobei das Wichtigste für mich das Wort zusammen ist. Vor ein paar Wochen noch wäre mir genau dieses Adverb bitter aufgestoßen, während es mich jetzt zum Lächeln bringt.

Damals bin ich zurückgekommen, um McCormicks Praxis zu übernehmen und Lucas in seinem eigenen Spiel zu schlagen, indem *ich* zur besseren Ärztin, zur Gewinnerin werde, ein für alle Mal. Ich dachte, wenn ich das erreiche, wäre ich geheilt von meiner Obsession von Lucas. Dann würde ich endlich über ihn hinwegkommen.

Doch wie in vielen anderen Dingen lag ich auch in dieser Hinsicht völlig falsch.

»Erschreckt dich der Gedanke, dass wir diese Praxis bald zusammen führen sollen?«, fragt Lucas mich.

Wir stehen in der Küche und er wartet darauf, dass ich ihm die Kanne gebe, damit auch er seinen Kaffeebecher füllen kann.

»Das sollte er.«

Er nickt verständnisvoll.

»Ich meine, das Verlangen, mit dir zu konkurrieren, ist wie der Phantomschmerz, nachdem man ein Bein verloren hat. Wahrscheinlich werde ich es immer spüren, obwohl es keinen Sinn mehr ergibt. Ich habe mir das Ende unseres kleinen Kriegs irgendwie anders und vor allem aufregender vorgestellt.«

»Willst du ihn fortsetzen?«

Ich trete einen Schritt zurück und räume Lucas einen Platz zum einen in der Küche und zum anderen in meinem Leben ein.

Ich lächele ihn an. »Oh nein. Und du?«

Er schüttelt nachdrücklich den Kopf. »Auf keinen Fall.« Ich nicke und er sieht mich fragend an. »Willst du wissen, warum?«

»Du wirst es mir bestimmt sagen, auch wenn ich es nicht wissen will.«

Er sieht mich über seine Schulter hinweg an. Mit seiner dunklen Brille, seinem viel zu braunen Haar und seinem einladenden Lächeln wirkt er wie ein Traum, der endlich wahr geworden ist. Und es ist *mein* Traum.

Mit einem gleichmütigen Achselzucken meint er: »Du hast recht, denn eigentlich versteht sich das von selbst.«

Er geht an mir vorbei, doch eilig laufe ich ihm hinterher, packe sein Handgelenk und ziehe sanft daran. »Sicher, aber falls du es mir trotzdem sagen willst ...«

Er dreht sich langsam zu mir um und grinst mich fröhlich an. Ich bemühe mich um eine möglichst ausdruckslose Miene, aber es gelingt mir nicht.

»Weil ich gewonnen habe, Daisy. Weil ich alles habe, was ich immer wollte, und jetzt endlich nicht mehr kämpfen muss.«

EPILOG

Lucas und ich sind in der Kirche. Er trägt einen Smoking und ich trage ein derart aufgebauschtes Kleid, dass ich mich nur mit Mühe aufrecht halten kann. Wir stehen einander gegenüber am Altar, vor dem der Priester eine langatmige Rede hält. Im Grunde sollte ich ihm zuhören, doch ich sehe lieber Lucas an. So, wie er mich. Weil wir, statt zuzuhören, eine stumme, ganz private Unterhaltung führen.

Meine hochgezogene Braue fragt ihn, ob er ebenfalls von hier verschwinden will.

Sein Grinsen sagt mir, dass das noch nicht geht. Weil man uns hier noch braucht.

Obwohl wir nicht die Hauptpersonen sind.

Die sind meine Mutter und der Doc. Sie geben sich das Jawort, während ich und Lucas nur als Trauzeugen fungieren.

Ich habe Spaß an meiner Nebenrolle und bin froh, nicht selbst im Rampenlicht zu stehen. Wenn Lucas und ich heiraten, dann nur im kleinen Kreis oder am besten irgendwo in der Fremde, wo uns niemand kennt.

Weil unser bisheriges Leben schon genug Theater war. Wir haben es selbst dazu gemacht. Inzwischen führen wir die Praxis schon seit über einem Jahr und haben MediQuik aus Hamilton vertrieben, aber trotzdem spricht uns täglich irgendwer auf unseren alten Wettstreit an. Es scheint, als hätte es die Hälfte der Leute »immer schon gewusst«, während die andere immer noch nicht glauben kann, dass wir jetzt tatsächlich zusammen sind. Sie wetten, wie lange es wohl dauern wird, bis wir uns wieder gegenseitig an die Gurgel gehen.

Tatsächlich kann mich Lucas manchmal immer noch so reizen, dass ich ihn am liebsten töten möchte, aber die Leidenschaft, die ich bei unseren Streitereien empfinde, ist dieselbe Leidenschaft, die ich verspüre, wenn ich abends für uns koche und er mir von hinten seine Arme um den Leib schlingt und ich kurzfristig vergesse, dass es so was wie Essen gibt.

Er wird es immer schaffen, mich zu provozieren, und ich habe mich an das, was ich für ihn empfinde, immer noch nicht ganz gewöhnt. Die Größe der Gefühle, die ich meinem alten Erzrivalen entgegenbringe, macht mir manchmal richtiggehend Angst. Dann liege ich ihm Bett, tue so, als ob ich lese, sehe ihn verstohlen von der Seite an und frage mich, wie viele Jahre dieses Glücks uns wohl beschieden sind. Ich habe eine Ewigkeit damit vergeudet, ihn zu hassen, und es wäre nur gerecht, wenn ich das Zwei- bis Dreifache dieser Zeit bekäme, um die Dinge nachzuholen, die mir – wenn auch selbstverschuldet – bisher entgangen sind.

Wahrscheinlich fragt sich Lucas gerade, was ich denke, denn er legt den Kopf schräg. Im Grunde aber muss er wissen, dass ich kaum denken kann, während er mir in dem eleganten Smoking gegenübersteht.

Er lächelt und der Priester sagt, dass McCormick seine Braut jetzt küssen darf. Ich klinke mich gedanklich wieder ins Geschehen ein und sehe, wie er meiner Mutter einen dicken Schmatzer auf die Lippen drückt. Sie strahlt, was auch keine Überraschung ist, denn sie ist total verrückt und hemmungslos verliebt in ihren alten Donny. So heißt der Doc mit Vornamen, aber ich weigere mich standhaft, ihn zu duzen, weil er für mich immer Dr. McCormick – oder Dr. Dad, wie ich ihn scherzhaft nenne – bleiben wird.

Die Menge bricht in lauten Jubel aus und während Lucas applaudiert, halte ich meiner Mutter ihren Brautstrauß hin, damit das frisch getraute Ehepaar zum Ausgang schreiten kann.

»Ich liebe dich«, haucht sie mir tonlos zu, bevor der Doktor sie entführt.

Ich freue mich total für sie. Die zwei sind das perfekte Paar und zum Beweis für dieses Glück hängen an unserem Kühlschrank Postkarten von ihren ganzen Reisen durch Amerika.

Lucas tritt vor den Altar und reicht mir seinen Arm. Lächelnd hake ich mich bei ihm unter und gemeinsam folgen wir dem Brautpaar durch das Kirchenschiff.

»Wie viele Wörter der Predigt hast du mitbekommen?«, flüstert er mir zu.

»Drei. Oder vielleicht auch vier.«

»Ich auch.«

»Am besten heiraten wir an einem Strand oder an einem anderen Ort, an dem die Leute eine schöne Aussicht haben, wenn sie unsere Gelübde ignorieren.«

»Ja«, stimmt er mir zu. »Oder vielleicht mieten wir einfach irgendwo ein Kino an.«

»Oh ja. Dann können die Leute Popcorn essen, während im Hintergrund ein alter *Bourne*-Film läuft.«

»Perfekt.«

Inzwischen haben wir die Tür erreicht und Lucas gibt mir einen Wangenkuss.

»Nur, damit wir uns verstehen«, sage ich. »Das war kein Antrag, oder?«

»Nein.« Er grinst. »Den mache ich dir später, wenn es den Champagner gibt.«

Ich starre ihn entgeistert an. »Das würdest du nicht wagen. Nicht vor all den Leuten.«

»Du hast recht. Am besten mache ich's jetzt gleich.«

Er wendet sich zu mir und ich fange an zu zittern. Das ist doch sicher nicht sein Ernst. Die Leute verlassen gerade alle die Kirche und werfen uns schon neugierige Blicke zu. Ich komme mir vor, als lägen Lucas und ich unter einem Mikroskop.

Doch dann sieht er mich lächelnd an und fragt: »Ist was?«

»*Haha*, witzig.«

Er lacht vergnügt, denn immer noch macht es ihm manchmal Spaß, wenn er mich quälen kann. Alte Gewohnheiten legt man nun einmal nicht so einfach ab. Ich mache auf dem Absatz kehrt und stapfe zu dem Tisch mit den Erfrischungen, der etwas abseits steht.

Er folgt mir auf dem Fuß und sagt: »Den Ring habe ich schon.«

»Ich weiß. Ich habe ihn gesehen, als ich bei meinem Einzug Platz für meine Sachen brauchte und an der Kommode war, in der du deine Socken aufbewahrst.« Ich drücke ihm ein Sektglas in die Hand und mache anderen Gästen Platz. »Das war vor einem Jahr.«

Er schiebt die freie Hand in seine Tasche und ich frage mich, ob er den Ring vielleicht tatsächlich bei sich hat.

»Ja. Ich habe ihn schon eine ganze Weile.«

»Und wie lange ist das?«

»Seit dem Tag, an dem ich rausgefunden habe, dass du ebenfalls nach Hamilton zurückgekommen bist«, gesteht er etwas widerstrebend und nimmt einen möglichst großen Schluck aus seinem Glas.

»Ganz schön vermessen«, sage ich, wobei mein breites Lächeln unmöglich zu übersehen ist.

»Vielleicht. Wobei ich meiner Meinung nach eher *zuversichtlich* war.«

Wir finden uns ein wenig abseits des Gedränges wieder und sind einige Minuten lang ganz für uns. Dann müssen wir zurück zu dem Empfang, unsere Reden auf das Brautpaar halten, uns betrinken und dann tanzen bis zum Morgengrauen.

»Du kannst mich gerne fragen, wenn du willst. Ich werde Ja sagen.«

»Ich warte bereits ewig auf den richtigen Augenblick. Ich will, dass es perfekt ist.«

»Wir wäre es mit heute Abend, wenn wir heimkommen? Dann lassen wir ein Bad ein, ziehen diese steifen Kleider aus und schenken uns noch mal etwas zu trinken ein.«

»Sollte es nicht eine Überraschung sein? Ich glaube nicht, dass du bestimmen solltest, wann und wie du einen Antrag von mir kriegst.«

Lächelnd schmiege ich mich an ihn und sauge seinen wunderbaren Duft in meine Lungen ein. »Bei anderen Leuten läuft das sicher so, aber ich habe von Überraschungen ein für alle Mal genug. Vor allem, wenn sie von dir sind.«

»Ach, wirklich?«

»Allerdings. Denn schließlich muss ich immer noch verdauen, dass mein Erzfeind – den ich seit meiner Geburt verabscheut habe und mit dem ich beinahe drei Jahrzehnte lang in einem permanenten Wettstreit lag – eigentlich die Liebe meines Lebens ist.«

»Was sicher eine ziemlich große Überraschung für dich war.«

Ich gebe Lucas einen Wangenkuss. »Ich hätte mich auch immer weiter mit ihm messen sollen. So hatte ich es auf alle Fälle für die nächsten vierzig oder fünfzig Jahre vorgesehen.«

»Und wie sieht deine Zukunft jetzt stattdessen aus?«

»Hmm, ich bin mir nicht ganz sicher«, sage ich und zwinkere ihm zu. »Vielleicht sollte ich ihn heiraten und mindestens zwei Kinder mit ihm kriegen.«

»Drei?«, schlägt er fröhlich vor und nimmt mich lächelnd in den Arm.

»VIER«, fordere ich ihn heraus, denn die Versuchung ist einfach zu groß.

»Immer mit der Ruhe«, warnt er mich. »Am besten fangen wir mit einem an und sehen, wie es läuft.«

Lächelnd hebe ich mein Glas an den Mund. »Okay, aber wo werden wir mit unserem Haufen Kinder leben?«

»Nun, vielleicht in einem Haus mit einem großen Garten und einer Veranda rundherum.«

»Das würde mir gefallen.«

»Und mit einem Hund.«

»Oh ja. Auf jeden Fall mit einem Hund.« Ich sehe meinen Liebsten fragend an. »Lucas?«

»Ja?«

»Ich finde, dass du mich am besten heute Abend fragst.«

»Daisy?«

»Ja.«

»Sei still, damit du meine Frage auch verstehst.«

Mit diesen Worten lässt sich Lucas Thatcher, mit dem ich mein Leben lang im Wettstreit stand, auf die Knie fallen und zieht eine kleine, schwarze Samtschatulle aus der Brusttasche seines Jacketts. Dieselbe kleine, schwarze Samtschatulle, die ich mir seit einem Jahr fast jeden Morgen heimlich angesehen habe und die trotz des permanenten Auf- und Zuklappens noch prachtvoll anzuschauen ist.

Niemand sieht mein wildes Nicken und wie mir die Tränen in die Augen steigen, als er mir den alten Diamantring – offenbar ein Erbstück seiner Mutter – an den Finger steckt, und dann bleiben wir in einer Nische stehen und knutschen wie die Teenager, bis uns der Zeremonienmeister ruft, weil man uns offensichtlich braucht.

Ich trete einen Schritt zurück, versuche, die verdammten Rüschen meines Kleides glattzuziehen, und frage mich erneut, warum mich meine Mutter in ein derart lächerliches Ding gezwungen hat.

»Kann ich mich so sehen lassen?«

»Ja. Dein Haar ist noch etwas zerzaust, aber ansonsten wirkst du ganz normal.«

Ich weiß, dass Lucas lügt, und fahre mir verzweifelt mit den Händen durchs Gesicht. »Oh Gott. Sie wird mir ansehen, was geschehen ist.«

»Das stimmt, aber sie wusste schließlich viele Dinge schon, bevor du selber drauf gekommen bist.«

Ich lache, denn natürlich hat er recht. Die letzten beiden, denen aufgegangen ist, dass aus Lucas Thatcher und Daisy Bell einmal ein echtes Traumpaar werden würde, waren Lucas Thatcher und Daisy Bell.

Meine Geschichte wird dir das Herz rausreißen und dich zu Tränen rühren. Sie ist nicht sanft und unschuldig, sondern brutal und voller Schmerz.

Um in der Stadt zu überleben, in der ich wohne, gibt es zwei Optionen: Du kannst zu den Normalos gehören – Cheerleader, Sportler, Mitglied des Debattierteams oder im Jahrbuchkomitee sein. Du kannst so tun, als wäre unser Leben gewöhnlich. Oder du bist Crew. Mein Name ist Bren. Ich bin die einzige Frau in der Wolf Crew – der besten, wildesten und gefährlichsten Crew, die es gibt. Und wir haben eine Regel: Man darf sich innerhalb der Crew nicht verlieben. Tja ... zu spät.

Tijan

Crew

Roman

Aus dem Amerikanischen von Anja Mehrmann

forever.ullstein.de

FOREVER